個
致命死因

A NOVEL

JO SPAIN 喬・斯潘 著

丁世佳 譯

DIRTY LITTLE SECRETS

SIX NEIGHBOURS, SIX SECRETS, SIX REASONS TO WANT OLIVE COLLINS DEAD.

爸，
你看我現在多棒！
好想你　親一下

序幕

死亡在谷地徘徊。
在每個角落，每個耳語中。
他們只是還不知道而已。

那隻反吐麗蠅不知道自己要死了。

牠在蔚藍的天空中迅速竄升，溫暖的陽光在牠的翅膀上閃閃發光，明亮的金屬腹部脹滿了人類的皮膚細胞和血液。

反吐麗蠅沒有看到黑鸝猛撲過來，充滿期待地張開嘴。牠沒有聽到提早結束了牠短暫幸福一生的咔喳聲。

黑鸝繼續往下衝。就在梧桐樹的後面，那裡的小屋煙囪正湧出更多牠可以在飛行途中享用的零嘴。數以百計的——肥大、多汁、有翅膀的昆蟲。

這隻鳥沒有看到那個男孩，拿著他的極限玩具衝鋒槍和他改裝過的子彈，好用本來應該是最小衝擊力的玩具造成最大的傷害。

子彈擊中的時候，灰藍色的羽毛向四面八方炸開。死亡和重力讓鳥兒落到了樹頂的枝椏上，從那裡撲通、撲通、撲通地下墜了整整三十公尺，落在底下一片柔軟的草地上。

那個男孩氣喘吁吁地跑向他的獵物，沒有看到母親推開廚房的門，打算好好教訓他一頓——鳥兒的尖叫和男孩的呼喊打斷了她對不在身邊的愛人的所有思緒。

她立刻看到兒子幹了什麼好事。

但她還來不及逮住兒子，男孩就舉起手往上指，帶著比打死一隻鳥更讓他興奮訝異的聲音說：「我——肏！」男孩的媽忍住要加倍教訓他的衝動，望向視線邊緣的一片烏雲，一大群陰沉、嚇人、嗡嗡作響的反吐麗蠅正從隔壁的煙囪裡湧出來。

男孩的媽用手掩住嘴。那一大群蒼蠅只意味著一件事，而那絕對不會是任何好事。

不管隔壁到底發生了什麼，這個男孩的媽都完全沒有料到。

✦

很久很久以前，他們都嘗試過當彼此的好鄰居。也不過幾年之前，他們的努力呈現的方式就是街坊派對。

沒人記得是誰提議的。當時還是新人的愛莉森以為街坊派對是奧利芙主辦的。克莉絲以為是隆的主意。艾德覺得是大衛。沒人猜是喬治想到的。這並不是因為他不是個友善的人，而是他異常害羞，你根本沒辦法想像他說，*嘿，我們來辦個派對，慶祝一下暑假開始吧！*

然而喬治出了最大的力。他的房子，也就是一號，是他們這個谷地社區最大的。因此他顯然最有錢（好吧，他家有錢——大家都知道房子是他爸爸的）。那天喬治非常慷慨地拿出四瓶香檳，一箱真正的麥酒，巨大的美國太妃糖條和酒味軟糖。這些都和已經混亂地擺在長木桌上的各色甜點和開胃菜放在一起。甜甜的酒味軟糖位於大衛提供的大碗非洲加羅夫飯和油炸芭蕉之間。

大人們環繞著彼此踱步，雖然他們大多是專業人士，習慣於社交和公開場合，但卻仍舊緊張。麥特是會計師。莉莉是老師。大衛是投資專家。喬治是版圖平面設計師。愛莉森經營一家精品店。艾德是個退休的什麼大佬——不管他之前做什麼，現在都非常富裕。事實上，他們全都很有錢。或者至少表面上如此。他們有相同的社會地位，而且大多數都在這裡住了很多年了。

然而凋零谷地社區的大人們卻都有點羞澀。在家居的環境中，脫下西裝，離開辦公室，距離自己的私人住宅只有幾公尺的距離；他們卻都感到奇特的不適，像是自己應該比眼下更為輕鬆自在才對。像是他們應該對彼此比事實上更加熟悉才對。

孩子們被迫成為注意力的焦點，而且由於人數稀少，承擔的責任更為重大。他們尷尬地踢著足球試圖娛樂大家。雙胞胎根本沒用。小狼踢球的力道大得像是球有病，他得盡量遠離才好。他妹妹莉莉．梅防守的是自己，而非球門；只要球朝她的方向過來，她就把自己的身體扭成麻花似地，同時緊張地吮著自己的辮子尾巴。肯姆年長幾歲，也更加粗暴，每次球到他那裡，他就報以約翰．馬克安諾[1]的義憤填膺，玩得非常暴力。至於荷麗——她只站在一旁，年紀大到可以照顧

[1] 約翰．馬克安諾（John McEnroe）：1956年生，世界頂尖網球選手。

孩子們，但卻又太年輕無法加入成年人的陣營；痛苦地自我意識過剩，而且無聊得快尷尬死了。

不知怎地，雖然有酒精、豐盛的食物、溫暖的陽光和隆設法讓大人們一起踢足球的努力，派對卻仍舊熱鬧不起來。

要是你問他們之中任何人這是為什麼，大家應該都會聳聳肩，說不出個所以然來。

但要是你讓他們仔細思考……

奧利芙．柯林斯在人堆裡穿梭，和女士們聊天，跟男士們無傷大雅地調情，試圖讓孩子們開心，扮演著愉快友善的主人角色。

在有圍欄柵門的高級社區**凋零谷地**的七棟房子中，奧利芙的家最小，看起來也最不同。在所有居民裡，她可能也是最格格不入的。當然啦並不是說有人這麼想；就算真想了也不會說出來的。馬蹄形的街道是公共區域。除了愛莉森之外，沒人相信提議舉行派對的是奧利芙。

奧利芙喜歡一對一。

但她會掌控一切。奧利芙，凋零谷地最久的居民，一個不小心就會表現得好像這個社區是她的所有物一樣。

他們慢慢地散開了。克莉絲本來就不情願參加，她把手搭在肯姆的肩膀，堅定地把他推向自家的方向；麥特忠實地拖著腳跟在妻兒後面。愛莉森挽著女兒荷麗的手臂，微笑著跟所有人道謝然後離開了。單身漢隆厚著臉皮眨眨眼，拎了兩瓶麥酒走人。艾德示意派對可以到他家繼續辦，但他太太艾米莉雅大聲提醒他，他們明天要趕早班飛機。大衛急著回自己的王國去，帶著雙胞胎小狼和莉莉．梅，像鴨子一樣排成一列走回家。

莉莉跟大衛說她很快就回去，主動表示要幫喬治把剩下的東西搬回他家。在所有居民裡，只有這兩人設法建立了難得的真正友誼——只不過是偶爾在步道上聊聊天，但這在非常注重隱私的社區裡，已經算得上是難得的鄰居交誼。

最後只剩下奧利芙，把自己提供的格子桌布折疊起來。

「奧利芙看起來有點難過。」喬治在走到聽不到對話的距離之後說。

「是嗎？」莉莉說，回頭謹慎地瞥了他們的鄰居一眼。她綁起來的雷鬼辮馬尾，在轉身的時候拂過露出的肩頭。

奧利芙正撇著嘴，把桌布的角對齊，瀏海垂到眼前，開襟羊毛衫的釦子一直扣到領口。她看起來很孤獨。

「喬治，你是個條件很好的單身漢。」莉莉說。

「妳則是社區裡的聖人。」喬治反唇相譏。

「我得送雙胞胎上床睡覺了。」

「我得送我上床睡覺了，自己一個人。」

他們倆都勉強微笑了一下。沒人能讓自己請奧利芙來喝一杯睡前酒。

他們的鄰居永遠親和有禮，但莉莉跟喬治都知道「如果有人跟你八卦，那他們也在八卦你」的真理。

「或許愛莉森……」莉莉看見荷麗的母親沿著車道走向奧利芙。愛莉森還沒摸透大家，但大家都覺得他們摸透了她。她是個和藹的人。善良。

「啊，」喬治說。他們解放了。愛莉森跟奧利芙說了些什麼，後者開心地點點頭。然後兩個女人走進了奧利芙家。

感謝上天有可愛的愛莉森在。

可憐的奧利芙。要在她身邊覺得自在真是太困難了。甚至在當時就是如此。甚至在她正式開始讓鄰居們的生活天翻地覆前就是如此。

今日要聞網路版

二〇一七年六月一號

昨日有一位女性被人發現陳屍於自家當中。根據警方發言人表示，她可能已經死了有將近三個月之久。

這樁駭人聽聞的事件，是在這處有圍欄的高級社區中的居民跟急難救助單位聯絡，表示她鄰居家出現異常狀況之後，才被人發現。

當地警方破門進入這位女士的住所，確認她的安危，從而發現了屍體。警方鑑識小組被召來現場。

這位女士的身分尚未公布。只知道她五十來歲，獨居。死因目前也未知，必須在今日稍後驗屍才能確定。

這位女士的住所位於威克洛馬爾伍德村外圍的寧靜住宅區。今早當地居民聽到她死了這麼久才被人發現，都表示驚駭異常。

在這篇報導付梓時，凋零谷地社區沒有人願意接受媒體採訪。

奧利芙

四號

一開始，這裡只有我。在我的小屋有門牌號碼之前。在其他人出現之前。

一開始我並沒有打算自己一個人住在村子的外圍。我是意外到這裡來的。我買不起任何在主街上出售的房產。或是主街旁的街道上的。或是旁邊街道的巷子裡的。我在衛生局當兒童語言治療師的薪水很不錯，只不過還是不夠。

我沒法在自己長大的地方買房子，於是在一九八八年我開車過橋，穿越我家鄉郡縣隨處可見的漂亮樹林。

就在樹林旁邊，屬於約翰．巴瑞的田野前面，我看見了那棟小屋。屋子的主人幾個月前死了，我們都知道他的兒子非法移民到美國，並不打算回來。當你沒法為愛情或金錢找到工作時，老家並沒有什麼用處；而且反正只要他們去了美國，就沒人回來的。

這只是房地產經紀人打一通電話，告訴他有人想從他手裡接過這個累贅的事而已。我用非常低廉的價錢買下小屋，並且答應將一些私人物品寄過去。

「凋零谷地？」我母親驚駭地睜大了眼睛。「妳為什麼選那裡？妳瘋了嗎？」

「是那裡選了我。」我笑著說。「那是我唯一買得起的房子。」

我爸媽只聽說過谷地的歷史。二十世紀初，一個熱情過度而且幾乎可以斷定喝醉了的農夫，決定用砒霜噴霧一勞永逸地解決他土地上的害蟲問題。他毒死了自己所有的農作物——全都枯死了。

「但那有好幾哩遠，」我母親抗議。「沒有妳我要怎麼辦？」

「開車只要幾分鐘就到小屋了。」我說。「我已經二十六歲了，不能永遠住在家裡！」

事實上，就算我搬到月球上也沒差。我仍舊得每天下班後回到我爸媽家，至少直到十年之後，他們相隔一年分別去世為止。

在最初的哀痛期過後，我發現我很高興每天晚上能直接回自己家。我家位處偏遠，自己獨居，一開始這些都不是問題。在我雙親生病之前和生病的時候，我疲於奔命，早就筋疲力盡。沒有比工作一整天後，回到乾淨整潔的小屋，一面吃外賣一面看電影，再開一瓶酒更美好的事了。不用去任何地方，不用盡任何義務。我愉快地這樣過了……喔，我不知道，至少一年吧。

他們說的是真的。偶一為之很美妙，但我的生活很快就變成例行公事，那就只是例行公事了。

隨著時間流逝，我開始覺得孤單。

我沒有兄弟姊妹，沒有親近的朋友，也從沒打算當個老處女。我並沒有受到什麼啟發，也沒有下定決心，認為我過的日子實在太精采了，所以我要繼續自己過下去。

事實上我一直覺得自己會過著傳統的生活。

我算不上是個精緻漂亮的美女，但我確實不醜，也從來不缺男朋友。然而不知怎地，我從來沒遇到願意與之共度一生，或是為了他改變的人。我注定只要一個人。

但我的確喜歡有人作伴。

於是在二〇〇一年，約翰・巴瑞跳出來說我的小屋座落的土地事實上屬於他，而他已經將土地賣給開發商準備蓋房子的時候，我只關心我的小屋會不會被拆掉。

「當然不會！」他跟我保證。「雖然妳沒有不動產的完全所有權，但妳買了這棟房子，這屬於妳。開發商得從妳這裡把房子買走，但他並不打算這麼做。他會在妳周圍蓋其他的房子。他也不會大興土木，只蓋個幾棟，看看情況。這裡會成為一個高級社區——給有錢有勢的人住的時髦大宅。那些喜歡隱私的人。凋零谷地就在馬爾伍德旁邊，妳家門口就是一整個小村。每個人都會想買這裡的房子。」

「他真的要保留這個名字嗎？」我驚訝地問道。在世紀之交，全國各地都開始出現房地產開發項目，模仿美式莊園提供給少數特權階級。但那些房地產的名字都是直接抄襲洛杉磯名錄的：山莊、高地、湖濱。

「喔，他要保留。」巴瑞說。「他非常喜歡呢，覺得這個地名非常獨特。他覺得自己可以把這裡的房地產炒作到天上去。」

我望著豪宅呈半圓形一棟一棟地在我周圍建立起來。每一棟都有高雅的設計。事實上每一棟都非常獨特，這表示雖然我的那一棟小得多，卻也不會顯得特別突出。事實上，當開發商帶著設計師過來的時候，設計師在其他所有豪宅周圍都種了跟我家一樣的矮樹叢。他說這讓谷地有一種整體感。

可惜的是，這對他而言品味有點過了。他失控把我們變成了一個「圍欄」社區，在欄杆上方掛著一個巨大的鑄鐵標誌，以免有人找不到凋零谷地；儘管這裡是馬爾伍德和樹林另一邊相距幾哩的村落之間唯一的前哨站。

我從一個文明邊緣的孤單小屋變成了菁英俱樂部的一員。

這些人家一一搬進來，我真誠熱切地歡迎他們。這些豪宅編號從一到七，我的小屋在跟開發商討論過會位於社區哪裡之後，定為四號。

位於一切的中心。

有些人搬進來定居，有些人來了又走了，我們有了新鄰居。對我而言他們都只是外來者。我試著對每個人友善。我希望大家能記得這一點。記得我非常努力嘗試過了。

現在圍繞著我屍體的男女警員，還對我一無所知。過去二十四小時以來他們都試著清除屋裡的蒼蠅和蛆蟲，以及其他那些他們知道存在但是看不到的害蟲——大小老鼠。我手指和腳趾上的齒痕證明了牠們存在。我竟然還有殘骸剩下真是神奇。

你知道啦，都是因為熱氣。在冷得出奇的春天和早到的夏天之後，我好好地坐在椅子上，無聲地腐爛。我死前那個晚上就坐在同一張椅子上，四號的降趴在我身上，度過了心蕩神馳的三分半鐘熱情，臨走時還把我的內褲塞進口袋裡。

為了他好，我希望，他已經把那玩意處理掉了。

然後五月到了，天氣變了臉，氣溫高升，我的客廳變得一言難盡。

我的鄰居們置我於不顧的方式實在令人震驚。沒有人，連半個人都沒有，來看看我怎麼了。連隆都沒有。克莉絲只在我家看起來像是要污染環境的時候才打電話報警。

我真的那麼討人厭嗎？

這些可憐的警探。我幾乎要可憐他們了。他們要花一輩子才能查出是誰殺了我。

法蘭克

法蘭克．巴西從來都沒說過自己不輕易反胃。而且他也不會現在開始假裝，在這具屍體——殘骸——面前。每次他不小心瞥到那個烏黑液體化的腫塊時，膽汁都威脅著要從食道中爆發出來。連他的搭檔艾瑪都沒有平常那麼橘光滿面，她本就白皙的肌膚，在厚厚的粉底下又更蒼白了好幾度。

「真的太令人不齒了。」她毅然決然地說。他們到達之後，她的嘴就沒有閉上過。法蘭克自詡為現代男性——他認為男女並無不同，纖弱的性別跟男性是平等的——事實上，從各方面來說，甚至比較高超。先是他母親，然後是他心愛的夢娜，她們讓他認清了這一點。

但是，老天爺……艾瑪。他沒法搞懂這個女孩。這麼年輕，有這麼多意見，而且全部都這麼死板！

「那個可憐的女人。這個社區是怎麼回事？她的鄰居怎麼能沒發現她不見了？你會以為某個人會敲她的門，發現不對勁。你應該看看他們在社交媒體上怎麼評價這裡的居民的。她的家人在哪裡？」

法蘭克聳聳肩。他並不是不同意。法蘭克的家在一個已經中產階級化的老舊國民住宅裡，雖然他的鄰居很多是學生和年輕的專業人士，但這裡還是有一種社區的感覺。上星期他們才在公寓中央的草地上舉行過一場足球比賽。爸爸、年輕男子、學生和小朋友們都參加了。

如果他的鄰居有人死了，他會發現他們失蹤，而國民住宅群可不止七棟房子。

「這實在太不像話了，把孤單老人這樣拋下不管。」艾瑪繼續說道，「我希望政府再刊登那些廣告，要大家關懷弱勢老人的。發生了這種事之後他們必須這麼做。」

「老人？艾瑪她才五十五歲！只比我大兩歲而已。」

「我可不是在說笑，法蘭克，但你三個月後就要退休。」艾瑪說。法蘭克以手扶額。你要怎麼跟一個二十八歲的年輕人解釋五十三歲並不老？他之所以要退休，是因為他已經疲憊鬱悶，早已不在乎了？他幹這一行的時間比她的年紀還大，看得已經太多了。他失去了共情能力。共情能力消失的時候，你也得一起消失。每個神智清楚的條子都明白。

他轉身不看艾瑪，望向窗外。有人拉起了百葉簾讓光線進入房間。社區的入口柵門輕易地隔離了犯罪現場——沒有擠成一團的媒體，現場只有警方和緊急救護車。還有鄰居們，他們醒來發現自己被捲入一場史詩級的破事風暴後，都還縮在自己家裡。

鑑識人員已經從現場採取了DNA。非常多的DNA。事實上，太多了。如果這不是意外死亡或自殺，要是奧利芙．柯林斯是被謀殺的話，他們的工作量就要超標了。根據鑑識小組的推測，他們甚至可能從屍體旁邊的地板上找到了精液的痕跡。

「她一定有個男朋友。」他大聲說道，不是對任何人，比較像是自言自語。

「你這麼覺得嗎？」艾瑪說。她戴上手套，從梳妝台上拿起一個相框。犯罪現場小組已經完成了客廳裡的工作——所有表面都檢查測試過，每一吋都拍了照——但警探們的鞋子上仍舊套著塑膠袋，戴著藍色的橡皮手套。相框裡的照片是比較年輕的奧利芙，穿著一件一九八五年的大領襯衫和條紋背帶裙，留著妹妹頭。「她並不是特別吸引人。而且她……」艾瑪沒有說完，好像她覺得下面的話不該說出來似地。

他聳聳肩。

「如果她樂意……通常這對大部分的男人來說就足夠了。不管怎樣，我不會拿一張三十年前的照片判斷她的外表；所有人在八〇年代看起來都很可笑。我也不會拿在椅子上的玩意下定論。我們得找她的近照。」

州立助理驗屍官出現在門口。

「我準備好要把屍體搬出去了。」

在他身後徘徊的是鑑識小組的頭頭，可愛又腳踏實地的雅米拉．隆德。法蘭克永遠能為雅米拉騰出空來，他喜歡跟自己說這不是因為她是個非常漂亮的女人——大大的杏眼，飄逸的長髮

（其實他很少看見，因為他們互動的時候她都穿著白色的防護衣）。

「法蘭克，你有時間嗎？」她問。

「他們要把屍體搬出去了。」艾瑪說。

「我可他媽的有時間了，」法蘭克說。他絕對不想待著看奧利芙．柯林斯的屍體從椅子上被搬進屍袋裡。天曉得那堆鬆垮的爛攤子底下是什麼。光是想像就讓他渾身起雞皮疙瘩。

「這裡交給妳了。」他跟艾瑪說。後者聳聳肩，掩飾自己的開心，然後她發覺即將目睹什麼場景，臉上的笑容消失了。

法蘭克跟著雅米拉走出去，低頭避開門框，來到連接客廳和廚房的小走廊。他已經知道走廊通往兩間臥室和洗手間。這棟小屋沒有二樓，但是一樓的面積還夠大。

「在這裡。」她說，把他帶進廚房。法蘭克側身讓她的組員先離開，那人的大手上拿滿了證物袋。

「上帝發言了嗎？」雅米拉朝客廳的方向點點頭。

「我到的時候，祂就屈尊告訴我，要從那種狀況的屍體上找出任何線索可困難了——真的，那需要神蹟程度的啟示——但是我看得出沒有子彈或是刀傷，也沒有陳舊的血跡。這些妳都知道的。不管她是怎麼死的，方式都很溫和。或許她是心臟病。要不然就是吞了一瓶子藥丸，坐著看電視，就這樣睡死了。找到她的那些孩子說電視機休眠了，像是過了一段時間自動關掉，但隨時都可以用遙控器重新啟動。」

雅米拉搖頭。

「我不覺得事情是這樣。」

法蘭克嘆了一口氣。突然死亡總是很可疑。他們必須檢視所有角度，查過所有可能。到頭來，這一切給警方帶來的是文書工作。非常非常多的文書工作。

今天早上他很高興能到這裡來，因為他最擅長的就是行政。艾瑪想要注目度高的複雜案件。長達一整天的偵訊，聳人聽聞的官司。她年輕，她有精力。任何看起來像是黎明即起只為了化妝的人有精力做任何事。

法蘭克只想上個八小時班，期間沒有任何要事發生，然後他可以回家吃冷凍披薩。打開電視看大衛・艾登堡❷，最後睡個好覺不作噩夢。

「妳覺得怎樣？」他試探地問。

「熱水器把一氧化碳灌進屋子裡。」

法蘭克把腦袋歪向一邊，舉起一隻手，拉拉上唇上方的棕紅色毛髮。

「一氧化碳中毒意外死亡。非常遺憾。他們應該強制大家裝警報器的。」

雅米拉再度搖頭。

「不，不是意外。你過來。」

法蘭克跟著她走到廚房門口，每一步都沉重而無奈。他望著雅米拉站在椅子上，用戴著藍色手套的手指撫過門上的通風口。

「那是什麼?」她說。

他也站上椅子。

「膠帶。」他回答,他的胃開始感到不對勁了。

「膠帶,」她重複。「每一處通風口。門窗都是密閉的,不需要加強。」

「前門呢?鄰居不是說門上的郵件口被封起來了嗎?」

「只有郵件口,而且是遮蔽膠帶,不是透明膠帶,而且上面有指紋。好多人的指紋。其中一個可能是發現她的鄰居的。其他指紋如果要我猜的話,八成是被害人的。她的前門上有一個信箱,或許她不需要或者是不希望別人把東西塞進門裡。」

快要淹死的法蘭克緊緊抓住救生圈。

「所以奧利芙.柯林斯要不是嫌棄新鮮空氣,就是她的死是計畫好的。她要選擇有效的方式。她知道熱水器漏氣,要不就是她堵住了排氣管。那很舊了嗎?」

「不,還挺新的。就在你身後牆上的櫃子裡。根據上面的貼紙,不久之前才維修過。但是蓋子上的螺絲被鬆開了,管子裡塞滿了厚紙板。手動塞滿的。」

「那麼就是自殺啦。她把所有通風口都封死。煙囪沒堵死我很驚訝。是煙囪引起鄰居注意的——那些反吐麗蠅。」

❷ 大衛.艾登堡(David Attenborough):1926年生,英國廣播員、歷史學家及作家。

「煙囪裡什麼都沒有，」雅米拉澄清。「但那反正無關緊要。煙囪的通道很窄，不足以排出一整屋的一氧化碳。而且她還在壁爐前面擺了一幅畫。壁爐裡有她燒過的紙灰，但她沒有明火。」

「對不起，雅米拉，妳的重點是什麼？我知道有什麼事情讓你不舒服。」

「我會告訴你什麼事讓我不舒服，法蘭克。這棟房子裡滿是DNA。對一個陳屍在自己客廳裡三個月的女人來說，看來她的訪客還真不少。我們沒有採取到指紋的地方只有通風口上的膠帶。連接熱水器的管子上也沒有。都被擦乾淨了。」

「媽的。」

「嗯。」

「但是——別這樣，她還是有可能是自殺的啦。有誰能不被她發現，就把所有通風口都封起來？」

「其實花不了多久時間的，法蘭克。而且你也看到了，那是透明膠帶。我們檢查熱水器的時候，我仔細看才發現的。」

「我不確定，雅米拉。以謀殺的手段來說，這挺邪惡的。我甚至會說在現在這個時代，這想像力有點太豐富了。」

雅米拉聳聳肩。

「有些人不喜歡舞槍弄棒的，法蘭克，也不是每個人都有力氣或本領勒死人。那可不像電影上那麼簡單。」她遲疑了一下。「還不只這樣。」

「現在妳開始讓我不舒服了。」法蘭克嘆了一口氣。

「你等著。我們到的時候，她的電話就在手邊。我們回撥了她打的最後一個號碼。她報警了。」

法蘭克臉上血色盡退。

「不是吧。」

「是的。我替你做了你的功課啦。她打給急難救助。三月三號晚上七點。後續你可能會想坐下來再聽。」

「我想我還是坐下吧。」法蘭克從餐桌旁拉出一張假皮椅子，沉重地坐下。

「那通電話紀錄為求救，派了兩個警員過去。他們進入社區，敲了她的門。」

「他們敲了門？」法蘭克覺得自己像是正在兔子洞裡墜落的愛麗絲。

「百葉簾是拉上的，沒有人應門。他們本來要繞到後面去察看，但隔壁的男人開車回來了，他們三個聊了一陣。鄰居說自己沒有看到或聽到任何不尋常的情況，既然百葉簾是拉上的，那她很可能不在家。所以他們就認定那是惡作劇電話，然後離開了。於是百葉簾在接下來三個月中都一直是拉上的，直到今天我們來這裡。還有一個附加的小情報——她打電話的那天晚上，剛好有歐洲盃冠軍聯賽[3]。七點四十五分開始。所以你覺得那兩個傢伙是不是對比賽有興趣？」

❸歐洲盃冠軍聯賽（Champions League）：歐洲足球總會舉辦的年度足球比賽，廣受世界矚目。

法蘭克笑起來。笑聲緊張且不由自主。

「我從來沒這麼高興自己要退休了，」他說。「鄉下警察又搞砸了。現成的頭條標題。她在電話裡說了什麼？」

「她非常激動地說，我重複她的用詞：『我覺得有糟糕的事情要發生了。』然後就掛斷了。非常突然。」

「所以顯然是惡作劇。一群白痴。」

「是啊，」雅米拉說。她拉了他旁邊的椅子，也坐下來。「你被坑了，是吧？抱歉，要是我早知道的話，就會打電話叫你請病假的。晚點要不要喝一杯？我請客。」

法蘭克搖搖頭。好像喝一杯能彌補什麼似地。三個月。他只剩下三個月。而現在艾瑪會興奮到口吐白沫。這會成立專案小組。記者會。好幾個星期的偵訊。沒加班費的加班。

除非……

他唯一的希望就是上司不希望他立刻將這件案子歸類為謀殺。資源吃緊，數據就是一切，而且沒有指紋並不是犯罪意圖的絕對指標。他和艾瑪可以花幾天調查死者的生活，偵訊鄰居，等待驗屍和鑑識結果。試圖斷定是否某個人有殺害這個女人的真正動機。

要是走運的話，這個女人會沒有任何污點，法醫會斷定本案是自殺。自己的絕望想法幾乎讓法蘭克笑起來。

喬治
一號

小狼・瑟蘭凱又在喬治・里其蒙的後花園裡了。喬治在那天早上他決定要改造的那塊地上幹活的時候，可以看見他頂著非洲鬈髮的小腦袋上上下下。

去年莉莉給雙胞胎買了園藝工具組當耶誕禮物。但喬治知道小狼的父親大衛，對自家草坪有強迫症。瑟蘭凱家後花園裡的一切，雖然看起來可能像是隨意拼湊在一起的，但那卻是精心布置的混亂狀態。大衛絕對不會讓自己的小孩用迷你鏟子和鋤頭亂搞。

所以小狼喜歡在喬治極端昂貴的造景花圃裡玩，而喬治一點也不介意。園藝師會來整理，他既感激又毫不在乎。

有人陪著很不錯，即便只是個八歲的孩子。

他穿越草坪走向小狼，後者非常專心地用他的小耙子不知道在幹什麼，完全沒注意到喬治接近。

「今天很熱，是吧？」喬治說。

小狼跳了起來。

他抬頭用大大的棕眼望向喬治，然後又轉開視線，用滿是泥巴的指甲搔自己深色的面頰。

「是滿熱的，」小狼說。「天氣預報小姐說中午有二十八度。」

「哇，熱浪耶。」

「那不算熱浪啦。」小狼回答。

「從專業上來說不是……」喬治沒說下去。他早就知道跟小狼辯論細節是沒用的。

「要喝點什麼嗎，小朋友？」

「不用了，謝謝你，里其蒙先生，你真的得照顧一下這些秋海棠，鼻涕蟲快把它們吃光了。」

小狼對他的花壇知之甚詳讓喬治很佩服，然而他只聳聳肩。

「這是生命的循環，孩子。鼻涕蟲跟你我一樣，有吃東西的權利。」

小狼看起來很驚駭。

「但這樣你就沒有花了啊。」

「我會讓園丁種一些鼻涕蟲不愛吃的。當然啦，那樣可能會有其他的蟲子。以程度來說，我不太介意鼻涕蟲。我聽說粉蝨跟蝗蟲很像。碰見什麼就吃什麼。討厭的蟲子，是吧？」

喬治震驚地看見小狼眼裡浮現淚水。

他蹲下來，這樣就能平視孩子。

「嘿，伙計，怎麼啦？」

小狼沒有回答。他憤怒地揉揉眼睛，拿起自己的工具，走過花園，消失在他溜回家用的樹叢縫隙裡。

喬治站在原處，在心裡抓抓腦袋。

他再度獨自一人，轉身進入宅邸爬上樓梯。他的目的地是樓梯轉角平台，那裡的視野最好。谷地通常如此平靜。這裡從來不發生任何事情。至少沒有任何人談論的事情。

然而現在，這裡像是瘋人院。外面路上的人喬治不認得半個。到處擠滿了警察。

他把頭抵在冰涼的玻璃上，昂貴的網狀窗簾在他額頭上留下三角形的印子。他閉上眼睛。熟悉的焦躁感開始浮現，這種感覺他只能用一種方式應對。

外面有一扇門發出砰地一聲，喬治猛地睜開眼睛，剛好看見四號那裡一陣慌亂。他們把她的屍體抬出來了。

他搖搖頭。是她。真的是她。他看著死掉的鄰居在輪子擔架上被推出家門，他有什麼感覺？什麼都沒有。

但是喬治從來就不擅長於表達適當的情感。

喬治失業時他父親是這麼告訴他的——那是在報社開除他的時候。偉大的斯圖．里其蒙運用了所有的權力才壓下這件事。喬治甚至沒有露出不開心的樣子。也並不感激。斯圖是這麼說的。

他說的大致上沒錯。喬治主要的感覺是鬆了一口氣。不是因為自己得救了，而是因為他不用再作假了。

他任何一個記者「朋友」都會很樂意報導這個故事；喬治的老爸如是說。他很可能說得對。

幸運的是，管理部門非常害怕觸怒斯圖．里其蒙。喬治的父親是本國首屈一指的音樂大亨，愛爾蘭的西蒙．高維爾❹，而且在美國也有舉足輕重的地位。要是他旗下的藝人杯葛該報的娛樂版面，那麼……總之他們決定開除喬治就算是懲罰他了。

他的父親幫了他這個忙，然後就算是洗手不管了。只給他這棟豪宅跟每個月的支票。

「絕對不要再丟我的臉。」他說。

喬治試過了。他被開除後去看過心理諮商，試圖找出自己為什麼這麼糟糕的根源。他宅在家裡幾星期不出門一步，不用電腦不看電視避免分心，還試過冥想，努力矯正自己。

在他悲哀渺小的生涯中有一刻，他曾經考慮過要在手機上裝交友軟體，試圖找個女朋友。他長得並不難看，而且還年輕，才三十五歲。諮商專家說他得停止規避親密關係。一切都還來得及挽回。

然而無論他做什麼，那個都會回來。

大家完全不明白。

喬治覺得自己不對勁的方式比毒癮還嚴重。

光是看著外面所有的動靜就讓他無法承受。

奧利芙．該天殺的．柯林斯。

喬治感到熟悉的衝動又淹沒了他。壓力。絕望。除了做他必須做的事之外他無法思考。就在這裡，就是現在。

他伸手拿窗台上的濕巾。

骯髒的垃圾好走不送，他想道，把木頭擦得乾乾淨淨。

奧利芙

四號

斯圖．里其蒙搬進一號的時候，真的非常讓人興奮。在一個B級名人的國家裡，他是一顆閃亮的明星，因為他在美國出名了。他開創了許多事業，賺了數以百萬計的金錢。他比自己創建的半數樂團都要出名；他們的自我意識落地時常常墜毀付之一炬，可能也對此有點幫助。

我堅持稱呼他里其蒙先生。我之所以這麼做部分原因是因為我是個老派的人，但說實話，主要是為了惹毛他。他是那種會激起你叛逆心態的人。斯圖符合自己試圖塑造的形象，那就是有個比自己成年兒子還年輕的女友的男人；一個車道上停著一輛紅色保時捷跑車的男人；一個定期飛去美國的男人；而且，上帝保佑他，還是一個有私人教練並且植髮的男人。

先是女朋友離開了。然後里其蒙先生回了美國的家。才過了一個濕冷的冬天，迷人的鄉間和漂亮的凋零谷地就失去了魅力。

❹西蒙．高維爾（Simon Cowell）：1959年生，英國唱片製作人、電視製作人、企業家、慈善家。

輪到喬治入駐這棟小型豪宅了。

喬治比他父親安靜多了。一個真正的獨行俠——甚至可以稱之為孤立。我們這個社區這麼小，這樣實在太浪費了。

起初我以為他可能是同性戀，所以有點羞澀。我知道這是刻板印象，但他年輕英俊，住宅外觀井井有條，而且我從沒見過有女人進入他家，他也沒有跟女人一起出現過。

那年夏天我在客廳窗戶上貼了彩虹貼紙，表示支持。或許那正是他需要的。有人示好。

我等著看他是不是也會這麼做。他並沒有。

結果喬治並不是同性戀。

喬治徹頭徹尾是別的。

二號

莉莉＆大衛

她沒辦法去想外面發生的事情。她沒有精力面對。

莉莉．瑟蘭凱累壞了。精疲力竭。暑期學期[5]接近尾聲時她總會這樣。在過去幾週裡，為了讓孩子們開心並且保持班級狀況還算平穩——課上完了，外面陽光明媚，大家慢慢失去耐心，老師跟學生都一樣——要花非常多的精力。

她翻閱廚房桌上等待她簽字的成疊報告時，連手指都覺得疲累。她已經替自己班上的每個學生都寫了一份報告，但身為學年主任，她還得確認德拉杭特老師班上的報告。她的視線停留在一份報告上，內容宣稱一位學生在所有英語學科——閱讀、寫作、拼字、發音方面都低於平均水準。她的同事在評語欄裡聊草地寫著德爾西雅必須更努力，還有其他她知道不懷好意的不友善評論。

莉莉得忍住不在底下寫著德拉杭特老師也必須更加努力才行。

德爾西雅來自馬拉威共和國，她才十歲，去年初才入學。她是個漂亮的小東西，友善又活潑，完全沒有顯露出來到愛爾蘭的過程中受到的創傷。

莉莉記下要在即將到來的九月，申請額外語言的補助經費。

她把報告放到一邊。她想打電話給德拉杭特老師，好好教訓他那些不經大腦更不體貼的評論。她會很堅定，但同時也很圓滑。

但是她知道自己不會打這個電話，因為顯然妳不能身為黑人，然後客觀地看待種族歧視。

莉莉就快要當上校長了。

她只要不生什麼事端就可以。

❺ 暑期學期（Summer term）：英國及其他國家的學制，從復活節假期後開始，到六月或七月學年結束為止。

這就夠困難的了。學年底大家都無精打采，不耐易怒。

每年六月將近，疲倦襲來時，莉莉都會重新思考自己為什麼沒有選擇教十二歲到十八歲年齡階層的中學。他們上學的日子比較長，但五月就結束了。想想看，整整三個月的暑假。

但她沒辦法重新接受訓練。她喜歡小孩。她喜歡班上那些七歲小朋友的想像力。他們都已經有自己小小的個性，非常自然可愛、天真又活潑。

她太善於跟小朋友相處了，寧願放棄每年多一整個月的假期。

這份工作也是她拒絕搬家的原因之一——她不願意搬到其他任何地方。她和大衛剛在一起的時候，他常常開玩笑，說要在他老家奈及利亞的卡拉巴爾給她建一座宮殿，如果她願意，可以在那裡買下並且經營五十家學校，而且工作量甚至不到現在的一半。

「日子會過得非常舒服，」他說，「我們有錢，在那裡會更有錢，其他一切都不重要。妳不用證明自己。奈及利亞沒有膚色問題。我們是多數，不是例外。」

她無法理解那個概念。她這輩子都住在白人為主流的國家，她的膚色定義了她。

反正她知道大衛說要搬家只是在開玩笑。大衛在他父親參與了失敗的軍事政變，讓全家暫時陷入危機之後逃離了奈及利亞。大衛是長子，他用學生簽證移民來此，賺錢養家。他也的確賺了錢。他力爭上游，面對不利的困境，贏得了財富和地位。

他的家人早已脫離險境，但從未重獲青睞。大衛每週匯款至父親的銀行帳戶，維持家人的生計，但必須靠他養活的恥辱讓他和家人的關係始終很緊張。

奈及利亞是她丈夫的過去，浪漫的夢想。一個莉莉可能一輩子也不會造訪的國家。她也不在乎。她的工作和孩子們就是她的生活。佔據了她所有的時間，這表示她沒辦法處理其他的事情。

她發現四號出了什麼事情之後，就請了一天假。但她還是得工作，她得掌控情勢。

她是為了小狼留在家裡的。

兒子今天需要她。孩子們需要她的時候，莉莉都能處理。

她很行。她這樣告訴自己。

電話響了。

艾瑪

「鄰居都在外面了。」

艾瑪在兩間臥室中的一間找到法蘭克——從房內裝飾看起來，是死者的臥室。梳妝台上堆滿了香水、面霜和指甲油——安妮淡香水、旁氏面霜、芮魅淺粉紅色。床邊櫃上攤著一本書。《月光石》。艾瑪最喜歡的小說之一。

「屍體已經搬走了。其他居民一定看到了動靜。老天，真是太糟了。他們得把昆蟲學家找來。」

「不要，」法蘭克翻著衣櫃裡的衣架。「沒有男人的衣服。」他說。

「為什麼會有男人的衣服？」艾瑪問。

「精液。要是有固定的男朋友，這裡一定會有點什麼。一件襯衫，一條內褲。浴室裡多一支牙刷。這裡什麼都沒有。」

「或許那只是一夜情。」艾瑪說。

「在她這把年紀？」法蘭克回道。

他拿起另一個東西細看，每一件看似無害的物品，似乎都具有某種只有法蘭克看得出來的意義。

「衣櫃裡有一疊舊信件和證書。」他說。「我們得把這些全部裝進袋子裡帶回警局。全部看過。檢驗一遍。告訴小組要這麼做。我們還得知道這個女人過著怎樣的日子。訪問她鄰居，找她的家人，看她是否有敵人，有沒有鬧翻的情人……」

他再度喃喃自語。

艾瑪覺得自己的臉頰紅起來。她痛恨他這個樣子，自顧自地辦事，不告訴她真正的想法。當前年她被分派與他共事的時候，本來以為自己找到了能指導她的前輩——願意在隱退前分享所有的經驗和知識的人。

即便現在的法蘭克．巴西留著荒謬的小鬍子，張嘴只會吐出單音節，但她知道他當年是個出色的警探。然而他並沒有教導艾瑪，沒有帶領她跟隨自己的步伐，他們在一起的大部分時間，他都只低聲咕噥。這表示她必須不斷重複問：「什麼？」這讓她一直像個白痴一樣。

法蘭克很不幸地似乎能引出艾瑪最惡劣的一面。她知道這很荒謬。她的職業生涯是靠自己的本事，但她非常想讓他稱讚自己。她想讓他忽略自己的年紀、口音；就算不能把她當平輩看待，也至少將她當成自己的學徒。

她想坦誠公開地跟他這麼說。

然而她不能。她想不出任何適當的言詞，讓自己聽起來不像個纏人的瘋子。

於是，在無法坦誠表達情緒的情況下，她發現自己跟法蘭克在一起的時候，總是任性、易怒且缺乏安全感。

「雅米拉．隆德說什麼？」她問道。

法蘭克咕噥了一聲。

「什麼？」

「老天爺，艾瑪，**她**．**說**．**奧**．**利**．**芙**．的．死．看．起．來．可．能．有．疑．點。」

艾瑪火大了。

「沒錯，我正擔心會是這樣呢。」

法蘭克停下正在做的事望向她。

「真的嗎？一切跡象都顯示猝死或是自殺，妳就立刻下了這可能是謀殺的結論？」

「是她穿的衣服。」

法蘭克睜大了眼睛。

「她穿著什麼衣服？」

「沒錯，她穿著準備上床睡覺的衣服。睡衣，拖鞋，沒有戴首飾。遙控器就在椅子扶手上，電話也在手邊，桌上有一杯可能是茶的東西。要是我要自殺的話，我會穿著像樣的衣服，並且好好化妝。我會躺在床上，或者浴缸裡。我不會燒開水或是看電視。而且我會確保有人發現我。」

「我不是要侮辱妳，艾瑪，但大部分人都不是妳。為什麼會有人在乎別人發現自己死掉的時候穿著什麼衣服？」

「妳根本不會去想——不是刻意的。妳是女人，要展現最好的一面，自然會這麼做。」

法蘭克哼了一聲。

「好吧。如果哪一天晚上妳發現自己穿了漂亮衣服，塗了更多口紅，卻沒人可見沒地方可去的時候，幫我個忙，打電話給我，好嗎？」

艾瑪咬住臉頰內側。

「還有就是這棟房子裡所有的通風口都被膠帶封住了——我猜這是讓我警鈴大作的最主要原因。但是我想如果你不仔細觀察的話，是不會注意到的。總之，我們要不要出去跟她的那些鄰居聊聊？」

艾瑪在法蘭克有機會回答前就轉過身。要是她多留一會兒，就會看見他驚訝得嘴都闔不攏。

喬治
一號

屍體運走之後，他好像必須這麼做。

出去看看警方知道些什麼。

喬治竭盡全力露出正常的樣子。

表現出關心。跟鄰居八卦。舉止跟所有人一樣，而不是像想隱藏什麼的樣子。

他打電話給莉莉，所以現在瑟蘭凱家的人也出來了。

喬治對她友善地微笑。他們已經好幾個星期連一句哈囉都沒說過了，喬治想念她的陪伴。最近他什麼都想念。

莉莉似乎覺得很無聊，接近惱怒的邊緣，彷彿她並不想站在街上，只是因為大衛結實的手臂環住她的腰，促使她離開安全的家。她試著用頭巾控制住鬈髮但卻失敗了，現在她把髮絲從臉上拂開，就像這是在充滿麻煩的一天中又一件煩人的事情。

大衛完全輕鬆自在。這也很不尋常。這個男人通常都緊張得跟彈簧一樣。大衛可以從早到晚都穿著斜紋棉布褲，愛種多少有機蔬菜都可以，但還是會散發出掠奪者的氛圍。大衛是個強勢的領袖型的男性，喬治很願意承認自己不喜歡接近這種人。要證明自己太費力氣了，而且喬治本來就不擅長這種事。

到處都沒見到小狼和莉莉・梅。

他希望小狼沒事。他剛剛才醒悟過來小狼為什麼在他的花園裡哭了。喬治提到蟲子，而他們都知道過去幾個月以來，奧利芙都是蟲子的滋生溫床。

老天爺，想到都難以忍受。

可憐的小狼。

愛莉森和荷麗・達利遲疑地走近她們的鄰居。愛莉森的手臂環著她的女兒，但在外人看來是荷麗撐著愛莉森。荷麗今天看起來特別年輕，穿著七分牛仔褲和樸素的白色T恤，黑色長髮編成辮子嫻靜地垂在背後。

喬治第一次見到荷麗的時候，他以為她大概十九或二十歲。當他發現她只有十五歲時十分震驚。當時她的打扮比較老氣，而且身上散發出某種成熟的感覺。

但隨著年月過去，她似乎逆生長了，像是她決定要留住青春。或是取回青春。兩者之一。

愛莉森抬眼看見喬治在看她們。他很快轉過頭，臉紅起來。

奧利芙・柯林斯家的門打開了，兩個警察走出來。一男一女——男的已近中年，身材像坦克一樣健壯，留著棕刷一樣的紅髮跟小鬍子。女的比較年輕，漂染的金髮，臉上的妝濃到可以糊滿一整個街區的公寓。就在此時，七號的隆・萊恩出現了。

克莉絲和麥特・亨尼士留在五號沒出來。根據大衛所說，克莉絲仍舊還沒從驚嚇中恢復過來；昨天晚上大衛帶著花草茶包去慰問她，說大家都應該知道的，不該讓她去報警。好像發現那麼多反吐麗蠅都在吃你鄰居的屍體之後，綠茶能派上什麼用場似地。

她和肯姆第一個注意到出事了。

要是其他的十一歲孩子，你會懷疑這項發現會不會造成長期影響。肯姆不會。喬治曾經在自己的後花園逮到這個孩子站在一個腐爛的樹樁上。他拿著像是一把塑膠烏茲槍的東西，瞄準隔壁的莉莉．梅。

「肯姆，你在幹什麼？」喬治問道。

「噓，你會把獵物嚇跑的。」

喬治還以為自己有問題呢。

「各位女士各位先生，」年長的警探開口說話。他們全都屏息以待。

「我是法蘭克．巴西探員。這位是我的同事，艾瑪．查爾德。感謝大家對柯林斯女士的關心。」

喬治揚起一邊眉毛。這個警探是在諷刺他們。已經好幾個月沒人關心過奧利芙了。

「我明白這件事震驚了整個社區，特別是對離死者最近的鄰居們來說。我們同時也知道我們在這裡會造成各位不便，你們還必須應付大門外面好奇的媒體。據我們所知，已經有人今天沒上班了。有鑑於這件事對大家造成的負面影響，我們的行動會盡量不打攪各位。」

他要說什麼？喬治很好奇。說奧利芙之死是意外？她是自殺？

「雖然目前我還不能討論柯林斯女士死亡的細節，但我想告訴各位案件已經成立。我們要跟所有人單獨面談，會一一去拜訪各位。我們會盡量在今天之內訪問完，好讓你們盡快回到日常的生活模式。要是有人有急事必須處理，就跟我們說一聲，我們可以安排到晚上或是週末。但是各位，我希望你們盡量回想一下三個月之前的情況，精確說來是三月三號。請察看你們的日記、電話紀錄、社交媒體之類的。如果你們在家的話，有沒有看見或是聽到什麼不尋常的事情？有沒有任何人來拜訪柯林斯女士，路邊有沒有停著陌生的車輛，諸如此類的事情。」

「等一下，」大衛打斷他。「你是說發生了什麼不合宜的事情嗎？她不是單純死亡？」

不合宜。有誰會用這種詞啊？喬治皺起眉頭。這個警察可能已經從谷地居民房子的大小下了某種結論。出於某種荒謬的原因，喬治非常不願意讓這個他甚至不認識的警察，把自己當成某種有特權的小酒鬼。身為斯圖・里其蒙的兒子，他這輩子都被人這麼看待。喬治離大衛・瑟蘭凱更遠了一些，漸漸接近隆，後者似乎緊張到嗡嗡作響的地步。

「正如我剛才說過，我不能討論柯林斯女士死亡的詳情。現在你們有誰能告訴我們柯林斯女士有沒有家人？昨天晚上發現屍體的時候，五號的亨尼士太太非常震驚。她沒辦法告訴我們是否該聯絡任何人。」

「她沒有家人，」愛莉森開口。她臉色蒼白，雙眼大睜。她看起來就是女兒長大的版本，精心搭配的服飾和化妝都十分優雅。「她是獨生女，雙親都去世了。」

喬治注意到莉莉退縮了一下。他的朋友絕對跟平常不一樣。

愛莉森看起來也非常焦慮，他想道。但是他以前也在她身上注意到這一點。愛莉森是個非常成功的女事業家。這麼緊張又這麼……可愛，實在很不尋常。這兩者都似乎不真的適合。

喬治知道充滿矛盾是怎麼回事。然而現在，他的鄰居似乎完全無所適從。

「我知道了。」警探說。「呃，這很有幫助。好了，各位，現在我建議你們回自己家去，我們很快就會去拜訪。或許這位……太太？」

他疑問地望向愛莉森。

「愛莉森。愛莉森・達利。」

「如果可以的話，我們先去妳家。好嗎，達利太太？」

愛莉森不情不願地點點頭。

「我住在三號。」她說。

就這樣，他們走開了。

每個人都想知道，什麼時候會輪到自己？

莉莉

二號

「我們得商量一下要怎麼跟孩子們說。」

他們一回到屋內，大衛就立刻拾起先前在做的事情——把從菜圃裡拔出來沾滿泥土的紅蘿蔔洗乾淨。喬治一打電話來他就棄紅蘿蔔於不顧了。莉莉並不想出去，但大衛說他們都該表現出一些敦親睦鄰的樣子……亡羊補牢吧。

結果警方要詢問他們所有人。

現在莉莉真的開始緊張了。

「……或許她跌倒了，動脈瘤破裂還是什麼的？」大衛還在說話。「你可以想像她做這種蠢到家的事情，不是嘛。那個蠢女人。」

莉莉緊握雙拳，然後鬆開，試圖掌握身體裡的緊張，然後釋放出去。她靜靜地開始整理散置在桌上的成疊報告，希望丈夫明白她並沒心情聊天。

什麼都不想聊，更別提死人了。

大衛從來沒有失去過任何人。他的爸媽和許多兄弟姊妹都在奈及利亞活蹦亂跳。對一個做人媳婦的來說，有點太活躍了。雖然他們之間的距離讓往來限制在電話、電子郵件和偶爾難熬的視頻通話。

莉莉在她的一生中已經體驗過不止一次，而是三次的傷痛。

第一次是在她七歲的時候。

她爸媽帶她去海邊，給她買了冰淇淋，然後告訴她她是被領養的。

莉莉一直都知道自己與眾不同。從她明白鏡子中的女孩是自己——大大的棕色眼睛、棕色皮膚，以及像螺絲起子般被電過似的鬈髮，都跟她蒼白、藍眼、直髮的朋友們不一樣。是的，從有意識開始，莉莉就知道自己是異類。

她小時候曾經總是問爸媽為什麼他們的膚色跟她不一樣，為什麼她的膚色跟其他所有人都不一樣。她七歲的時候，他們告訴了她早就知道而且可能一直都懷疑的事實。

「你們的意思是，」那天她對他們說：「我母親不要我了？」

「我是妳母親！」她媽媽抗議道，給已經混亂的對話雪上加霜。

這像是死亡——她死了——她以為自己是的那個人結束了。

她克服震驚之後，仔細地分析了這段託詞。她虛假的家庭為了維持假象真的無微不至，令人驚嘆。姑姑們總是說，喔，她跟她爸爸真像！鄰居們都點頭睿智地說，這是從妳媽媽那裡得來的啊。

莉莉本來天真地以為，周遭所有人是不是都認識她的親生父母，講的都是她真正的遺傳基因。然後她發現自己認識的每一個大人，都跟聖誕老人、小妖精跟上帝一樣令人信服。大人們擅長糊弄小孩，就算事關小孩身世的謊言也一樣。

莉莉花了好幾年時間，才從被欺瞞的怒火中恢復過來。

然而，在幻想過知名富有的母親被迫放棄她，以及花了困惑又沮喪的好幾年想像養父母從一個貧困的非洲村落把她偷出來之後，莉莉發覺自己的再生父母其實無可挑剔。

後來她得知了親生父母的真相，完全沒有她想像中那麼迷人。莉莉的父親是個移民來的醫生，他睡了本地的護士，然後發現幾次約會跟一夜情的後果是一輩子的責任，就溜之大吉跑到倫敦的醫院去了。那個護士發現自己得在一個會被人指手畫腳的鄉下村莊裡獨力撫養一個混血兒之後，就放棄了莉莉。

莉莉試過和他們保持往來，但卻失敗了。但她的失敗並不如預料中那麼令人難過。她愛她的爸媽。他們從來不覺得她的膚色是個問題——事實上，他們對她有完全相反的信心；她是獨一無二的。

他們三個人就完全足夠了。

於是當她的爸媽接連去世時，就更令人難過。他們都患了癌症。她永遠也沒辦法原諒爸爸在媽媽舉行葬禮時，在教堂外面抽菸。他才剛剛親眼見證妻子輸了與肺癌的鬥爭。我需要你們其中一個的，她說。她的哀求並不是無人理會，只是完全無效。他用一根菸屁股點燃下一根菸。

「可愛的小花，我會緊張，」他會說，「我就抽這一根。紀念妳媽。」

他們埋葬她母親時莉莉十八歲，她二十四歲時爸爸走了。莉莉成了無根的孤兒，沒有家庭也沒有歸屬地。這促使她更加努力工作，好創造一個穩定而有安全感的自我。她是一個人形玩具熊，用各種意見和想法填充自己，然後穿上符合內裡的衣服。

她知道自己做了什麼，她並不笨。她描繪了自己的形象，並且極力維持。

她之所以愛上大衛，正是因為他跟她非常不一樣。他是一個似乎完全能跟自己和平相處的男人。連大衛也開始模仿她，讓她更覺得不安。簡直像是他也在找尋安全感，而她之所以嫁給他的原因之一正是基於他能提供安全感。

在後花園種蔬菜——那到底是要幹嘛？園藝本來是她的專長。他們在一起的時候，她本來打賭大衛是那種把草地都挖了，鋪上戶外木頭平台的人，那種覺得花園只是週六用來烤肉的地方的人。她很喜歡那樣。他們分屬陰陽，能夠融合無間。

「妳在聽我說話嗎，莉莉？我說我們應該商量——」

「我聽到了！」

她不是有意這麼突兀，而且立刻就後悔了。

大衛驚訝地轉過身。他放下紅蘿蔔，用茶巾擦乾手。他走到她坐著的地方，順手按下了茶壺的開關。

「抱歉，美人。我應該問妳覺得怎樣的。我是個白痴。奧利芙的事情讓妳受驚了。我知道妳比我常見到她。妳知道我只是在想小狼。對不起。」

他握住她的肩膀，親吻她的頭頂，他手指上仍然有昨天晚餐時大蒜的味道。

「我替妳泡薄荷茶吧，」他說。「親愛的，記住，這不是妳的錯。我們的生活都很忙碌。現在跟以前不一樣了，妳不能每五分鐘就去拜訪鄰居。不用覺得內疚。這個世界就是如此。」

「或許來點真正的茶吧？」她說。大衛後退了一步。如果這就是他對微量咖啡因飲料的反應，那她想知道要是昨天晚上他跟著她上樓，看見她掏出藏在內衣抽屜裡的迷你伏特加酒瓶猛灌的時候，會有什麼反應。

她仍舊不知道自己到底怎麼了。她不是躲在房間裡，摧殘自己身體才覺得好過的那種人。她會出去跑步，做皮拉提斯運動，或是坐在海邊深呼吸。

但是過去幾年以來莉莉有所改變了。大衛越綠化，她越覺得自己更傾向黑暗的那一端。

她看起來沒有什麼不同。她仍舊穿著印花洋裝，不做髮型，不披頭散髮也不編髮；但她會綁頭巾，以免嚇到工作場所的馬匹（去年夏天綁過髒辮之後，她的爆炸頭蓬得要命）。她去學校，她微笑、烹飪、幫孩子們做藝術品，以合乎道德的方式購物……她很正派。

這無法解釋去年耶誕宴會時她為什麼要竊取旅館小冰箱裡的伏特加，也不能解釋她在Topshop買的兩條破爛牛仔褲，或是溜到星期五餐廳去吃油膩不健康的東西，或是……算了。最好不要去想那些。

「真正的茶馬上就來，」大衛用聖約翰救護機構❻的架勢說，這是他最近熱衷的項目。「或許還偷偷加一顆糖？安撫一下震驚。」

莉莉深吸了一口氣。

震驚？奧利芙．柯林斯死了，她一點都不震驚。

莉莉．瑟蘭凱有某種非常嚴重的毛病。

奧利芙
四號

接下來瑟蘭凱家搬進了二號。

老公是都市滑頭和學校老師，過了幾年雙胞胎出生了。漂亮的寶寶們，然後長成了可愛的學步娃娃——嗯，他們長成了有自己個性的人。我最喜歡小狼。

他陷入困境並不是他的錯。完全不是。

莉莉生下雙胞胎時，我們全都非常興奮。當然最高興的是他們的父親，他似乎為了孩子已經計畫很久了。他曾經告訴過我，他們在搬到谷地之前住在城市裡的一間公寓裡。大衛說，那裡對孩子們不安全。有陽台的八樓。

請注意，這是在莉莉懷孕之前的好幾年。

他有加上一句——澄清搬家並不只是為了將來的孩子們——說他知道莉莉不喜歡都市生活。她是個自由的靈魂，他說。她需要花園、樹林和開闊的空間。

我可以清楚地想像某一天莉莉回家，發現他們的所有物都已經打包進了貨車，大衛拿著一串鑰匙，跟她說這是個驚喜！

❻聖約翰救護機構（St John Ambulance）：起源於英國的法定國際慈善機構。

他們沒有舉辦入住宴會和鄰居聯誼，但我還是帶著歡迎的禮物去他家，他們也非常地友善。友善，但是疏離。

但是我鍥而不捨。

而且我努力地不下任何評斷。莉莉不是我喜歡的那種女性——那種新世代嬉皮，飄逸的裙子和手織圍巾、瑜伽和藜麥——整個生活方式都跟我不合。但她有教養又聰明，似乎是個好人。太好了一點。

有意思的是，我猜透過莉莉的孩子們，可以更加瞭解她。說老實話，要不是虛榮到一個地步，誰會給小孩取跟自己一樣的名字呢。莉莉．梅，永遠都是母親的一個小分身，沒有自我。一個女兒和雙胞胎中的一人，根本不完整。

搞清楚大衛就沒這麼快了。他總是非常開心，非常愉快。有時候他會帶著素食食譜跟自己花園裡種的蔬菜過來，跟我聊天。

他告訴我，以一個奈及利亞人來說，選擇不吃肉是很不尋常的。

「我回家時，我的兄弟們都嘲笑我，」他說。「然而我們國家的料理基本上都是豆類、蔬菜跟米飯。有一天我退休之後，可能會替歸國人士開一家生意興隆的素食店。你會想念我嗎，奧利芙？」

「我會想念免費的蔬菜。」我這麼說，他宏亮的笑聲會響徹我的前廊。

他是個非常英俊的男人，更是一個好父親。我常在星期六看見他帶著孩子們進城去逛街，或是看電影；強壯高大的他穿著亞麻白襯衫和淺褐色的斜紋棉褲。他身上有香的味道，黑髮理得很短。就像跟伊卓瑞斯・艾巴[7]的住所只離幾棟房子的距離而已。

我發現他在天殺的套利基金工作的時候簡直無法置信。

套利基金。

他的工作就是跟即將倒大楣的人作對，然後靠他們的苦難賺錢。在那之後我每次看到他，都想像麥克・道格拉斯在電影《華爾街》裡大叫**貪婪是好事**的台詞。

我第一次跟瑟蘭凱家的人見面的時候，真的以為他們是我必須留下好印象的人。我希望他們知道我瞭解文化跟國際情勢，並不是什麼中年鄉下愚婦。

但過了不久我就發現他們不僅充滿矛盾，而且很無趣。你喜歡喝一杯梅洛葡萄酒，不在乎一面看肥皂劇一面吃膝上托盤裡的漢堡和薯片；但有人無情地提醒你他們的生活方式有多健康乾淨的時候，就很讓人厭煩了。

我不覺得我想跟他們扯上什麼關係，除了他家唯一一個深得我心的可愛優點之外。

小狼。

---

[7] 伊卓瑞斯・艾巴（Idris Elba）：1972年生，英國著名男演員、製片人、導演、音樂家。

荷麗＆愛莉森

三號

荷麗很想用棉絨把母親裹住。

她知道這是反過來了。應該是母親無時無刻不擔心她才對。

但事實不是這樣，荷麗也習慣了。

「媽，別這樣。坐下。我來。」

愛莉森像著了魔一樣整理客廳裡的靠墊。她最大的本領是裝飾。讓一切看起來都漂漂亮亮的。一個造型不佳的角落，還有兩個要來拜訪的警探，絕對會讓她不安。

荷麗領著媽媽到一張舒服的扶手椅旁，讓她坐下。

「每次我想到她在那裡腐爛……」愛莉森面無表情，仍舊震驚。「我不相信這是真的。妳覺得她有沒有試著求救？喔，老天，現在警察要來了。」

愛莉森的眼中開始浮現淚水。

「媽，不要這樣！」荷麗說。「妳的睫毛膏都暈開了。」

愛莉森眨眨眼，望向荷麗，好像她第一次看到她一樣。

「我不覺得我的睫毛膏……」

「那兩個警察隨時會來。妳得振作起來。聽我說。」荷麗放低聲音。「她就算在屋子裡把頭都叫掉了，我們也聽不到的。但那並不重要。她是個討厭的女人。她死了我們應該很高興。」

「荷麗！妳不能說那種話。人死的時候……」

「還是同一個人。喔，媽，別這樣看著我。我去燒開水，好嗎？」

荷麗走進廚房時，警察已經在敲前門了。她嘆了一口氣，把幾個茶包扔進茶壺裡，在托盤上放幾個杯子，然後從冰箱裡拿出半品脫牛奶。

「不用麻煩了，」荷麗端著托盤進來的時候，那個男警察說。「但還是謝謝妳。妳叫荷麗，對吧？令堂說妳剛剛開始放暑假。九月回學校的時候，妳一定有精采的故事可以告訴大家了。明年妳就期終考了，不是嗎？」

荷麗瞥了母親一眼，然後默默地對警探點點頭。

學校？老天，她讓媽媽獨處五秒都不行。

荷麗試圖分析他。年長的男人通常很容易。根據她猜測他們的喜好，她會表現得成熟懂事，或是像個天真的小學童一樣扯著頭髮。她立刻知道這兩種手段對這個人行不通。他看起來像是能看透任何人。他看起來像是會懷疑所有人。

「所以，妳剛才說，妳是蒂時尚的店長？」那個女警探幾乎沒有正眼看荷麗，只微微點頭算是跟她打了招呼。

愛莉森點點頭。

「店是我的。我在二〇一五年開了第一家店，現在有三家了。我是靠近碼頭的那家的店長。

妳有空應該過來，我會替妳好好打理。」

荷麗咬緊了牙關。她媽媽為何總是說這句話？好像她有某種妥瑞氏症❽一樣，只不過她不會說髒話，而是慷慨成性。

幸好大部分人都太有禮貌，不會把她的提議當真，要不然生意還做得下去嘛。大部分人。

「喔，謝謝妳，」那個警探看起來有些不知所措。「恐怕我們不能接受一般民眾的任何禮物。我媽有時候會去那裡逛逛。那是年紀比較大的女裝，不是嗎？」

「呃，也不盡然。」愛莉森說，有點過於客氣。荷麗的母親設計的衣服十分典雅，任何年紀的女性穿起來都很好看。

「妳有機會翻過記事簿了嗎？」那個男人問道。他是不是叫法蘭克？他的姓，是不是一個國家？荷麗試著想起來。她很不善於記住人名。謝天謝地。人臉的話她在任何地方都能認出來。

愛莉森搖搖頭。

「抱歉，」他說，「妳當然還沒時間。我們立刻就過來了。妳想很快翻一下嗎？」

「幾月幾號？」

「三月三號。」

愛莉森拿起手機，滑過行事曆。

「那天晚上我飛去倫敦了。喔。」她把手放在胸前。「真是鬆了一口氣。我有種可怕的感覺，奧利芙可能在大聲求救，而我沒有聽見。要是那樣，我絕對沒辦法原諒自己……她到底發生了什麼事，巴西警探？你們……你們在她家發現了什麼不對勁嗎？」

「我剛才說過了，」法蘭克回答，「現在還不能透露任何細節。當天晚上妳什麼時候起飛的？」

「嗯，七點左右？我想我大概得五點就到機場吧。不，等一下，我想起來了。那天我直接從威克洛的店裡出發，結果塞車，快六點才到機場，有點手忙腳亂。但我事前已經在線上辦過登機手續，所以直接去了登機門，最後一切都很順利。」

「我知道了。所以當天妳一直在這裡嗎？」

「我一直在這裡，然後十二點左右去了店裡。就跟平常一樣。但是為什麼……？」

「妳沒有注意到隔壁的動靜？沒有看見有人出入？」

「沒有。我們谷地一向都很安靜，真的不會注意到有什麼不尋常的人或者事情。郵差、救難單位、電力公司之類的人有柵門的密碼，來這裡的服務人員通常不會換。從來沒有人拜訪奧利芙。如果有人來——如果她家外面停著陌生的車輛——我一定會記得。那是說，如果我看到的話。」

❽妥瑞氏症（Tourette Syndrome）：一種遺傳性的神經內科症狀，會不出自主地發出聲音或是肢體抽動等等。

「妳呢，荷麗？」法蘭克轉向她。「妳媽媽不在的時候，妳自己一個人在家嗎？還是妳爸爸在？對不起。」他回望向她母親。「這個家有爸爸嗎？」

愛莉森搖頭。

「我自己一個人。」荷麗說。

「沒有兄弟姊妹？」

「只是一個晚上而已，」愛莉森插進來說。她緊張地扭絞雙手，荷麗注意到她母親額頭上浮現一層汗光。她知道愛莉森心裡在想什麼——他們會因為我讓一個十七歲的孩子獨自在家過夜而逮捕我嗎？荷麗確信他們不能，但她自己也有點害怕。她們應該事先套招的，而不是拍靠墊燒水泡茶。

「我第二天晚上就回來了，」她母親繼續道，「通常荷麗會跟我一起去的，但她那時不太舒服。我一落地就打電話給她，第二天一早我又打給她了，對吧？」

荷麗點點頭。

「媽媽跟我打了視訊電話，確定我沒有在家裡開轟趴。」她露出微笑。正常。一切都必須顯得正常。

「妳為什麼不舒服？」那個女警察問。

「偏頭痛。」

「妳沒有找個朋友來陪妳？我未成年的時候，如果我媽晚上讓我一個人在家……」

「在犯偏頭痛的時候嗎？」荷麗問道，揚起眉毛。「那天晚上我連電話都差點接不了，但是我知道要是我不接的話，我媽就會飛回來的。」

「所以如果妳沒有不舒服的話，就會開轟趴？」法蘭克笑起來。

「不會，」荷麗說，「我會跟我母親在一起，在倫敦？逛街？」

「當然，請原諒我的無知。那天妳自己在家的時候，有看見或聽見任何奇怪的事情嗎？」

「有。我的耳朵嗡嗡作響，眼前有很多小小的白點在亂飛。」

法蘭克望向愛莉森，後者哀求地盯著荷麗。別耍小聰明，她母親的視線懇求道。讓他們離開，忘記我們吧。

「對不起，」荷麗說。「我不是要裝詼諧。只是，我整天都躺在床上，一直到快要半夜才起來，然後我烤了吐司，然後回自己房間看電視。我的窗簾是拉上的，老實說，我們家這麼大，如果我在樓上，就幾乎聽不到媽媽在做什麼，更別說隔壁了。」

法蘭克點點頭。

「裝詼諧。妳是個聰明的孩子，荷麗。妳覺得你們的鄰居奧利芙是個怎樣的人？谷地的人對她有什麼看法？」

要和善、要和善、要和善，荷麗直覺告訴她。

但那樣有什麼意義？警察又不是傻瓜。不是每個死掉的人都討人喜歡。他們知道的。

「我覺得她是個怎樣的人？她就是個臭屄。」

荷麗立刻後悔用了髒字。那個女人把一口茶噴進杯子裡。法蘭克的眼睛瞪得大到臉上其他器官都快掉下去了。

她的母親花了好幾秒鐘才把下巴從地板上找回來。

「荷麗！妳是怎麼了？我非常抱歉，警官，我……」

那個警察舉起手示意愛莉森不要說了。

「沒有關係，達利太太。聽到這麼殘酷的實話令人耳目一新。但或許妳能進一步說明一下，荷麗。妳的鄰居什麼地方讓妳覺得她這麼……討人厭？」

「喔，她並不討人厭。不真的討人厭。」愛莉森打斷他。「她只是有時候不用腦子。我並不——」

「達利太太，請讓荷麗自己跟我們說。」

「喔，抱歉。」

荷麗聳聳肩。

「你們有多少時間？」

法蘭克

「那完全說不通。」艾瑪說。

法蘭克幾乎沒聽到她的話。他一如既往地走在她前面兩步，長腿跨出一步她得走兩步才跟得上。

「我建議我們從頭開始查那些剩下的，一號到七號。」他說，指向最靠近谷地入口的那棟房子。那是另一棟嚇人的豪宅，可能至少有七間臥房。這似乎是本社區的重複主題。除了死者的小屋之外，其他的房子都大得毫無意義。

法蘭克住在一間有三個臥室的排屋裡。他和他太太都來自工人家庭，孩子和大人的人數比例大約是四比一，當初他們買下這裡的時候覺得好寬敞，兩個人有這麼大的空間！

他和夢娜打算要生兩個孩子，孩子一人有一間臥室，他們四個人會幸福快樂地生活下去。

不幸的是，他們膝下無子。

「我是說，這種事情常常發生。但是要勒索人的話，你手上得有把柄才行。」艾瑪還在滔滔不絕。

「什麼？」法蘭克停下腳步轉向她。

「荷麗．達利說的話。要是她媽媽沒有什麼秘密的話，奧利芙．柯林斯要怎麼勒索她呢？她媽媽說的是真話嗎？是荷麗搞錯了嗎？你聽到愛莉森了。我們才剛進門，她就提議要送她店裡的東西給我。她可能對奧利芙．柯林斯說過同樣的話，奧利芙接受了她的提議。我是說，哪個正常人會勒索別人給她免費的衣服？」

「妳覺得荷麗是個小孩所以她搞錯了？我會以為妳沒比她大多少，應該自然會站在她那一邊的。難道不應該是我覺得荷麗是個愚蠢的小女孩嗎？」

艾瑪皺起眉頭。

「我不覺得她愚蠢，我也不因為她是個小孩所以忽視她……」

「但是她媽媽說自己沒有秘密的時候妳相信了。如果奧利芙．柯林斯在勒索她的話，愛莉森．達利不太可能告訴我們原因的。她會感謝自己的守護神奧利芙死了，她的秘密保住了。雖然我很不願意這麼說，但我們現在有了想要奧利芙死的嫌犯和動機。」

「但是愛莉森．達利在我們相信奧利芙死掉的那天晚上去了倫敦。」

「就算愛莉森說的是實話，她是那天晚上離開的。她可以在白天的時候在奧利芙的熱水器上動手腳。那樣——媽的——也能解釋殺人的方法。無論是誰幹的，都不用替自己在特定的時間找不在場證明。」

「根據統計，大部分的殺人犯是——」

法蘭克哼了一聲，打斷艾瑪。

「不用跟我提數字。我知道，大部分的殺人犯都是男人。每次有女人殺了人都比較容易逍遙法外，因為那些統計魔術師會跳上跳下說，不是，看那邊的男人，不要看這個手裡握著滴血的刀的女人。這不是暴力攻擊，艾瑪，這表示下手的是女性的可能性更大。」

「好吧，那告訴我，」艾瑪厲聲說，「你覺得愛莉森．達利是個冷血的殺人犯嗎？因為我會告訴你我覺得她是——一個溫和有禮的女人，因為她的鄰居過去三個月都死在屋子裡而感到非常震驚難過。」

「沒有震驚難過到去看看她有沒有出事。正如妳之前說過的。這些豪宅雖然相隔很遠，但並沒有被該天殺的護城河包圍請原諒我的無知，艾瑪，但要是奧利芙是被刻意謀害的，而我們碰到了兇手，妳覺得兇手會露出自己有罪的樣子嗎？妳覺得能讓那個女人在那裡腐爛三個月的人會有良心嗎？」

「老天，你真的覺得是她某個鄰居殺了她，然後就讓她在那裡坐著？」她說。「那就不只是沒良心，而是喪心病狂了。」

「如果她是被殺的，那也可能是外面的人，她過去認識的某人。但是，我們只跟一家鄰居談過話，就已經得知她沒有家人，也沒有訪客。所以如果你住在這樣的人隔壁，而她家外面突然停了一輛車，或是有人進出，你會不記得嗎？放心吧，艾瑪，如果有這個小團體之外的人進來謀殺了四號的主人，會有人注意到的。」

艾瑪皺起眉頭。

「好了，」法蘭克說，認為自己在這個論點上已經贏了。「我們要不要去拜訪一號？」

艾瑪嘟著嘴，走到他前面。

他花了幾秒鐘就趕上她。

「而且妳錯過了最重要的一點。」他說。

「喔，還沒完？」

「對，還沒完。荷麗．達利說的話合不合理並不重要。她跟她媽媽說了什麼並不重要。她們沒說的才重要。她們有所隱瞞。我不知道隱瞞什麼，但跟她們在一起待五分鐘，就知道她們隱瞞的事情非常、非常嚴重。」

艾瑪直視前方。她痛恨他說得對。

奧利芙
四號

達利家幾年前才搬進三號的。在她們來之前，一個可愛的伊朗人跟妻兒住在那裡。爸爸是博士，我想是醫學博士吧。我不太常看到他太太。她很少出門，但出門的時候都打扮得非常漂亮。富有光澤，精心整理的長髮，棕褐的肌膚，真正的珠寶，名牌服裝。有點冷淡，但老天，我好嫉妒。

他們的兒子很奇怪。我發現他有時候會滿臉不屑地看著我。可能是因為我是個女人，而且單身，還是白人。這麼說吧——我總是擔心他的嗜好可能包括聽說唱，玩滑板以及接受成為伊斯蘭聖戰士的訓練。然而每次我跟他說話，他總是非常有禮貌地回答。舉止無懈可擊。

達利家搬進來，我真的很高興看見谷地又多了一位女士。我跟六號的艾米莉雅．米勒處得很好，但我跟莉莉或是克莉絲就不太合得來。老實說，大家都不怎麼敦親睦鄰，讓我很失望。沒有人願意設法互動。大家對怎樣才算是一個社區似乎有不同的看法，即便我們都住在同一道柵門之內也並不重要。

愛莉森和荷麗一開始很低調。她們搬來之後不久，我建議舉辦一次聯誼幫她們融入大家，那天稍晚，愛莉森過來道謝。

我們開了一瓶酒，坐在前院。傍晚的陽光仍舊溫暖，遲開花朵香味在鼻端飄蕩。我告訴她我在這裡住了多久，一切有多麼不同。

「妳一定非常寂寞。」她說。

「我想是吧，」我承認。「我並沒立刻發覺。當時我有全職工作——現在我一星期只工作兩天，明年就退休了。但當時從城裡通勤回家，每天晚上去看我爸媽，大多數晚上都很晚才回家。一星期五天都這樣。我非常高興能回家，並沒注意到我是自己一個人。妳知道我的意思嗎？我發現這裡會有其他的住宅時，我覺得……我不知道。我很期待認識工作場所之外的人。偶爾有個鄰居過來喝一杯。」

我們微笑碰杯。

「是啊，」她說，「很容易陷入例行公事然後沒發現自己不快樂。」

「我非常高興妳來了，」我說，「在妳之前的那家人——他們人很好，但不怎麼跟鄰居往來。那家的太太跟超級模特兒一樣。非常漂亮，但是疏遠。有點像莉莉。」

「我沒有見過她，」愛莉森說。「我是說那家的太太。簽買賣合約的時候，我在律師那裡見過她先生。」

「嗯，他們是伊朗人。父權至上的社會。我想一切正事都是他處理的。他人很好，可是……至少她沒穿著罩袍。那頭漂亮的長髮遮起來太可惜了。」

「喔，奧利芙，我不確定她們在伊朗穿罩袍。」

「我開玩笑的，」我說。「算是吧。」

她對我咋舌，然後我們坐著喝酒，享受沉默。

「妳們之前住在哪裡？」我問。

愛莉森抿著唇，望向街上。我花園外面的夜燈剛剛亮起來，我們看著飛蛾撲燈，危險地衝向玻璃。

「就在市中心旁邊。」她說。

她這麼模稜兩可的說法讓我覺得有點奇怪。我在城裡工作，並不是不熟悉那裡。

「荷麗的爸爸呢？抱歉，如果我侵犯了妳的隱私請告訴我。」

愛莉森勉強笑了一下，搖搖頭。

「當然沒有。妳只是閒聊而已。我，呃，我會告訴妳的，等以後比較有空的時候。我想我該回去陪荷麗了。天黑了，她不喜歡自己一個人待在屋子裡。」

「但是她從窗口就可以看見妳。再喝一杯吧，我喜歡有妳作伴。」

「不了，真的，我不能。妳真是太好了。我們下次再聚吧？」

我熱切地點頭。

我們聚了。之後那一次，她多說了一點。

愛莉森和荷麗激起我很大的保護欲。像是她們需要有人擁抱和保護她們安全一樣。

要蒙蔽一個人真是驚人地容易。連我都一樣，而我還總以為自己很會看人呢。

法蘭克

一號，就是那棟不知道有多少臥房的豪宅，裡面只住了一個人。法蘭克很快跟喬治・里其蒙握了一下手，然後略覺好笑地看著艾瑪結結巴巴地自我介紹。這個喬治是個帥哥。

他邀請警探們進屋，讓他們坐下，但沒有問要不要飲料。法蘭克環視休息室，這是一間典型的單身漢居所。黑色皮沙發，四十幾吋的高清索尼智能電視，接著Xbox遊戲機，最新的蘋果Mac筆電放在角落的桌上。很奇怪的是，此外還有一包嬰兒潔膚巾。

一個有潔癖的傢伙，法蘭克猜測。除非週末會有小孩來訪之類的。孩子並不住在這裡。此地太有秩序，太乾淨了。

「你家真不錯，」他說，「你們公司一定是那種真的回饋員工的。絕對不要加入警方，喬治。」

年輕人微笑起來，但那比較像是個鬼臉。她很緊張，但是法蘭克並不計較這個。兩個警察在自家客廳裡，喬治．里其蒙可能突然想起自己沒付的超速罰單、他在布拉格睡的妓女，以及他動過手腳的報稅單。每個人都一樣。

「目前我沒有真的工作，」他說，「我的意思是，沒有正式的。我本來是平面設計師，但現在我只接一點布置設計的零工。」

「丟了工作嗎？」

喬治聳聳肩。

「算是吧。我跟老闆有點意見不合。總之，這棟房子是我父親的，所以我比別人幸運一點。」

「喔。」法蘭克看見艾瑪眼中的光芒黯淡下去。被開除，住在爸爸的房子裡啃老。不管喬治有多英俊，這種三十歲的魯蛇還是不行的。「爸爸手頭很寬，是吧？」

「你可以這麼說。他是斯圖．里其蒙。」

法蘭克搖搖頭。他從沒聽過這個人，但那顯然是個大人物，因為喬治面露尷尬之色，好像他在等……

「不會吧！」艾瑪說，「你是斯圖．里其蒙的兒子？」

「是的。」

「哇。這真是……」她望向法蘭克，後者雙手一攤，表示自己不知道他們在說什麼。

「他像是愛爾蘭的西蒙．高維爾？」她說，她的聲音在句尾驚訝地揚起。「他是席昆絲、B小姐和，W小隊的經紀人？」

「有披頭四？佛利伍麥克？滾石樂團？」

艾瑪氣急敗壞地說不出話來，喬治微微一笑。

「是啊，」他說，「我也比較喜歡那些。我爸都是流行音樂。那裡才能賺錢。他現在替大唱片公司當星探了。」

「對，很好。反正我們是要跟你聊聊你的鄰居奧利芙，不是流行音樂明星。」法蘭克必須把話題拉回正軌。艾瑪看起來像是要立刻回家，把以前的告示牌雜誌翻出來要求簽名一樣。「你跟你的鄰居熟嗎？」

「不怎麼熟。我喜歡自己一個人。住在這種與世隔絕的社區裡，這是唯一的辦法。微笑，閒聊，但是圍籬要高，門要關著。我們也努力過——在大街上開趴，除夕一起守歲之類的——但結果像是死了一次似地。奧利芙可能比大家都努力，上帝眷顧她。她來過這裡一次要找什麼東西，問說能不能留一把她家的鑰匙在我這裡，以免她不小心把自己鎖在外面。我覺得沒什麼必要。在這裡——她可以把鑰匙留在門墊底下。但她希望我們都是那種守望相助的鄰居。如果你知道我的意思的話。」

「所以你有她家的鑰匙？」法蘭克豎起了耳朵。「你進去過嗎？」

喬治眨眨眼。

「沒有，從來沒有。而且我不覺得這個社區只有我一個人有她家鑰匙。她也有我家的鑰匙。老實說，我想問一下，我能拿回我家的鑰匙嗎？既然她已經死了？」

「我相信過後那可以安排。再跟我說一點這把鑰匙的事情。」

喬治張嘴要說話，然後又閉上。他的雙頰泛紅。

「啊，」他說，「我明白了。我發誓，我從來沒碰過那把鑰匙。我從來沒進過她家，一次都沒有。鑰匙就掛在走廊上，你們進來的時候經過了。呃，你們覺得她到底發生了什麼事？」

法蘭克在扶手椅裡挪動了一下身子；椅子隨著他的動作發出咯吱聲。下午越來越熱，奧利芙的鄰居們也越來越可疑。

「你跟柯林斯女士有任何不尋常的互動嗎？似乎不是所有的居民都覺得她……呃，她至少跟谷地裡某一家人不和。」

「達利家嗎？」喬治問。

「你知道？」

「不知道。但你們只去過那一家啊。」

法蘭克把頭傾向一邊。喬治逮到他了。

「我不能透露細節。」法蘭克說。

「我明白。」喬治點點頭。「只是，你們問這麼多問題，還要拜訪谷地每一家人——就好像你們擔心她發生了什麼事一樣。」

法蘭克抿住嘴唇。

喬治等了一會兒，然後放棄了。

「我跟她相處沒有問題。我不能替我的鄰居發言，但我從來沒有跟她有過什麼不愉快。」

「三月三號那天，你在……？」

「這裡。絕大部分時間我都在這裡，在家裡工作。我是說，我可能出去買個東西，但我不會離開一整天去開會什麼的。我也沒看到任何異常，如果那是你下一個問題的話。」

「很好。」法蘭克說。他沒有別的話要問了。但他不想離開。他想繼續跟喬治・里其蒙一起坐在這裡。看看他會不會再多說些話。

法蘭克討厭自己開始感興趣。

克莉絲 & 麥特

五號

在快要十二年前，克莉絲和麥特・亨尼士搬進五號的時候，當時大腹便便的克莉絲一開始做的事情之一，就是替她的新鄰居們開派對。

她閱讀了所有的手冊。孩子要在鄉村成長，而克莉絲在本地沒有足夠的人填滿一個三人帳篷，更別提組成一個社區了。麥特工作的時間不合常理。克莉絲的家人，就是她的父親和兩個兄弟，在嬰兒方面完全派不上用場。她的朋友們也不是那種會離開市中心太遠的人，他們一起長大，大部分人也還住在那裡。

她和麥特搬進凋零谷地的時候，她知道這裡有女性，但是沒人有嬰兒。這讓她有點憂慮。但二號黑人家庭的兩個孩子歲數夠小，那家的丈夫大衛也說了他們還想要小孩。

三號的卡茲米太太，那個看起來像中東人的女士，有一個青春期的孩子。所以至少她經歷過，知道是怎麼回事。隔壁的奧利芙．柯林斯沒有小孩，年紀比較大，但似乎非常友善——他們來看房子的時候，她跟他們聊了很久。另一邊的艾米莉雅．米勒也是年紀大而且沒有孩子，但人似乎也很好。

或許這些新鄰居因為自己沒有孩子，正可能成為完美的保姆候選人。克莉絲決心要跟他們所有人交朋友，暗地誘導他們幫她帶孩子。她非常害怕如果一切都得自己來的話，她會搞砸。面對現實吧——她自己那個離家出走的媽媽可不是什麼好榜樣。

在麥特對利用財務問題長吁短嘆的當口，克莉絲上網到特易購買了派對需要的一切（她的肚子大到要是她真的得去推著推車，可能會絆倒）。克莉絲的烹飪技術僅限於冷凍華夫餅跟咖哩口味的速食麵，但她認為就算是她，也能把一盤小鬆餅擺得漂漂亮亮的。她本能地知道這次派對得辦得高端。如果她想融入這裡，那光是蘋果酒跟幾包品客洋芋片是不行的。所以她除了好幾箱啤酒之外，她訂了一箱香檳（麥特幾乎爆炸了）。看，貨車送來的現成派對完工了。

專業清潔人員來過，她裝飾完畢之後，覺得房子看起來棒極了。當時接近萬聖節，克莉絲在南瓜頭裡裝了燈泡，還掛了彩燈。食物盤子周圍點綴著塑膠蜘蛛；她甚至還做了棉花蜘蛛網。

克莉絲很興奮，麥特對她的成果十分讚賞，雖然花了不少錢。

「我怎麼這麼幸運？」他說，從後面摟住她，雙手護住她的腹部。「我太太不僅是個了不起的女主人，還是個漂亮、性感的豐饒女神。」

克莉絲笑了。

「你壓我肚子的時候我放屁了，麥特。說性感可能有點太誇張。如果孩子再壓迫我的膀胱，我就要尿在你鞋子上啦。」

「誰說我不會覺得克莉絲尿尿很性感？」

他們當時就是如此。非常相愛。

那本該是一場很棒的宴會。鄰居們似乎都很樂意參與。

奧利芙．柯林斯帶著兩瓶酒早到了，她熱切地稱讚克莉絲費盡心思準備的一切。

克莉絲比較喜歡伏特加和通寧水，但她替自己倒了一杯香檳，放輕鬆準備迎接這個晚上。她花了六百歐元買了六瓶香檳；自己嚐一點應該不是什麼十惡不赦的大罪吧。

即便如此，她還是跟奧利芙坦白，自己不確定大家看見懷孕的女人喝酒會有什麼反應，所以決定在大家到來之前先喝一杯。

「別傻了，」奧利芙嗔怪道。「這是妳的派對。現在是二〇〇五年了，看在女神的份上。每個人都知道妳可以喝個一兩杯，對孩子不會有什麼傷害的。老實說，我媽媽懷我的時候，每天晚上都喝一杯波特酒呢。但是那可能就可以解釋我的斜眼啦。」

「妳的眼睛不斜……喔！」克莉絲笑起來。

她決定要聽奧利芙的建議。麥特對她喝上一杯也同樣毫不在意。麥特只關心克莉絲是不是開心。

其他賓客抵達時，她倒了第二杯酒，和大家一起舉杯。然後她盡量確保每個人都很愉快，遊走於小團體之間，請大家吃特易購最好的冷凍食品，並且添酒。

雖然她滿懷好意，連麥特都配合幫忙，派對的氣氛還是很古怪。似乎沒有人真心投入。在克莉絲長大的地方，這樣的派對通常最後大家都會坐在客廳裡一起唱歌，其他時候要是誰動了手打破窗戶，就會有人報警。

克莉絲第一次的成人宴會沒辦起來。三號的卡茲米家很和善，但是不怎麼跟其他人交談。斯圖．里其蒙致上歉意，並且送了一籃水果（誰給派對送水果？）。莉莉和大衛似乎對派對上的食物大部分都有肉類覺得反感——但克莉絲並不知道他們是素食者，而且，老天爺，不是還有乳酪跟洋芋片嗎？更別提水果了。米勒家一整晚都在跟自己人，要不就是跟奧利芙說話，也不跟其他人交流。奧利芙則極力和大家往來，並且一直問要不要幫忙。只有七號的隆真的很可愛、有趣、而且還會打情罵俏。

隨著夜漸漸深了，克莉絲開始有種不妙的感覺，自己定居的這個社區不會是個參與她養孩子的地方。事實上，她已經開始懷疑，當孩子出生時，這些人甚至連一張卡片都不會送，更別說帶著燉菜來訪，並且主動要幫忙洗衣服讓她睡覺（那些育兒手冊上都保證鄰居一定會這樣，並且堅持新手媽媽要接受任何跟所有的助力！這點克莉絲完全沒問題）。

克莉絲發現自己倒了最後半杯香檳——她的胃口一直跟豬一樣，現在距離她上次吃東西已經好幾個小時了——一面評估在這次派對中的收穫。

奧利芙。那是她獲得一個樂於助人的新朋友的最大希望。

克莉絲心裡這麼想著，直接朝奧利芙、大衛和莉莉．瑟蘭凱的小團體走去。

他們沒有注意到她接近，於是她聽了一耳朵低聲的閒話。

「喔，我想懷孕的時候喝幾杯酒沒什麼大不了的。而且我也沒資格評論，我從來沒懷孕過。但我同意確實看起來不太好。」

說話的是奧利芙。

「我知道，我知道，我們都在批評別人——但她先生什麼都不說讓我很驚訝。他似乎是個正直的好人。莉莉，如果我們要有孩子的話，我不是說我介意妳偶爾喝一杯——畢竟妳是獨立自主的女性——但三四杯好像太多了。」

這是大衛。

「我完全不喝酒，如果我懷孕的話，更加不會。但她好像沒事。我比較擔心孩子要出生在這樣一棟房子裡。誰有那麼大的電視，但卻沒有一個書架？我從來沒見過沒有書架的房子。我甚至無法想像不唸書給孩子聽。」

莉莉補充了自己的意見。

克莉絲轉過身，臉上發燒。

隆．萊恩看見她離開，滿臉通紅，眼中含淚。他問她還好嗎？

「賀爾蒙不平衡。」她尖聲說道，悲慘地逃上樓。

以前沒有懷孕的克莉絲很可能會走向那一小撮人，給他們一頓教訓，誰叫他們在背後嚼舌根。還在她家裡，她舉辦的派對上。克莉絲並不是嬌弱的紫羅蘭，她成長在一個教會她堅強有多重要——而且多必要的地方。

然而懷孕的克莉絲覺得脆弱、孤單且丟臉。

後來她崩潰了好幾天（而且她還常常回想），她決定奧利芙只是想讓瑟蘭凱家的人留下好印象。說老實話，克莉絲覺得那家人非常自以為清高。她無法相信會有這種兩面人，一面鼓勵她喝酒，然後轉頭就說這樣不對。克莉絲也常常發現自己陷身於雖然並不真的認同，但必須點頭同意多數意見的場合。有些人就能這樣影響你。

但這仍舊表示她的鄰居不能信任，而忠誠對克莉絲是很重要的。

麥特在派對那天晚上上床的時候，問她為什麼沒跟大家說晚安就不見了。

「我不怎麼開心，」她說。「這是個壞主意。我不確定我喜歡這些鄰居，我好累而且賀爾蒙不平衡，我就是……就是沒辦法正常發揮。」

「反正搬到這裡來的重點就是隱私。」麥特說。「如果妳不想跟任何人說話，就不用說。」然後他翻過身睡著了。

克莉絲傾聽他的鼾聲，覺得頭昏腦脹。她並不想要隱私。她並不想跟鄰居老死不相往來。但看起來她似乎別無選擇了。

艾瑪

瑟蘭凱家的屋子就像是從雪梨郊區移植到愛爾蘭一樣。那應該在海邊，而不是在鄉間谷地中央。夏天很不錯，但冬天呢？太多玻璃，沒有足夠的暖氣管。

艾瑪坐在莉莉和大衛明亮寬敞的廚房時心裡這麼想著。整片後牆似乎都是開放的，花園像是廚房的延伸。陽光灑在做舊的木桌和柚木地坂上。水槽上方的窗台上堆滿了各色的植物和香草盆栽。拉開的玻璃落地門外露台天花板上掛著風鈴，不時隨著微風錚鏦作響。

艾瑪瞥向法蘭克，很快搖搖頭。他抿著嘴唇，皺起眉頭。

艾瑪剛剛進來。她之前在打電話，跟警局的資訊科技人員確認。初步的搜索調查並沒有發現任何人有理由傷害奧利芙．柯林斯。沒有跟前同事的衝突，沒有家人可言（這他們已經知道了），沒有違法紀錄，沒有……什麼都沒有。奧利芙．柯林斯非常清白，她的社交帳號——幸好她沒有登出——除了她的鄰居跟幾個好像住在國外的老朋友之外，幾乎沒有什麼互動。

如果這個女人有秘密，那隱藏得很好。要是他們想找涉嫌謀殺她的人，那或許就在附近。

大衛在裝飾著茉莉花的桌上倒了伯爵茶，還有一盤他驕傲地宣稱是自己做的無麩質、無乳製品的布朗尼。

同時也索然無味，艾瑪想道，咬了一口，幾乎被那紙板一樣的口感嗆到了。她發覺這玩意要許多流質才沖得下去，已然太遲。

法蘭克同樣滿臉通紅，還在設法從自己剛剛喝的那一口滿是香味的液體中回過神來。

在他們的兩位主人中，莉莉．瑟蘭凱看起來比較像是做素食餅乾，猛灌香草茶的人。她皮膚光滑，散發出健康的光澤，像是從來不曾碰過任何添加物的女人。艾瑪可以想像莉莉每天早上六點鐘起床，跑個四十七英里迎接太陽升起。

但今天她不自在地坐在他們面前，腰桿挺得筆直，好像有人在她背後插了一根掃帚柄一樣。

現在是下午三點，艾瑪和法蘭克急著訪問鄰居，都沒有吃午餐。他們打電話回總部，上司叫他們在確定真的有案件之前，不用急著回來開案件會議。他們的女上司就是這麼遊刃有餘，很樂意讓法蘭克運用他的自由調查判斷，將資源消耗減到最低。

這家之後再去一家，他們今天就收工回家。人的肉體靠香草茶跟假蛋糕撐不了多久的。

「所以你們在鄰居沒出現的期間，沒有注意到小屋那裡有不尋常的動靜？」艾瑪急急說道，一面不動聲色地把剩下的餅乾放在茶碟的邊緣。

「完全沒有，」大衛說，「當然，老實說我不太注意那些事情。我整個星期都在城裡工作，週末我大部分時間都跟孩子們在一起。我在週間唯一常見到的鄰居是對街的麥特．亨尼士。我們兩個都在市中心工作，所以我們偶爾同乘一輛車上班。雖然次數不如我希望的多。我覺得所有通勤的人都應該盡量減少空氣污染。但是麥特起得太早了，連我都自嘆不如。真是神奇。那傢伙是我認識最努力的會計師。如果我們搬回奈及利亞，我絕對要僱他當我的總經理。總之，有時候我只開車到車站，然後搭捷運。我在國際金融服務中心上班。」

「你是做什麼的？」艾瑪問。這個看起來像是現代嬉皮的人在國際金融服務中心上班，讓她有點驚訝。除非他是某種設計師什麼的。她猜想那樣就解釋得通了。一個藝術家，只不過是現代電腦方面的。

「喔，很無聊的。我管理數字。」

警探們等著他說下去。

「他是套利基金經理人。」莉莉說。大衛僵硬地微笑。

真是萬萬沒想到，艾瑪心想。瑟蘭凱先生去上班時是不是拿掉他的珠串項鍊，還是只是藏在襯衫底下？還是他是那種超級現代的資本家，引導全方位的馬克・祖克柏[9]氛圍？看看我，我可能身價千萬，富可敵國，但我穿著耐吉去上班！我是個時髦的金融餓狼！」

「呃，這樣啊。哇，真是……有意思。那妳呢，莉莉？妳做什麼工作？」

「我是小學老師。」

「當然。」艾瑪說，因為這完全合理。這個家庭組合並不特別平衡。

「那麼妳比妳先生常見到鄰居嗎？」法蘭克問。「我猜妳工作時間比較短。」

「是的，我確實比較常見到她。」

「但是最近幾個月沒見到？」

莉莉搖頭，沒法正眼看他們。

「我們太震驚了。」大衛說，握住妻子的手，然後轉向艾瑪和法蘭克。

「我想我以為奧利芙是出門度假還是什麼的吧，」莉莉發現自己應該解釋一下。「艾德跟艾米莉雅——他們住在對街——常常去遊輪旅行，一去就是幾個月。奧利芙曾經跟我說過，政府支付一次性的鉅額免稅退休金的時候，她就提早從衛生委員會退休了。所以她有錢。」

「她是不是真的從來沒有訪客？」法蘭克問。「我的意思是，除了鄰居之外？」

莉莉和大衛面面相覷，然後聳聳肩。

「她似乎沒有任何親友，」大衛說，「我們搬到這裡來之後，沒有見過她有客人。」

「你們跟她關係好嗎？」艾瑪問。

「我們不是，嗯，很親密啦。」莉莉說。她在警探們的視線下有點不安。「我不能假裝很親密。要不然過去三個月我應該會去看她的。」

「我跟她處得非常好，」大衛採取防禦姿勢。「我不常見到她，但是碰到的時候都會打招呼。」

莉莉皺眉，然後笑了一聲。驚訝的聲音。

「大衛，過去十年以來，你跟她講話的時間大概加起來有一個小時。」

大衛的臉上閃過一抹陰影。瞬間消逝，但艾瑪看見了，從他太太的表情看來，她也看見了。後者張開嘴，有些吃驚。無論那是什麼，都來無影去無蹤。大衛似乎很善於控制自己的情緒。

這就是套利基金經理人，艾瑪對自己說。

「所以妳們不是閨蜜，」法蘭克說，「很好。妳們的關係有過什麼問題嗎？瑟蘭凱太太，妳跟奧利芙．柯林斯吵過架嗎？」

「我……」

有一瞬間莉莉像是不打算說實話。只是一瞬間。

然後她非常輕微地點點頭。

「我不會說是吵架，只是意見不合。」

❾馬克．祖克柏（Mark Zuckerberg）：一九八四年生，臉書創始人，有史以來最年輕的全球十大富豪。

「那不算什麼。」大衛打斷她。

「縱容我們一下。」法蘭克說。

莉莉遲疑地望著丈夫，然後望向法蘭克。

「她……呃……她給小狼吃肉。」

艾瑪和法蘭克都皺起眉頭，但是大衛微笑，不屑地翻了翻白眼——這算什麼。

「我知道，」莉莉說，臉色變紅了。「聽起來很傻，但那不是第一次了。我們是素食者。」

「稍等一下，」艾瑪說。「小狼——是誰？妳的狗嗎？」

莉莉和大衛驚恐地瞪著艾瑪。

「他是我們的兒子。」大衛說。

「喔，」艾瑪感到熱意從頸子蔓延到耳朵上。「對不起，我沒……」她沒說完這句話。

「然後發生了什麼事？」法蘭克繼續問下去，「妳覺得她這麼做——給小狼吃肉——只是要讓妳不爽還是怎樣嗎？因為如果這只是發生過一次的誤會，妳跟她說了，她就不會再這麼做，大家就能繼續過日子，沒有芥蒂。」

「這個……」莉莉說。「我不覺得她的動機是純潔的。」

「喔，莉莉，她不是要讓我們不高興。」她的丈夫說。「我們確實不高興，但這不表示那是她的動機。奧利芙．柯林斯有點寂寞。小狼喜歡她，她也喜歡有人作陪。他以前常常去她家玩。我們也讓他去。她會招待孩子吃東西。到頭來小狼自己也該負點責任的。」

「大衛，他才八歲！」

「瑟蘭凱先生，瑟蘭凱太太，」法蘭克打斷他，艾瑪鬆了一口氣。「我們還是專注在這件事情上。發生了什麼事？妳們吵架了嗎？」

「現在想起來真的很傻……」莉莉說。

「沒有那麼傻。妳覺得她故意利用妳的孩子。我知道那會讓我非常生氣——事實上大部分的人都會。所以妳是怎麼做的？」

莉莉遲疑不決。艾瑪看得出她在內心回溯，可能在想自己根本不應該提起這件事。但她說了。希望這表示莉莉・瑟蘭凱本質上是誠實的。

「那個，我去找她。我叫她不要再給小狼吃肉了。」莉莉端起老師的架子，堅定地說。連艾瑪都知道自己會聽這個聲音的話，而且她離開學校已經很久了。

「所以大家的關係並沒有破裂，但是就有點不是滋味了，是吧？」法蘭克繼續逼問。

莉莉臉紅了。大衛開始明顯地坐立不安。

法蘭克傾身向前。

「我經常看到這種情形。大部分時間當成年人在孩子的問題上產生分歧的時候，會說一些難聽的話，然後大家繼續過日子，因為事實上大家都知道為這種事情吵架很蠢。但有時候事情會失去控制。沒人能控制，也不知道為什麼會變成這樣。可能有潛在的因素——有時候大家就是互相看不順眼，然後突然有某件事讓敵意有了焦點。」

法蘭克停頓了一下，讓他們咀嚼話中含意。

「你們倆跟奧利芙還發生過什麼嗎？」

瑟蘭凱夫妻齊齊搖頭。

「老天，沒有。我們之後也沒有吵架。就像你說的。我只是……告訴她她越界了，指出她做了什麼事。」

「她為什麼越界了？」

莉莉開始露出慌亂的神色。她攤開雙手，聳聳肩，完全不知所措。

「我覺得這全都毫不相關，」大衛簡短地說。他握住妻子的手，瞪著兩個警探。「要是我們在大街上跟奧利芙對罵，會有什麼關係嗎？除非你們的意思是有人做了什麼——」

「小狼在嗎？」艾瑪打斷他。

「怎麼了？」莉莉問道。

「我們想跟他談談。」法蘭克說。

瑟蘭凱夫妻互望了一眼。

「現在嗎？」莉莉說。

「對。」

「恐怕不行，」大衛說。「小狼非常敏感。我們還沒告訴孩子們發生了什麼事。」

「你說你的孩子們多大？」艾瑪問。她剛剛才驚覺根本沒有聽到小孩的聲音。他們在屋子裡嗎？

「兩個都八歲。」

「雙胞胎？」

「是的。」

「他們在哪裡？」

「在這裡。他們在樓上看書。」

「看書？」艾瑪說。「他們真是好孩子。聰明。我相信他們不會介意跟我們聊幾分鐘。」

「對不起，我必須堅持，」大衛說。「小狼會非常難過。我們得給他一點時間。怎麼跟孩子說這種事真的對他的成長很重要。」

艾瑪無法不注意到莉莉畏縮了一下。

「聽著，我們明天再來。在那之前你們都有時間。我們要跟孩子談談，OK？他們兩個都要。」

這對父母點點頭。

艾瑪發現大衛是放棄掙扎。

但是莉莉——她看起來很害怕。

奧利芙

四號

我不是故意要冒犯瑟蘭凱家的。

你可以說成像我是故意的一樣，但那不是真的。我有我的缺點，但我絕對不會操縱小孩。在我看來，利用小孩的人是最低劣的人。

一切都是去年夏天在我花園裡開始的。當時我正策略性地在我的大理花周圍放置驅蟲丸（那些可恨的鼻涕蟲要花長到起碼六吋高才肯罷休），一道陰影落在正在處理的花床上。我抬頭看見那對雙胞胎，從前門的小樹叢探身進來。

那不是我們第一次說話。但通常我們只是沒意義的閒聊，就是跟小孩子說話，沒有什麼深刻的內容。為什麼妳家這麼小啊？妳喜歡狗還是貓？妳幾歲了啊？這麼老！諸如此類。

「妳在幹什麼？」小狼問。

「我在放毒藥殺鼻涕蟲。」我說，「牠們在吃我的花。」

「喔，好可怕，」莉莉．梅尖叫。她說話時辮子甩動，五彩繽紛的珠子喀啦作響。

「別擔心，這些藍色小藥丸會除掉所有害蟲，」我說，「你們絕對不要用手拿起來，或是靠近嘴邊。太危險了。」

莉莉．梅的大眼睛睜得更大了。

「但是……但是，我不是那個意思——那些藍色的東西太可怕了。爸爸說我們必須非常小心地對待土地，我們必須尊敬土地。以前有個很傻的人在這裡放毒藥，然後有好久好久地上都長不出東西來。」

我往後跪坐在腳跟上，咬住舌頭。很難不說從他的爸爸做的工作看來，他似乎比較在乎踐踏土地而不是人。

「毒藥的事情我都知道，莉莉・梅。但這些不會傷害土地，只針對鼻涕蟲。牠們毀了我的花。那是非常漂亮的花。妳覺得我應該怎樣讓牠們不要吃掉我的花呢？」

「妳可以撿起來？」

「花嗎？」

「不是，鼻涕蟲。」

我忍著不笑出來。她是個敏感的小女孩。敏感而且腦子有點不靈活。

「或者，」小狼說，「妳可以在牠們身上撒鹽。讓牠們乾死。」

「小狼！」莉莉・梅難受地大叫。

「是妳說擔心毒藥的啊，」他聳聳肩。「她不能整夜都站在這裡撿鼻涕蟲吧。」他朝我點點頭。

我微笑起來。我喜歡他動腦子的方式，雖然那也站不住腳。

「恐怕我廚房裡沒有足夠的鹽實行你的辦法，小狼。」

他再度聳肩。

「妳有餅乾嗎？」

「可能有。」

「我們能吃一點嗎？」

「你總是這麼直接嗎？」

「不問就一定沒有啊。」

小狼身邊的莉莉．梅開始激動起來。

「我覺得我們不應該……」她說。「你知道，媽咪可能會生氣的。」

「你們不能吃餅乾嗎？」我問道。

（看吧？我真的問過。我知道有些爸媽很介意糖分。那根本是胡說，但我應付過很多怪獸家長。）

「我們可以吃，」小狼說。「她的意思，是我們的媽咪可能因為我問妳要生氣，而不是等妳主動問我們要不要。」

「啊，原來是這樣。我不覺得這樣沒有禮貌。我覺得你說得對。不問怎麼知道呢。來吧，我找點東西給你們吃。」

他們跟著我進屋，我給他們一小盤巧克力消化餅乾，跟兩杯牛奶。我沒有囤濃縮還原果汁之類的東西，因為當時只有我自己一個人，沒有必要。後來我才買利賓納果汁。

然後我打開電視。孩子們放鬆下來了。我想要是他們的母親放他們自己出來玩，那應該不介意他們待在我家客廳。我常常看見他們去隔壁克莉絲家。

當時一星期前我剛剛離開衛生委員會的工作，還在調整生活的步調。看起來我似乎是他們最不可或缺的員工。這點當我還在工作崗位上，他們並不怎麼重視我時，我就猜到了。孩子們看電視時，我坐著回覆我的繼任者的電子郵件（主要是告訴她我已經離職了，她應該拿她無止境的問題去問在上班的人）。我回完信之後，就刷刷臉書和推特，背景音是BBC的兒童節目。

客廳的窗戶是打開的，如果他們的母親叫他們，我可以聽見。

雙胞胎在那裡坐了整整一小時，幾乎沒有說話，專注地看動畫。

然後小狼問我時間，然後說：「我們該回去了。」他們就離開了。出去時他跟我道謝。真是個有禮貌的小男孩。非常精確，非常恰當。有鑑於我職業生涯中一直在教孩子們如何準確並恰當地說話，幾乎是立刻就對他有了好感。

莉莉．瑟蘭凱從來沒有來找過他們。

那年夏天這成了我們的習慣模式。

很遺憾的是，我始終沒有喜歡上莉莉．梅。她話太多，而且慣於批評並且尖刻。小狼則很聰明，而且有趣。常常是不經意的，但有時候他講一個笑話給我聽，稍後我想起來，會笑到眼淚都流出來。

笑話都只有兩句：雞為什麼過街？因為小綠人叫牠去。

無價之寶。

莉莉知道我的工作包括和孩子們相處，所以我不覺得孩子們在我家會讓她不安。但電視惹毛了她。

我的意思是，我怎麼會知道呢，對不對？

她第一次過來的時候，事情沒什麼大不了的。是莉莉．梅多嘴了。當然是她。我確信小狼會繼續過來，回家什麼也不說。其實我覺得要不是因為他們是雙胞胎，他們的爸媽認為他們做什麼都應該在一起的話，他根本不會帶她來的。小狼跟他雙胞胎的共通之處，並不比莉莉．梅跟青春期的荷麗．達利多。

「奧利芙，呃，妳是不是讓我們家小孩看電視了？」我讓莉莉進門之後她問。

「我……是的。我讓他們看電視。我以為妳知道他們在我家？」

「喔，我當然知道。我們喜歡讓小狼和莉莉．梅自由活動。他們能獨立並且承擔責任非常重要。我們知道谷地很安全，他們不會有危險。」

她說話的時候，我注意到她一直用「我們」。好像她跟大衛是一體的一樣。我懷疑她自己甚至沒有自覺。

「我們不介意他們去別人家玩，或是吃一些甜點，只要不打攪到別人就行。」她繼續說，「但是奧利芙，他們每天看電視的時間是有限制的。一天一小時。所以他們在家裡看了一小時，然後來妳家看好幾個小時。」

「但是我……」

「妳不覺得他們來妳家只看電視很奇怪嗎？大部分時間孩子們都希望大人跟他們說話。妳不覺得他們來這裡靜靜地坐幾個小時很奇怪嗎？」

「我真的一點沒多想。」我說。「他們什麼也沒有說。我以為他們只是喜歡吃餅乾喝果汁而已。」

我提起果汁時，莉莉一臉驚慌的樣子讓我很不安。看她的臉色，你會發誓我說的是可樂跟麥當勞。

「不好意思，是不是果汁有什麼不對？」

「我……不是，我想偶爾一次不會讓他們蛀牙。只是，在學校工作，總是會收到孩子們該吃喝什麼不該吃喝什麼的通知。調味汽水是魔鬼。」她微笑，像這根本不算什麼，而我看得出這非常嚴重。

那天莉莉佔了我的上風。我不想跟她起衝突。我喜歡有小狼作陪，不希望她禁止小狼來我家。所以我懊悔地點頭，保證我不會讓孩子們看電視，但歡迎他們隨時來跟我聊天。

「學校下個星期就開學了，然後天就會黑得很快，所以他們也不會在外面玩了。」她說。

我試著不露出失望的神色，但她一定從我臉上看出了什麼。

「我知道妳沒有惡意，奧利芙。真的。我不是要阻止他們偶爾來玩，但我不希望他們每天都來這裡，試著誆妳給他們家裡不允許的東西。小孩在這方面很聰明。」她再度對我微笑。

我覺得她非常自以為是。她自己身為一個和孩子打交道的專業人士，應該也明白我瞭解孩子們的心思和手段。然而我並沒有說破。我也回她一笑，用力咬住舌頭，簡直都快咬斷了。

無論她以為自己多能管教這些孩子，小狼都沒有聽話。

第二天，他又來了。這次沒跟莉莉．梅一起。情勢終於底定，我更加欣賞他了。

「對不起，我不能讓你看電視，小狼。」我說。「你媽媽昨天不太高興。你可以跟我說你們不能看太多電視的。」

他聳聳肩。

「我沒有告訴她我們做了什麼。是莉莉．梅說的。我並不是來妳這裡看電視。我來是因為妳是個好人。我能吃點東西嗎？」

「媽媽知道你在這裡嗎？」

「她說我們不可以每天都來，問能不能看動畫片。」

我打量他的臉，尋找蛛絲馬跡。我敢打賭莉莉跟雙胞胎說暫時不許來我家。小狼顯然是從我猜想一定很漫長的說教中，選取了適合他的部分說出來。

「等我一下。」我說。

我打電話給莉莉。

「喔，嗨，莉莉。我想跟妳確認一下——小狼在我家，我想徵求妳同意。我不介意他來玩，我有色筆跟紙，他可以畫畫。我不會開電視。」

這次我讓她措手不及。

「呃，好的，當然，」她說，她太有禮貌，不好意思拒絕我禮貌的提議。「跟他說一小時之後回家就好。」

我掛斷電話，對小狼微笑。

「你可以留下來。」我說。

「有東西吃嗎？」他問，抬起大眼睛看著我。

「或許不要餅乾果汁，」我說，「三明治如何？」

「謝謝妳。」他說。

於是我做了一份火腿三明治給他。

之後引起的騷動等於是在這孩子身上綁了炸彈一樣。

荷麗

三號

荷麗到她們家後面的樹林去爬山。

好吧，這並不全然真實。荷麗只走進樹林裡，確保沒人看到她，以免她母親從後方臥房的窗口看出去。

她探手到樹根的空洞處，她把一包菸藏在那裡。菸還是乾的，荷麗感謝自己的幸運星。她爬到最高的樹根上，舒服地靠在樹皮上。她仍舊可以看到奧利芙家的背面。一陣寒顫竄下她的脊梁。

她拿出打火機，點上菸嘆了一口氣。

荷麗的母親從來沒有問過她為什麼在緊身牛仔褲的口袋裡放著打火機，這讓她覺得很有趣。這其實只有兩種可能——第一，荷麗偷偷抽菸；第二，她是個縱火犯——無論哪一種愛莉森都應該擔心。但誰知道她母親腦袋裡在想什麼呢？她們在一起經歷了這麼多，有時候那仍舊是個謎。

就像那次愛莉森不小心在村裡撞到了一輛車。那純屬意外。路很窄，她們都聽到撞擊的聲音，嚇了一大跳。

「可能只是刮了一下，」愛莉森平靜的說，雖然她聲音裡有一絲驚慌。荷麗並沒有建議她們察看一下。她只同意母親說的話。

然後那輛車的主人走進愛莉森和荷麗正在吃午餐的咖啡廳，問有沒有人看見誰撞壞了他的後視鏡。

荷麗以為愛莉森會坦白，出來解釋並且鄭重道歉。愛莉森是那種會對在街上撞到她的人說對不起的人。

但她母親只低頭瞪著她的卡布其諾，一言不發。奇怪，荷麗心想。

回家的路上她問母親為什麼沒有說話。愛莉森聳聳肩，專注在眼前的路上，沒有迎向女兒的視線。

「我不知道，親愛的。有時候否認、否認、否認才是上策。如果別人沒有真的看見你做什麼……」

荷麗似懂非懂。她知道她母親慣於撒謊，在有需要的時候。

荷麗深吸了一口菸。

現在她母親絕對在撒謊。

克莉絲

五號

克莉絲．亨尼士不記得上次她覺得這麼輕鬆是什麼時候了。

可能是煩寧[10]的功效。

她微笑著啜飲咖啡，咬了一口蘸了榛果可可醬的貝果，試著不去想……

昨天真的很令人難受。

[10] 煩寧（Valium）：苯甲二氮䓬（Diazepam），常見鎮靜安眠藥物。

他們看見蒼蠅的時候。

想起來就讓她胃中翻攪。

蒼蠅卵孵出蛆。蛆吃……

克莉絲覺得貝果在肚子裡作怪。

吃午餐時想屍體並不是個好主意。

「進屋去。」他們看見那些蒼蠅時，她對肯姆說。

但是他直接奔向奧利芙家的方向，她除了跟上去還能怎麼辦？她甚至連鞋都沒穿。

「該死，你回來！」她對他大叫，一面低聲咕噥「你這個小畜生」。這什麼時候變成他的綽號了？以前是「媽咪的小寶貝」和「我的乖心肝」。

從他們家的角度看過去，肯姆剛好出現在奧利芙家前門。奧利芙家樹籬和圍牆之間的小柵欄，克莉絲跟上去的時候刮傷了腿。她在大門前逮住他試圖從鄰居的信箱口偷看。

「信箱口用膠帶貼住了，我看不到……」他說，用手指戳進去。就在這個時候，克莉絲注意到牆上的信箱裡的信都滿出來了——滿到什麼都塞不進去。你以為郵差會注意到……

「我們不能在這裡。」她對肯姆說，扯住他的肩膀。他的手指正要戳穿信箱口的膠帶。

她的兒子聞到味道的時候嚇得往後跌坐在地上，但她以為是自己用力拉他的緣故，立刻覺得非常難過。

「喔，肯姆，對不起。」她說。然後她也聞到了，她發現自己開始作嘔。

「噉，好噁心。」肯姆捏著鼻子說。他站起來朝自家的方向走去。他母親稍後才跟上。

她機械性地將一隻腳放在另一隻腳前面。這次經由大門花園走回家。她知道天下要大亂了。回到家她報了警。

昨天晚上克莉絲跟警探們說自己太震驚了沒辦法接受調查。事實上她試著理解從現在開始，一切都會不一樣，一切都會比較容易了。

警察同意她狀態確實不好。他們建議她喝加糖的濃茶，然後好好睡一覺。

她一秒鐘都沒睡。躺了一整夜，思考。

想像她的愛人摟著她，她躺在他胸口，傾聽他的心跳，那裡的毛髮是柔軟的襯墊。

她不用再擔心跟他見面了。威脅消失了。

但她丈夫決定待在家裡。麥特通常星期一就開始工作，一直忙到星期五，整個週間就像他住在別處一樣。

麥特今天早上醒來，宣布他要休一天假，因為克莉絲和肯姆需要他，警察可能也會來。

需要你？克莉絲驚訝地在腦子裡說。我們不需要你已經好多年了。

以前她曾經需要過。需要並且想要他。但她從艱難的教訓中學會了依靠自己。很緩慢。像是溫水煮青蛙。

肯姆出生後兩星期，麥特就回到工作崗位上。懷上孩子之前他們在同一個地方工作，所以她應該要理解他有多忙碌，他沒辦法請多於兩星期的假。

彷彿在會計世界裡，麥特．亨尼士要是多花一秒鐘跟他的妻子和新生兒在一起，就會有人沒命。這個炙手可熱的數字高手，隨時準備頭頂光環降臨在你的事業中，搞定你的借記和信貸欄目。

她在休產假的時候，麥特開始鼓動她。他不想讓兒子在托兒所長大。他很高興她在家。她也順了他的意，負起育兒的全責。一直到現在她都不明白自己到底是怎麼想的。沒錯，會計確實不是她夢想中的職業，但她也非常努力才獲得當時的地位。她其他同學幾乎全部都成了單親家庭、從事糟糕的工作、要不就是靠救濟金過活。工作就是她的自我認證。她是生了孩子，不是做了腦前葉切除術。

但很快她就成了全職的母親。她的每一天都被肯姆佔據，只有肯姆。到頭來麥特並不想讓自己的兒子被陌生人養大，但他也無意過度參與。

三歲的時候，肯姆得了腦膜炎。那是一次測試——也是最後一根稻草。

麥特很擔心，他當然擔心。那個男人也是個人。但沒有她那麼擔心。醫生告訴他們懷疑成真的時候，她的心臟幾乎停止了跳動。

克莉絲說服自己那些疹子跟類似感冒的症狀都是自己想多了，去急診室他們一定會笑她，叫她回家去。但幸好她即時去了。

肯姆住院後幾天，麥特說他必須回去工作。克莉絲非常震驚，然後跟他抗議。誰在乎工作是否堆積，誰在乎麥特會不會失去客戶，誰在乎一切都從裡崩壞？他們的兒子生病了。

但是他非常平靜且實際。每天他都去上班，很晚才去隔離病房。他每隔一天在病房裡過夜一次，克莉絲覺得這是要讓他自己的良心好過一點。

因為成天待在小病房裡陪肯姆的是她，每一天。她握著他的小手彷彿有幾星期，他們在他身上灌進各種藥物和止痛劑。她幾乎連廁所也不去，更別說吃喝或是做任何除了呼吸之外的事情。

她的家人毫無用處——那時她有一個兄弟到澳大利亞去了；剩下的那個，彼得，從來就幫不上任何忙。她爸帶了一隻大泰迪熊來探病，然後說他要去參加飛鏢比賽。該天殺的飛鏢。她這輩子從來沒這麼想要過一位稱職的母親。

克莉絲只能靠自己。

漫長的幾星期過後，她終於崩潰對麥特宣戰，他大為震驚。他指責她小題大作，開始大聲咆哮說付醫藥費的人是他。她還沒來得及回嘴，他就走了出去。

沒錯，麥特有在大難來時獨自飛的壞習慣。

她對此的感受已經從沮喪轉變成悲傷、困惑、認命，最後是徹底的憤怒。她從各方面來說，都是一個年輕、沮喪的單親媽媽，跟一個似乎越來越看不見她存在的中年男子綑綁在一起。這不是她開始婚外情的唯一理由，但卻是非常重要的催化因素。

然而過去幾個月來，她的丈夫舉止開始變得十分奇怪。

就像是他正在經歷某種中年危機。他在非下班時間離開辦公室，白天會打電話探問她過得怎樣，全都不像是他會做的事。

然後今天他又莫名其妙地決定留在家裡。她想知道他是不是要精神崩潰了還是什麼的。最近他工作非常辛苦。顯然是這樣。

克莉絲大聲地呼出一口氣。喔，隆。我希望你在這裡。她在空盪的廚房裡無聲地說。

克莉絲並不完美。她知道自己很軟弱。許多人都有缺點。她的缺點是需要愛。為了得到愛她會不擇手段。

奧利芙．該天殺的．柯林斯。

克莉絲發現自己的咖啡冷了。

該停止想那個可怕的女人了。她已經不在了。

奧利芙

四號

克莉絲．亨尼士搬進五號的時候，肚子大得像是打個噴嚏孩子就會掉出來似地。她似乎非常急切地想交朋友。

他們搬進來之後不久就開了一次派對，非常好玩——顯然她完全不會下廚，但是老天爺，她為了大家買了最好的現成佳餚和昂貴的香檳。她顯然不是出身富貴，老實說，這令人耳目一新。

她很有趣。派對辦得很用心，大家都很喜歡。

然後她生了肯姆，就銷聲匿跡了。

第一個星期我帶著嬰兒禮物去拜訪，她打開門，黑眼圈好比熊貓，臉上表情像是想宰了我。我怎麼會知道孩子在睡覺。如果她這麼需要閉眼睡一下，她可以讓我進去，我會替她顧孩子的。

她完全不想結識我們任何人。

好吧，只有一個除外。

我始終不明白我的隆看上她哪一點。

我承認她很漂亮。小精靈一樣的魅力，蓬鬆的金色鬈髮，空洞的藍色大眼睛。那種男人喜歡的類型，處女般的特質，就算推著嬰兒車也一樣。但沒什麼可跟她說的。如此缺乏自我提升的欲望，也完全不想獨立生活。

你瞧，如果隆只是跟她上床然後走人，我想我還能夠接受。

但他一直回去找她。這很傷人。真的非常，非常傷人。

可怕的是，當我下意識推開他時，隆更常去找她了。我造成了一個她非常樂意填補的空缺。總有那麼一個，不是嗎？那個什麼都不缺，但卻必須擁有其他人所有物的女人。

總有那麼一個。

法蘭克

他們跟亨尼士家的人談到一半，法蘭克就已經準備要收工了。他的腳因為天熱而腫脹，在鞋子裡作痛，他的襯衫開始散發出完全不專業的氣味。

他們坐在客廳，一個非常舒適的空間，昂貴的家具是設計來展露出七〇年代的時髦感。窗戶上掛著花紋窗簾，而不是大部分鄰居家的單純百葉簾。地毯有某種動物圖樣。沙發上鋪著假毛皮毯。很昂貴，但是品味並不高。

克莉絲是個漂亮的女人。她讓法蘭克想起自己的太太。藍眼睛和金色鬈髮，笑起來和皺眉時雙頰都有酒窩，讓她永遠沒辦法露出嚴厲的神色，就算她真的在生氣也一樣。

「所以，我們已經知道這裡不是個特別敦親睦鄰的社區。」法蘭克說。

麥特聳聳肩。

「我想以我們的生活方式，會這樣也是很自然的。」

丈夫決定由自己發言。他娶到這樣的太太真是賺到了。這是個學校裡的書呆子贏得選美皇后的案例。麥特比克莉絲矮一個頭，頭頂髮量開始稀疏，然而他頂多也還不到四十。賺錢，法蘭克心想。

「你以為因為我們住在一個獨立的社區，就會像一個大家庭一樣，與世隔絕。並不是這樣。我們當然都認識鄰居，在少數的社交場合也都盡力好好相處。有一年我們一起喝酒，對不對，克莉絲？我們有些人比較善於交際，但一般來說，選擇住在人柵門後的人，通常都並不想跟其他人太親近。

「至少我們家是如此。我們住在這種地方為的就是隱私，警探。如果奧利芙・柯林斯不想出現在自己的花園裡，或是在社區裡散步，那是她的選擇。隔壁的艾德和艾米莉雅已經離開好幾個月了，他們也沒要任何人去替他們的花澆水，或是收信什麼的。我是艾德的會計師，所以才知道他們不在。」

「我明白了。」法蘭克說，即便他並不明白。

「你們的兒子呢？」艾瑪說。「他不會在她花園裡踢球或是去看一下嗎？我兩個弟弟在那個年紀好奇得要命，如果我們鄰居的房子突然沒人，他們不去看一下一定會死的。老實說，我也是。」她微笑起來。「我會帶頭調查。」

「肯姆沒接近過她家，」克莉絲說。她的聲音跟法蘭克想像中完全不一樣。她完全是工人階級——略微粗糙的嗓音透露了出身。「他昨天跟我一樣震驚。我希望你們不要再找他了。昨天晚上警察已經問過他話了。」

「這個——」法蘭克開口道。

「不行，對不起。」麥特打斷他。「我要阻止你了。我太太跟孩子都受了非常嚴重的創傷。」

法蘭克打量克莉絲。她看起來並不像是受了創傷的樣子。

「他們已經把知道的事情都告訴你們了，」他繼續說道。「我已經告訴你我在三月三號的詳細行蹤。我開了一整天會。我們都沒有聽到或看到四號有什麼奇怪的動靜。你知道你應該去找誰嗎，警探？」

法蘭克揚起眉毛，等他繼續說下去。這就開始了，他心想。

「七號的隆·萊恩。他常常出入奧利芙·柯林斯家。而且還是走後門。如果你知道我的意思的話。」

克莉絲的眼睛幾乎睜大了兩倍，她的嘴形成小小的一個「O」。

「妳不知道嗎，亨尼士太太？」法蘭克問。「通常待在家裡的比較會注意到鄰居家出入的人。」

克莉絲沉默地搖頭。真奇怪，法蘭克心想。她不知道隔壁發生的事情，似乎比鄰居已經死了三個月更讓她震驚。

「我會注意到真的很神奇，」麥特說。「我真的很少在家。但我有一次看見他進去，覺得他舉止很奇怪；就跟其他事一樣——你一旦注意到，就會常常看見。只需要看清現實就好。」

現在法蘭克真的開始擔心克莉絲·亨尼士了。她看起來像是要吐在豪華的假皮毛家具上。

「好的，亨尼士先生。還有一件事。柯林斯女士死亡的那天晚上，她打了急難救助電話。兩位警員到她家敲門。沒有人回應。他們要找別的入口的時候，你開車回來了。你跟他們說你沒有看到或聽到任何不尋常的動靜。雖然現在你告訴我們你一整天都不在。」

「我是沒有。我的意思是之前一直也沒有什麼不對。一切似乎都很正常。」

「你還跟警察說她可能不在家。你為什麼這麼說？」

「房子看起來沒人。百葉簾是拉上的。有一盞燈亮著，但谷地每一家都有晚上自動開關的夜燈。」

「你從來沒有跟我提過。」克莉絲插進來說。

「老天爺，克莉絲，我們沒有事事都跟對方報告吧？反正我跟警察說了我們都很注重隱私，我想應該沒事的，第二天我會去看看。」

「但是你沒有。」

「沒有，我完全忘記了。你們的人似乎也很滿意。老實說，那天晚上有比賽，我們都急著想離開。第二天、第三天我沒有看見她，然後就完全忘記了。我們不是朋友，不會想念她。我是說，我並不用操心，不是嗎？如果警察都不覺得有什麼不對……他們可以回來察看的，但是並沒有。」

「好的，今天就先到這裡。」法蘭克說。他不可能跟一般民眾一樣遵循那種邏輯。那兩個當天晚上沒有盡責的小子可要倒大楣了。

麥特送警探到門口。但法蘭克在玄關停下腳步。

「你的鄰居，六號的──艾德……」

「和艾米莉雅。他們姓米勒。」

「你說他們已經離開幾個月了。」

「是的，他們夫妻年紀比較大；總是搭遊輪旅行，在西班牙租別墅，諸如此類的。過著逍遙的好日子。」

「這些你都知道，因為你是他們的會計師？」

麥特微笑。

「當然。我們知道屍體都埋在哪裡。」

話一出口，他就發現不對勁。

「這只是一種比喻。我不是說……」

「當然不是，」法蘭克說，「你還負責谷地其他人的財務嗎？」

「我是柯爾、里特和亨尼士的合夥人。我們大部分承接企業客戶。但艾德親自來找我，並且願意付比我們一般收取的更高的費用，所以我答應他了。」

「他們不缺錢是吧？」

麥特勉強地笑笑。

「我有點像牧師。我們不透露信徒的秘密。但我這麼跟你說吧，警探——谷地裡沒人手頭緊。連奧利芙都有存款。」

「這樣啊。總之，你知道隔壁的什麼時候才會回來嗎？」

「不知道。沒有訂回程日期的旅行。但是他們已經去了三個月了。」

「三個月？」法蘭克皺起眉頭。

「是的。」

他和艾瑪面面相覷。

「你是說他們三月初去的？」艾瑪說。

麥特張開嘴，然後又閉上，點點頭。

「我想是的。」

艾德&艾米莉雅

六號

西班牙　卡迪斯

「你要進來，還是我把晚餐端到陽台上？」

艾米莉雅的聲音從敞開的落地窗裡傳來。艾德．米勒坐在他最喜歡的日光躺椅上，一隻手上拿著一本美國間諜小說，另一隻手裡是一杯約翰走路威士忌。他已經看同一頁三遍了，還是搞不清楚誰透露了什麼。這就是在外國買書的問題所在。你只能買僅有的英文版，而這本是……呃，廢紙。

他讓書掉在地上。

「我們在外面吃吧，」他對妻子叫道。「天氣很不錯。」氣溫已經不如早先那般熱了。當然這裡從來不會太熱。這就是他喜歡西班牙沿岸的原因。海上總會吹來微風，所以就算陽光毒辣，你只要沿著海邊步道走走，浪花飛沫和輕柔的海風就能讓皮膚冷卻下來。

艾米莉雅端著一大盤海鮮飯出來。聞起來非常香，蕃紅花、紅辣椒和淡菜。艾德知道自己吃第一口之後，就會盛讚太太又用新鮮美味的本地食材大展了廚藝；然而他絕對不會說的是，那天晚上他願意為了一塊羊排跟奶油烤馬鈴薯殺人。

「你去端沙拉，拿一瓶酒好嗎？」她說。

他從躺椅上撐起身子。最近這簡單的動作越來越困難了。他六十五歲，馬上就六十六了。他開始懷疑年輕退休讓他提早老化。他曾經以為自己會去爬山健行，甚至開始某種運動，打保齡球或是跳交際舞，讓自己保持活力。然而他卻滿足於安逸的生活，坐著喝酒，看世界從身邊流逝。他們造訪新城市的時候，他喜歡在街上走動。這是欣賞城市最好的方式。但最近他們的假期漸趨靜態了。

艾米莉雅端出盤子和餐具，他走過她身邊，順手透過飄逸的棉質裙子在她豐腴的臀部上擰了一把。

「唉喲、唉喲，你這個色老頭，」她露齒一笑。「對了，剛才嗶了一聲。」

「那是我在打招呼。」

「哈！我以為是你的電腦呢。」

「啊，電子郵件。給我兩分鐘。」

艾德的筆記型電腦在起居室的桌子上。旁邊是艾米莉雅成堆的雜誌，裡面全是漂亮的豪宅跟俊男美女。他看見其中一本上面的標價貼紙。六歐元！可以買一本平裝書了。他的太太撐起了整個女性時髦雜誌界。

他打開電腦，看見一封鄰居寄來的郵件。麥特．亨尼丄。他也是他的會計師。而且真他媽的稱職。他閱讀了那幾行字，嘴角開始上揚。

「唉喲，唉喲，唉喲。」他說。

他在廚房看見艾米莉雅拿出來的西班牙氣泡酒，旁邊有兩個香檳杯。他沒有拿那瓶酒，反而走向冰箱。

就在那裡。他在他們發現的那家小酒鋪子買的香檳。那比西班牙氣泡酒貴五倍，但仍舊比在愛爾蘭買好酒要便宜一半。

「妳想不到的，」他對艾米莉雅說。他把酒放進籃子裡，她抬眼看他。「我們可能有特別的場合要慶祝。」

他們正試著要好好理財。他們很有錢，但年紀沒多大。他們選擇的生活方式很花錢——在支出方面必須明智，這點很重要。當然啦，現在他看見她花了多少錢買雜誌，這就讓事情有了全新的面貌。

沒有比現在更特別的場合了。

他出現在陽台上時，艾米莉雅像個少女一樣臉紅了。他帶著香檳掠過飄蕩的白色窗簾前來，像是〇〇七化身一樣。

「喔，」她說，「我們在慶祝什麼嗎？」

「的確是。」他說。

他沒有進一步解釋，只拔開軟木塞，倒滿兩杯，把冒著氣泡的杯子舉到鼻尖，聞著甜美的香氣。

「唔，」他像個專家似地說，「非常好的年份。」

「艾德．米勒，你要吊我一晚上的胃口嗎？」

艾德微笑。艾米莉雅的眼睛期待地閃閃發光，她什麼都還沒聽到，大圓臉上就已經掛著咧嘴的笑容。

「我收到的郵件。是麥特．亨尼士發來的。他想知道我們什麼時候回家。」

他妻子的笑容略微動搖。

「我們討論過的，艾德。現在我們還能回去嗎？」

「我們可以回家了，親愛的。如果高興可以立刻回家。昨天他們發現奧利芙．柯林斯死了。」

「喔，老天爺，」艾米莉雅的手撫上胸口。她的心臟怦怦地跳動。她幾乎無法隱藏竊喜，但她必須問下一個問題。

「他有說她出了什麼事嗎？」

「麥特覺得可能是心臟病之類的。警察什麼都不知道。」

艾德對妻子舉杯。

他非常喜歡告訴她好消息。

她並不真的需要知道一切。

「我們要回家了，親愛的。」

「我們要回家了，」她說。他們碰杯，一面喝香檳一面望著對方，覺得酒從來沒有這麼甜美過。

喬治

一號

那天傍晚，凋零谷地陷入奇異的沉靜。

警車都已經離開了，奧利芙．柯林斯的屋子周圍拉了一條粗陋的警戒線，門口貼著亮黃色的膠帶，還綁在花園柵門兩端。

她花園裡白色和紫色的花朵仍舊飄香，一切看起來都沒什麼不同，但卻已經大有不同了。

喬治聳聳肩望向窗外和對街。

他會像奧利芙一樣孤獨死去嗎？要是他突然有個動脈瘤，或是跌倒把腦袋在玻璃桌上撞破了，也會在家裡陳屍幾個月，等警方找到他時，屍體已經變成一灘令人毛骨悚然的蠕動物體嗎？

他已經很久沒有跟父親往來了……偉大的斯圖．里其蒙上次跟他聯絡是什麼時候？他寄過耶誕卡來嗎？

他們從來都不怎麼親近。喬治的母親在他有機會認識她前就因乳癌離世。母親這個概念讓他感到哀傷，而不是真實的那個人。他跟隔壁的莉莉傾訴時她表示很有同感，因為她雙親也死於癌症，但他並沒從共有的經驗中感到任何的同儕情感。她的傷痛很深。喬治覺得失恃的孩子是自己必須扮演的角色——一個在四歲就失去媽媽的小男孩。

他父親以處理所有問題的方式——用錢解決——負起了雙親的角色。他們的管家是喬治認識的唯一女性，而很不幸的是，他落在了這世界上最沒母性的女人手裡。

喬治十歲的時候，終於認清了蘇珊有多沒用。

她（很可能是在他父親的授意下）在當地的兒童遊戲中心替喬治辦了一場生日派對，並且替他父親送禮物給他——後者正在阿姆斯特丹，他的樂團正在參加某個戶外慶典活動。

或許是玩具店裡知識豐富的店員引導她走到了正確的販賣架，也或許只是碰巧，總之她設法挑了喬治最想要的禮物——一個電子寵物遊戲機。喬治的朋友們羨慕地歡呼，喬治則撲上去緊緊摟住蘇珊，拚命道謝。

她僵硬地站在當場，然後把他的手臂從腰上拉開。

「我很高興你喜歡，」她說，「你爸爸說錢不是問題。現在你去玩吧。我得去準備雞塊。」

她聲音沒有半絲溫暖，甚至感受不到任何一點喜歡的意思。她讓他擁抱只是因為猝不及防出乎意料，即便如此她還是能讓人覺得痛苦不堪。

心理諮商師會說（也的確有一個諮商師說過），喬治的問題源於他生命中缺乏女性。真是刻板印象中的陳腔濫調。

喬治嘆了一口氣。或許這也是真的。並沒有什麼驚天動地精神分析突破。他的腦子根本乏善可陳。

敲門聲讓他從沉思中醒來。

喬治眨眨眼。他剛才一直瞪著窗外。怎麼會有人沿著小徑走來他沒看見？他這算什麼社區偷窺狂？

驚喜一波接一波。七號的隆．萊恩站在他前廊上。

「嗨，」喬治打開門時他說。「要來一瓶啤酒嗎？」

喬治很快在心裡盤算了一下。他晚上有計畫的。隆是想喝一瓶啤酒，還是他是那種「一瓶啤酒」表示我們來喝個痛快的那種人？

而他甚至沒有自己帶啤酒來訪的禮貌。

總之，今天有夠奇怪的。或許喬治就該隨波逐流。誰知道隆有什麼話要說呢？

「當然，」他說，「進來吧。」

隆掠過喬治身邊，朝廚房走去。這挺神奇的，因為這是他第一次來他家。

「我想冰箱裡應該有啤酒。」喬治說。

「我操，」隆根本沒在聽他說話。「我家很不錯，但是喬治老哥，你把妹子們帶回來的時候，她們一定進門就把內褲給脫了。」

喬治環視廚房。這裡確實令人印象深刻，是只有他父親能創造出的風格。富裕的極簡主義——櫃子藏在牆壁裡，一張巨大的中島桌自帶水槽和流理台，低垂的裝飾藝術照明。至少保持乾淨很容易。

「呃，是啦。」他說。

喬治只跟隆說過幾次話。他覺得他很古怪。他至少比喬治大十歲，但說起話來像是他們是同一個足球隊的隊友一樣；鑑於隆閒聊的內容都是男子更衣室裡的那種葷話，這個比喻很是恰當。喬治對他鄰居的職業只有個模糊的印象，從各種言外之意推斷，聽起來十分像營銷，但隆在履歷上動了些手腳，現在是什麼資深委任執行長之類的唬爛。

他是個徹頭徹尾的花花公子。他穿得像個花花公子。他說話像個花花公子。他甚至聞起來像個花花公子。喬治覺得其他小男孩長大都想當印第安納．瓊斯⑪、馬拉杜納⑫或埃克索爾．羅斯⑬，但隆早就決定以胡立歐．伊格萊西亞斯⑭為榜樣。

「你出門了嗎，隆？」他問道，遞了一瓶海尼根過去，朝隆曬得深褐的手臂示意。「一直到幾星期之前，天氣都冷得要命——完全沒有夏天的氣息。」

隆困惑地低頭望去，然後明白了。

「這個？老天，沒有。這是日光浴床，老兄。你該去試試看。你有點蒼白啊。你要讓妹子們因為……這一切腿軟之前，還是得先把她們拐回家啊。」他用手在空中畫圈，意指這豪華摩登的廚房。「雖然我猜爸比的錢很有幫助啦。」

喬治望著隆仰頭灌下半瓶用爸比的錢買的啤酒。這是他習以為常的那種帶著不經意嫉妒的玩笑。

但是今晚隆似乎很不安。

好吧，他們都一樣，不是嗎？

「所以，奧利芙，」隆說，又喝了一口。「真瘋狂，對吧？」

喬治點點頭。

隆用手耙過黑髮，用力甩了甩。

⑪ 印第安納·瓊斯（Indiana Jones）：一位虛構的考古學教授，他的系列冒險故事電影全球知名。

⑫ 馬拉杜納（Maradona）：1960~2020，阿根廷足球運動員，有世紀球王之稱。

⑬ 埃克索爾·羅斯（Axel Rose）：1962年生，美國搖滾音樂家。槍與玫瑰樂團主唱。

⑭ 胡立歐·伊格萊西亞斯（Julio Iglesias）：1943年生，西班牙情歌王子。

「他們跟你說了什麼嗎？」他問。「我是說，那些警察？」

「他們來過，」喬治說。「但是他們除了在街上的那些話之外，什麼都沒說。他們去找過你了嗎？」

「沒有。只有一個穿制服的小警察來過。他採集樣本來排除指紋之類的。我是說，顯然我以前去過她家。我們不是都去過嗎？總之，他只說警探們明天會來。沒問題。我是說，反正是星期六。我沒辦法再請假不上班了。你知道啦，有配額的。」

「當然。」喬治說，就著瓶口喝了一口。只是個普通小伙子喝啤酒，聊工作和週末。現在喬治只在乎兩個數字——他父親每個月在他銀行帳戶裡存的數字，以及連接他和外界的光纖速度。

「他們蒐集你的樣本了嗎？」隆問。

「嗯。」

「喔，很好，那就不只是我啦！所以我們還是不知道他們覺得她是不是自然死亡？」

喬治聳聳肩。

「完全看不出來她發生過任何不尋常的事情。我覺得警察只是辦例行公事。為什麼？你很擔心嗎？」

隆摸摸下巴，又喝了一口。他非常緊張。這令人不安。在今晚之前，如果你要喬治用一個詞形容隆，他會說「圓滑」。確實粗鄙，但仍舊圓滑。**費城故事**。

「我只是想，如果她真的出了什麼事，你知道啦，我們就會像……嫌犯。」

「嫌犯？」

「對。因為我們倆是單身漢。」

喬治搖搖頭。「我不確定警察會用這種標準逮捕人。抓起當地的單身漢。你別介意，隆，但是你聽起來有點神經緊張。」

隆放下酒瓶，雙手撐在大理石櫃檯上。

「我想我是有點吧。」他抬起頭。喬治仍舊站在冰箱旁邊，靠著櫃檯，如果有需要的話，可以隨時補充啤酒。

「我睡了她。」

喬治眨眨眼。

「什麼？」

「做愛。上床。」

喬治緊張地笑了一聲。

「她不是，五十好幾了嗎？」

隆半笑不笑地聳聳肩，他臉紅了。

「她五十五歲。別這麼年齡歧視，小子。就算到了五字頭，你的性生活也並不會停止。反正她身材很好。到了某個階段啊，喬治，你就會開始欣賞半老徐娘了。她很有意思，又不會過度依賴，只是一起找樂子。至少一開始是這樣。」

喬治得再喝一口啤酒，以免自己笑出來。跟奧利芙睡？他腦中閃過她在屋子裡腐爛的畫面。老天爺。

接著喬治望向隆，皺起眉頭。他看起來像是想裝成若無其事的樣子，但喬治覺得隆很明顯地非常沮喪。

隆和奧利芙。誰猜得到呢？

「呃……請節哀。」喬治說，試圖顯得自然。

「不是，我並不是覺得難過。只是——我在她死前那天晚上跟她睡過。如果她是三號死的話。我在二號跟她上過床。」

「喔，」喬治說。「糟糕。」

「對啊，我覺得很不妙。」

「我相信一定沒什麼值得擔心的。我是說……你殺了她嗎？」

隆抬起臉來，搖搖頭。然後尷尬地笑了一聲。

「我當然沒他媽的殺了她。我可不是什麼犯罪大師，不是嗎？在這裡喝啤酒跟你說我在擔心什麼。」

「或許你在雙重詐欺，」喬治又喝了一口。他的酒瓶幾乎空了。「你要再來一瓶嗎？」

隆古怪地看著他。

「不、不了。最好不要。我只是想知道他們是不是跟你說了什麼。」他瞪著自己的海尼根。

「呃，我們應該多聚聚。你知道啦，我們是對街鄰居。」

喬治笑著點點頭。這不會有問題的。他確定。

「不，我是認真的，」隆說。「有時候我會忙其他事情，你知道啦，能找幾個朋友，一起聊聊是很不錯的。你讓我想起……喔，沒什麼。」

喬治困惑地打量隆。他似乎異常地真誠。

「我送你出去。」喬治說，打斷了尷尬。有人在他家而他看不見人的時候，就會非常緊張。他總是把一切都藏得好好的，但你永遠不能確定。

他們出了大門，沿著步道走到花園盡頭。

二號的荷麗．達利站在街邊，她的手放在她出來拿的垃圾桶上，她瞪著奧利芙的小屋。

隆對荷麗揮手。

「嗨！妳和妳媽媽還好嗎？」

荷麗轉向他們，她的五官瞬間從專注沉思扭曲成漠然和厭倦。

她幾乎沒理這兩人，就轉身拖著垃圾桶走回去。

喬治看著隆看著他們的鄰居走過自家的花園步道。隆沒有說話。他不必說。

然後他漫不經心地拍了喬治的背，走進夜色中。

喬治回自己家去。

隆・萊恩跟奧利芙・柯林斯上床。同時非常可能也跟其他半打女人睡覺。他十分堂而皇之地盯著荷麗・達利的屁股看，他很清楚她只有十七歲。

然而，喬治才是被稱之為齷齪小變態的人。

奧利芙

四號

喬治・里其蒙。

可愛、害羞、和藹、有趣的喬治・里其蒙。

沒有人會懷疑他做任何壞事。

你知道喬治聽說警方發現我腐爛的屍體時做了什麼嗎？

他自慰了。

你知道他們把我的屍體從家裡抬出來，踏上最後的旅程時他做了什麼嗎？

他自慰了。

喬治的奇特之處，在於他自慰就像別人喝茶或是酒一樣。壓力一大他就會這樣。

我發現他是怎麼回事的那一天，正在替花園的柵門刷漆，我雖然準備了厚厚的墊子，膝蓋還是痛。

我站起來休息，望向四周。

那天天氣和暖，完全沒有要下雨的樣子。七號的隆在推割草機，他穿著緊身的T恤和卡其短褲。隔壁的肯姆，我猜是在自家外面的街邊指揮一場大戰。玩具兵奉命進行紅苜蓿苔蟎種族屠殺。隔著樹籬，荷麗躺在隔壁花園的毯子上，手裡拿著一本書，她穿著黃色的比基尼上衣和白色單寧短褲。她沒看書，正在打瞌睡。

雖然我和荷麗的母親交好，她還是保持距離。但這並不阻止我喜歡她。她是個安靜的孩子，她很漂亮，而且跟所有青春少女一樣，知道自己好看。一開始她每天都化妝，穿著那種少女們似乎覺得是女性主義傾向表現的難以蔽體的衣物。

隨著時間過去，荷麗卸下了偽裝。她看起來自然多了，而且更為美麗。那年夏天，她就是最新的博客主、視頻主或是那些自以為是的瘋子們口中的錯誤女孩力量。

那天，我的視線掃過谷地。

吸引我視線的是動作。

窗簾被風吹開，我看見喬治站在二樓窗前，面無表情。他看著達利家的花園，身體僵直，但他的手臂上下動作。

我的視力一向絕佳。我立刻知道他在幹什麼。

我看見他了，但他沒有看到我。

我沒有反應。那天沒有。我太震驚了。

過了一會兒我才搞清楚自己看到的一切。

幾天之後，我穿上最好的衣服，一件上面印著白色大雛菊的漂亮紅色洋裝，去喬治家問他有沒有麵粉。

「麵粉？」他說，彷彿我問他要一克古柯鹼一樣。我站在他門前，等他請我進去，但他堵在門口，像是要隱藏什麼一樣。

「對，麵粉，」我輕聲笑起來。「烘焙用的。」

當然，他在想我為什麼來找他，而不是我們別的女性鄰居。但他礙於禮數不會問出口。

「我想沒有……」他搖頭說。「我找找看？」

「太好了，」我微笑，像個小女孩一樣拍手。「如果你有的話，我沒法保證我會還，但我會替你多烤一盤司康餅。」我眨眨眼，在自尊心允許的範圍內賣萌。

這讓我進了他家大門。我引導對話，聊著敦親睦鄰和谷地友善的環境，以及我們像一個大家庭彼此照料；他則打開一個又一個的櫃子，無法迎向我的視線，緊張化為額頭上的汗珠。然後我因為沒有常來拜訪他而道歉，詢問他願不願意收下我家的備份鑰匙，以免我的卡住了？我非常樂意同樣為他效勞。

「這些是備用鑰匙嗎？」我說，在確定沒有麵粉後離開時從玄關的架子上拿起一串鑰匙。我用小指鉤住鑰匙鍊，咬住下唇。「老天，天氣好熱，是不是？」我的手指從頸間往下滑到乳溝，用力揉著胸口，讓乳房顫動。他的視線沒有離開過我的手。

「是。」他心不在焉地說，我猜是要把眼前的景象印在腦海裡。他就像油灰一樣任人擺弄。我不覺得他在我離開之前意識到我帶走了鑰匙。我一向認為自己是個出色的演員。事實證明我並沒有自欺欺人。

這或許是個很愚蠢的計畫，但我必須趁喬治．里其蒙不在的時候去他家。我得確定他沒有秘密。

開發商建了柵門替我們擋住危險。但要是一個成年男子能站在窗前自慰，同時看十五歲女孩在自家花園做日光浴，那或許危險是在柵門裡面。

荷麗

三號

荷麗甩上大門，用力之大讓玄關電話桌上的相框都倒了。她扶起自己聖餐禮日的照片同時瞥見自己在鏡中的倒影。

即便現在荷麗已經沒有什麼管道或欲望炫耀，但她仍舊知道自己非常漂亮。她可以天長地久地看自己而不感到厭倦；她把頭髮攏到耳後，往上隨意盤成一個髮髻，同時噘起完美的嘴，側過臉欣賞自己挺翹的鼻梁，把面頰往內吸彰顯顴骨，高聳卻不稜角分明，讓自己露出愉快的表情、哀傷的表情、憤怒的表情，但始終可愛好看。少女自戀完全沒有問題。

是的，她很漂亮。荷麗知道這是自己的力量，有時候她很喜歡玩弄這種力量——盡量施展看到什麼地步才會反彈。

力量永遠不夠。她學到了。

更糟的是，長得好看會吸引各種不善的注意力。

比方喬治．里其蒙。他有什麼毛病？雖然年紀不小了，但他還滿帥的。而且有錢。他為什麼沒有女朋友？他不是同性戀，這點可以確定。她看過他看她的樣子。隆．萊恩也一樣。

而這只是住在谷地裡的男人。她必須跟同年齡的男孩互動的時候更糟。

荷麗沒法確切地指出她是什麼時候知道自己喜歡同性的。要她接受這點實在太早了。她假裝跟其他青少年一樣。她不想與眾不同。

幸好，她犯的錯誤很少，而且間隔很長。然而，最終那些錯誤都非常嚴重。

事實上，是超級嚴重。

她沒有掌握好因果關係。當時她身邊都是和她一樣的女孩子。後來她明白自己做了什麼事之後，就放聰明了，但聽那些女孩子像是無所不知，掌控一切的言論，讓她很受傷。像是她們擁有這個世界而且不可侵犯似地。

她們搬到凋零谷地的時候，她很想跟新學校裡的女生搞好關係，彷彿她只要回到以前的生活方式，一切就會沒事一樣。她花好幾個小時跟那些女生在特賣商場逛街購物，試不同的唇彩和對她們而言太成熟的緊身衣物，喝星巴克，用假美國口音聊天。

一次——只有一次——她跟她們去了迪斯可舞廳。

在去城裡最新的夜店**夾層樓**的計程車上，她們跟她解釋滾雪球的概念。

「在夾層就是這麼玩的。」她們說，好像她是鄉下土包子一樣。

「不好意思，」她說，「再跟我說一次。妳跟一個男生做愛……」

泰瑞莎用力搖頭，華美的紅頭髮來回晃動，計程車裡都是蜂蜜洗髮精和髮膠的香味。

「老天，荷麗，我要講多少次？妳不是做愛。妳給他口交。然後妳跟一個女生親嘴。」

「我嘴裡含著精液嗎？」

「對，這就是滾雪球——懂了嗎？妳親一個女生，那個女生再親別的女生。男生喜歡這樣。」

「我他媽的相信他們一定喜歡。我不幹這種事。我寧可跟某個人做愛。」

「別蠢了。現在沒人打砲的。妳得尊重自己的身體。」

荷麗默默地搖頭，其他女孩則跟帶頭的一起笑。她們都十六歲，以為演小黃片給男生看沒什麼大不了，並且相信享受樂子的是女孩子。

她們都還受控於美貌是一種超級勢力的幻覺下。

如此天真。

「荷麗？妳在這裡幹什麼？聽起來像是妳要把房子拆了。」

愛莉森從廚房走出來，手上仍舊戴著隔熱手套。

「相框倒了。」荷麗說。

「進來吃披薩。剛烤好的。」

荷麗跟著母親走進廚房，在早餐臺邊坐下。她媽媽用滾刀切過厚厚的義大利香腸片。

愛莉森替自己倒了一大杯酒，把酒瓶放在櫃檯上。荷麗拿起酒瓶在本來是要裝可樂的玻璃杯裡倒了兩盎司的酒。

「荷麗，」愛莉森嗔怪道。

「今天好累。」女兒回答，把杯子舉到唇邊，看母親敢不敢阻止她。

愛莉森嘆氣，但還是讓荷麗喝了一口。

荷麗斜瞥了母親一眼，想知道該如何開口。然後她直接衝口而出。

「我是說，學校？媽，妳為什麼跟警察那麼說？妳在想什麼？」

「我總得說點什麼啊。他們問我們是不是要出去度假，我……我就那麼說了。如果妳還上學的話，昨天應該學期結束了。」

「要是他們去查呢？為什麼不跟他們說實話？我在家自學又沒犯法。妳跟他們說謊，會讓他們起疑心的。」

「他們不會去調查這種事的，荷麗。在家自學並不常見。我們不想與眾不同。一切都必須顯得正常。」

荷麗又喝了一口酒，丹寧讓她的舌頭覺得很澀。太乾了。她比較喜歡甜味重的酒，像是櫃子後方的甜點酒，只要媽媽不在家她自己過夜，就會喝一點。如果愛莉森什麼時候決定打開這瓶索甸甜酒，絕對會嚇一大跳。

她母親推給她一個裝著披薩的盤子。

「荷麗，或許妳可以考慮回去上學。」

這句話像一顆未爆彈一樣懸在空中。

「我不能回去。」荷麗靜靜地說。

「就最後這一年。回去考試。我們不用一直躲著……」

「我不能回去！」荷麗眨眨眼睛，深呼吸了一下。「他上次就是這樣找到我們的。」她鎮定下來說。

她母親搖頭。「不會再發生了。」

「會的。我去上學一定要註冊，媽。我不能用假名。天知道他打電話到多少學校，然後那個愚蠢的職員說：「喔，對，我們有一個學生叫伊娃．貝克。」

她母親瞪著櫃檯，用手畫圈圈，無法抬頭望向荷麗。她今天真的舉止非常古怪。

「我們可以去跟學校說，荷麗。跟他們解釋。」

荷麗用力搖頭。

「不行。妳不明白嗎，媽？妳想像不出那要花多少功夫嗎？要多狡猾多堅持嗎？一個接一個地打電話，然後可能再度重複，直到有人蠢到告訴他為止？會有人說溜嘴的。我們不能冒險。」

愛莉森放下酒杯，伸手去握女兒的手。她雙手捧起女兒的手舉到唇邊，輕輕親吻。

「他不會再傷害妳了。」她說，她的語調如此堅定，然而如此哀傷。荷麗覺得喉間哽住了。

「這就是我們要的。」荷麗說，輕輕地抽回手，拿起那片披薩。「所以我們得想個計畫，要是他們去問我應該去上的那所學校的話，我們該怎麼說。」

她母親抿起嘴。

「怎麼了？」荷麗說。

「那不是我們最大的問題，荷麗。妳為什麼跟他們說奧利芙・柯林斯在勒索我？」

「她是在勒索妳！」

「她沒有勒索我。」

荷麗搖頭。

「那妳為什麼給她那麼多衣服？因為妳好心？我知道妳生意做得不錯，媽，但妳又不是開ZARA的。」

「荷麗。」她母親舉起手。「別說了。」

荷麗放下披薩，她剛剛吞下去的那一口感覺非常不舒服。

「要勒索別人，你必須有別人的把柄。妳討厭奧利芙，所以影響了妳的判斷。我知道妳想跟警察說妳覺得她有多令人不愉快。但是妳知道的吧，這樣妳反而讓他們懷疑我們了？懷疑我？要是他們發現我說謊了呢？」

「說了什麼謊？」

她母親眨眨眼，然後轉開視線。荷麗震驚地瞪著她。她母親在隱藏什麼？但當愛莉森再度望向荷麗的時候，已經恢復了正常。

「沒什麼。是關於我們的處境。妳得更小心一點，寶貝。」

荷麗感覺眼淚湧上來。她以為自己做的是正確的，以為自己看透了那個男警探。假裝她們喜歡鄰居，然而過去三個月來卻沒靠近過那棟小屋，簡直愚蠢。但她一說出勒索兩個字，就後悔了。

現在荷麗覺得自己好像靈魂出了竅。她習慣於當家裡的大人，告訴母親她們該怎麼做。愛莉森一直都那麼脆弱。

但現在情況不一樣了。

現在荷麗的媽媽看著她，好像她才是需要被保護的人，好像做了錯誤決定的人是她。

荷麗眨眨眼。這是新發現。

奧利芙

四號

我記得我在看《東區人》⑮。門鈴響的時候我按了暫停，讓咖啡涼了。

二〇一七年的新年來了然後過去了，我幾乎沒見到半個人。所以打開門看見荷麗．達利站在門口的時候，我很高興

她冷得發抖，我第一個念頭是讓她進屋暖和起來。我沒立刻想到她為什麼來，直到我注意到她臉上的表情，她看起來像是有話一定要跟我說。你知道那種感覺，無論如何你非得說出口的感覺？她就是那樣。

當時我以為我知道她想要什麼。

那時候愛莉森已經有一陣子沒來找我了。我以為她女兒是來遞橄欖枝的，甚至可能要為她母親的缺席道歉，她想盡快說出口然後回自己房間去看網飛。愛莉森會讓荷麗過來就很奇怪，但那時候我已經開始覺得愛莉森有點奇怪了。

我帶荷麗走進客廳，決定盡快順利地進入這場成人角力世界。

「我不希望妳再去我母親的店裡了。」她說。我甚至還沒來得及提議要燒開水。

「什麼？」

「我媽不是開慈善機構的。她不能夠到處免費送人東西。」

「妳在說什麼?」我緊張地笑起來。我不喜歡她話中所指,驚愕之下我楞在當場,覺得十分不安。

「妳一直拿店裡的東西……」

「我什麼都沒拿……」

「如果妳不想花錢,就不要再去。」

「荷麗,且慢。這完全是誤會。妳是說令堂給我的那些東西嗎?那不是我拿的。不是妳說的那種意思。那是禮物。」

「少騙人了。」

「荷麗!」

「本來就是。妳很清楚她為什麼一直給妳東西——因為妳一直出現。我們知道妳為什麼這麼做。我媽太客氣了,不好意思拒絕妳。妳根本是在利用她的禮貌。」

如果你沒有遭受過這樣的攻擊,就不會瞭解我的震驚。你以為話題是某件事,結果完全相反……你沒辦法真的控制自己的反應。至少我不能。腎上腺素竄過我全身,讓我毫不思考地口不擇言。

「禮貌?」我說。「妳到我家來說這種話,還敢提禮貌?我是說,如果妳以為我在搶劫令

⑮東區人(EastEnders):英國國家廣播公司播出的長篇肥皂劇,從1985年播出至今已經超過五千集。

堂——那我們就報警吧？讓警察來評理？」

她面色蒼白。

我話一出口就幾乎羞愧起來。

達利家最不想見到的就是警察。

有好幾秒我們都一言不發。我放鬆了表情。我並不想跟這個小女孩鬥嘴。她甚至不明白，但我是她的朋友，而非敵人。要是她知道喬治·里其蒙在幹什麼就好了！

我鎮定下來。荷麗全是虛張聲勢，她為母親著想用錯了地方。從某方面來說，她替愛莉森挺身而出很令人欽佩。

「聽著，」我說，「我想這只是單純的誤解。我家隨時都歡迎妳來，荷麗。我們是鄰居。但我跟令堂的交情和妳沒有關係。妳不知道全面的真相。」

她比我意料中更為頑固。

「一切都跟我有關，」她嘶聲道。「妳可能以為妳可以勒索我媽媽去——」

「勒索！妳說什麼！我從來沒聽過這種話！」

「要不然妳要怎麼說？我看過了她的帳本——威克洛店的耶誕節利潤，被妳的洋裝、大衣跟其他玩意吃掉了四分之一。妳以為妳可以佔她的便宜因為她……」

她說不出口。連愛莉森都說不出。那就像末日之劍一樣，一直懸在她們頭上。

但荷麗錯了。我從來沒有問愛莉森討過任何東西。是她自願給的。「喔，讓我幫妳張羅。」

她會說，然後總是緊張地搓搓手。

或許她認為這是交易，但即便如此，也不是我主動。愛莉森第一次就要我去她店裡。於是過了幾天之後，我去了。我買了一件漂亮的連身裙，她替我搭配了一條漂亮的圍巾還有項鍊。她堅持我當作禮物收下。

在那之後我就常去，我總會買一些小東西，但她一直送東西給我。我該怎麼辦——把她的禮物還回去嗎？

其實，我大部分時間是去看她的。

她突然莫名其妙地冷淡了我們的友誼。我想知道為什麼。我從來沒有要求過任何東西。我願意原諒荷麗的指控和挑釁。我們可以做朋友的。我會跟愛莉森談談。如果她真的介意我去她店裡，介意我干涉她的生活，她只要直接告訴我就可以了。

這是我該跟她討論的事情。不是她女兒跟我討論。

我側過身指向門口。

「我想妳該走了，荷麗。」我說，「我們應該把這一切都忘了。」

但荷麗直接走到我面前，她的臉離我只有幾吋，我可以聞到她呼吸中的薄荷味，還有她嘴上的草莓護唇膏。

「再去我媽的店裡，我他媽的就宰了妳。」她說。

隆
七號

或許去喬治家是錯誤之舉。

隆抽了一口菸，凝視著燒烤爐邊緣跳動的火焰。

他本想衡量其他人說了什麼。看看有沒有人知道他跟奧利芙的事。喬治像是最好的選擇——他是那種會注意到一切的人。但知道隆跟奧利芙睡過讓他大吃一驚，好像他從沒想過有這可能一樣。

隆說出來的方式像是這是世界上最自然的事情，他完全不覺得愧疚。也不需要遮掩。這似乎是個好計畫……但或許是他想多了。又想多了。

當年輕的警察敲門問他第二天會不會在家，警探們要來拜訪時，他很驚訝。隆看見那兩個警探在谷地挨家造訪，心想隨時都會輪到他。他心裡七上八下地等著，緊張到去上廁所，緊握住馬桶旁他特別安裝的扶手，清空了存貨。

他們似乎沒跟喬治說任何他們懷疑奧利芙是被謀殺的話。全都只是例行公事，隆告訴自己，一面翻火爐裡的灰一面發抖。

老天，他很高興不用跟奧利芙見面。至少他過了寧靜美好的三個月。

起初他對自己所做的事只感到滿意。但隨著時間過去，無可否認地他開始覺得後悔了。

他應該直接跟她分手的。

相反的他卻十分惡毒。真的很惡劣。真的要腦子壞掉了才能做出他做的事情。但都是她自找的，不是嗎？她是自己下場的作者。或許是因為他對她有很強烈的感情，而她卻狠狠傷害了他，所以他才那麼做。

隆又抽了一口菸。

要是她留下一張字條呢？要是她寫下他對她說了什麼，做了什麼呢？

菸跟恐懼讓隆頭昏。

只是找個打砲的對象，這值得嗎？

最近他發覺自己越來越常這樣反省。跟所有女人，不只是他的鄰居。這就像是他自找麻煩，像是他故意去作踐女人，好讓她們作踐回來。或許他喜歡痛苦。

因為他知道自己行為可鄙。那不是真正的他。

你會以為至少在經過奧利芙之後，他會學到教訓，不吃窩邊草。有一段時間一切似乎很有趣，從四號到五號，然後再回來。

他最喜歡奧利芙。她骯髒透頂。總是你最始料未及的那個人。他喜歡她這一點。

在另一方面，克莉絲——她則是在找白馬王子。救火員。某個能拯救她的人。她想傾訴、被擁抱、然後哭訴她先生已經不愛她了。

沒有什麼比做完愛後哭泣的女人更糟的。不行。他得從克莉絲那裡脫身。這樣做充滿了陷阱，但以後的事情以後再說。首先，他得先通過警探調查這一關。

隆鬆開拳頭。他之前握得緊到指甲都陷入手心裡了。

他望向奧利芙的內褲。

有一次她讓他把內褲塞進她嘴裡。克莉絲從來不讓他做這種事。跟克莉絲永遠都是傳統的傳教士體位，這樣她才能被擁抱。

奧利芙是他夢想中的女人。

直到……

隆把內褲扔進火爐裡，望著它燃燒殆盡。

再見，奧利芙，他低聲說。這是一段很有意思的體驗。

奧利芙

四號

隆。可愛的傢伙。

是什麼時候開始變質的？

好吧，我知道什麼時候。但是為什麼？

為什麼不能只有我？

我第一次見到隆，就被他迷住了。

他有趣、輕佻又自信——全都擊中了我的點。我從來都不喜歡需要我費很大力氣的男人，那種沉默裝深沉，但其實完全不是這麼回事的傢伙。

在許多令人失望的經驗之後，我得知不說話的男人並不是有深度。他們只是無話可說。

至於隆，他是個表裡如一的人。

我花了一陣子才發現他是真的在挑逗我。隆對谷地裡所有女人都有一套。

他會露出微笑並且眨眼，說黃色笑話，我們這些女孩都會臉紅地搧著睫毛，容光煥發。

無害的調情。

有天晚上他來我家拜訪，說他聽到我跟艾德說我的熱水器壞了，需要換新。

當時是夏末，但傍晚還是很暖，我穿著一件可愛的洋裝，從每個角度都能展現我的身材。雖然我已經五十三歲，但我常常走路，身材仍舊很好。

「我想我能幫妳，」他說。「看看是怎麼了。妳自己一個人嘛。」

「喔，對，」我說，「你是來看我的管道的，是不是？」

他笑起來。

「沒錯，我打算好好看個清楚。」

「真是個紳士。那麼請進吧！」

一進廚房，他就靠在櫥櫃裡的熱水器後方，嘴裡哼哼唉唉。

「妳要我在幹活的時候把上衣脫掉嗎？」他問。

「你沒這麼容易就讓我幫你洗衣服的。」我笑著說。

他吃吃笑起來，低頭鑽進去，拉扯檢視那些管子。

「好了，我的結論是壞了，」他說，「妳得找人來修。辛苦幹活的人能喝杯茶嗎？」

「你的臉皮真夠厚的，」我說，「自己家裡沒茶包了嗎？這就是你的手腕？」

他賴皮地露齒一笑。

我不太確定這到底是怎麼發生的，是我用某種特定的神情看著他，還是他看著我，但前一分鐘我們還站在廚房的櫃檯旁，笑著大衛．瑟蘭凱以及聊怎麼種黃瓜，下一分鐘他就傾身過來吻我。

「妳笑起來真美。」他說。我真的覺得自己融化了。

然後我們摟著對方，他的舌頭跟我的交纏，他的十隻手全伸進我上衣，解開我的胸罩扣子，撈起我的裙子，探進我絲襪裡。

我們的第一次刺激又性感，我從來沒有過這麼令人滿足的體驗。或許因為是意料之外吧。我本來打算喝杯茶，看看書然後早點上床睡覺的。現在隆．萊恩讓我趴在櫃檯上，我們兩個都喘著粗氣，像動物一樣滿身大汗。

他的年紀也很有幫助。隆至少比我小十歲，非常英俊。膚色曬得黝黑，身強體壯。而且他覺得我，渺小年老的我，有吸引力。

首先，我安於我們並不是傳統的交往關係。我決定自己已經不再需要約會了——在城裡牽手逛街之類的。我也不想讓谷地裡所有人都知道的私事。隆也有同感。

不只如此——保密很刺激。永遠不知道什麼時候他會來敲後門，我們能做的各種不一樣的事情，非常令人興奮。有時候，雖然很希罕（他很介意別人去他家），我會假裝需要什麼東西去他家拜訪，然後跟他說我沒穿內褲，他就會當場上我，就在玄關，幾乎來不及關大門。

我沒有羈絆、不需承諾、百無禁忌。人生苦短，我要盡量作樂。

這是一種啟發。

我們從來沒說過愛對方。我們從來不從事任何戶外活動。沒有明確地表達彼此只有對方。

我一直告訴自己這不會持久，隆可能會跟只有他一半年紀的年輕女孩定下來。他會帶她去各種高級場所，牽著她的手逛街。計畫結婚生子。

這些我知道，也都忍下了。雖然有時候他會在我床上睡著，我望著他黑色的睫毛垂下，用手梳過他的頭髮然後心想——他完全屬於我。

但是接著我看見他去找克莉絲．亨尼士，麥特的車子不在。

某天上午。肯姆去上學了，我知道隆那個星期放假，不用上班。

我正望著窗外，看見他走出家門，在谷地裡走動，臉上帶著飢渴的表情。我以為他要來找我，不由得咧嘴而笑。我喜歡早上的他。精力那麼充沛。

我轉身在脖子和手腕上噴香水，但我轉過頭時，他已經不見了。

我好奇地走到外面，剛好看見他進入隔壁人家。

我站在客廳裡，隔著蕾絲窗簾望出去，等了好像有一個世紀之久。

整整兩個小時後，他出來了。臉上都是汗水，帶著那種我太過熟悉的滿足表情。他鬼祟地四下張望了一下，視線在我家流連，然後小跑離開了。

那個齷齪的混蛋跟我們兩個上床。

法蘭克

「妳自己上去沒問題吧？」

法蘭克忍不住。他完全支持女性主義，但他生性是個紳士，傳統而且老派。

艾瑪．查爾德的公寓社區看起來很雅致，就在港口邊，維護良好，顯然不便宜。但這裡擁有所有匿名和孤寂的元素，讓法蘭克擔心這女孩自己一個人進去。誰知道樓梯間裡藏著什麼？

奇怪的是，這是他第一次送她回家。通常他們在車站分手，但今天他們在凋零谷地度過了漫長的一天，決定不回警局直接下班。法蘭克成功地把大量的文書工作推託出去；明天又會是漫長的一天。

「呃，我想我可以設法。」艾瑪說著打開車門。「謝謝你送我回來。」

她下車輕快地朝社區入口走去。

「明早見。」法蘭克透過車窗叫道，他開車掉頭。她已經不見人影了。

他自己的社區熱鬧非凡。一群青少年在草地上踢球，他們的連帽衫權充球門柱。幾個女孩子坐在某人的花園牆上，假裝沒在看球，聽彼此的笑話尖聲大叫，玩弄頭髮。每個舉動都是精心策劃好的。

男孩們毫不在意。

法蘭克的鄰居在洗車，隨著暮色降臨，他花園樹叢裡的太陽能燈開始閃爍。

「現在才回家啊？」法蘭克把車倒進車道，他愉快地對他叫道。「從明天開始我們要出門兩星期。搭渡輪去法國。我想先把車子清理一下。你在家的時候，能幫我留意一下嗎？」

法蘭克走到分隔花園的牆邊。

「沒問題。帶孩子們去嗎？」

「除非你要幫忙照顧。」

法蘭克微笑。

「我想我們是甩不開這些小混蛋了。不能把小孩送去寄養旅館真是麻煩，對吧？我們要去諾曼第附近的露營地。游泳池、遊樂區、兒童俱樂部，那樣的東西。從上午十點到下午一點，我和老婆可以喝飽紅酒吃飽可麗餅。如果我老婆沒帶太多行李的話，我們或許可以帶幾瓶酒回來。她已經忙一整天了。只是裝行李箱！我們開的是車，可不是大殺的時空電話亭。」

法蘭克停下來想了一下。

「嗯，我們可以不用帶毛巾跟床單，對吧？騰出一點空間。我們有那麼多毛巾，她不會注意到的。」他瞇起眼睛考慮，然後望向法蘭克徵詢意見。

「你們回程的路上可能需要用毛巾包著酒瓶，」法蘭克說。「以防路上崎嶇不平。」

「好主意。我會替你找一瓶好紅酒的。喔，等一下，先別走。」

他的鄰居把海綿扔進一桶肥皂水裡，轉身進屋。接著他帶一個塑膠袋和用錫箔紙包的盤子出來。

「伊凡娜準備這些要給你的。她煮了一鍋咖哩好把冰箱裡的雞肉用完。袋子裡有麵包。我們早餐會在渡輪上吃。用不著把食物放到壞掉。」

「謝啦。」法蘭克接過食物說。

他把鑰匙插進前門，剛好各家的媽媽們叫自己小孩回家吃晚飯的聲音，開始此起彼落地合唱起來。

屋裡安靜涼爽。幾年前法蘭克裝了挺好的雙層玻璃。當時他上晚班，得在白天睡覺。你不能期待整個社區因為你要休息而靜止。與其朝世界發火，不如自己有所準備。

他走進廚房，放下收到的雜貨禮物——半條吐司、蘋果、一公升牛奶、一包火腿和四小杯優酪乳。

「媽的優酪乳？」法蘭克大聲地說，接著是：「抱歉，夢娜。」

伊凡娜會笑死。

他想知道她是不是也準備了一個旅行包給他。

然而，她做的咖哩非常好吃。那個女人會做菜，毫無疑問。他拿掉錫箔紙，把盤子放進微波爐，然後到客廳去拿筆記型電腦。他在走廊上掛著的夢娜婚紗照前停下，現在他空出手來了，便把手指放在自己唇上，然後輕觸她的臉。他每天進出家裡時都這麼做。有時候他還跟她說話，只是為了要打破寂靜。

「今天很詭異，」他說，「還很熱。艾瑪臉上的妝沒花讓我很驚訝。」

他在咖啡桌上找到筆電，旁邊還有早上喝剩的半杯咖啡。一切總是跟法蘭克離開時一樣。只除了他的妻子。那天他出門時她還沒起床，然後就再也沒見到活著的她了。夢娜當天在醫院上完十二小時的護士晚班，開車回家時碰到一個酒醉駕駛。他們找到車子，把車體翻過來的時候，溝裡的水已經讓她面目全非了。

她已經死了十五年了，他的夢娜。

他在廚房吃咖哩。夢娜不喜歡他們在客廳裡把盤子放在腿上吃東西。太雜亂了，她說，而且很容易導致婚姻結束。

「妳覺得在電視機前面吃東西，會讓我們的婚姻結束？」法蘭克笑起來。「我們這麼脆弱嗎？」

「首先，是一面吃飯一面看電視，互相不交談。然後是坐在不同的椅子上，而不倚靠著對方。然後我們就會看著書睡著，而不是做愛。然後就是分床睡。接下來就是分房，因為我不能忍受你打呼，反正我們已經不睡在一起了。然後我們會有個人開始中年危機，需要別人關愛，而我們不能從婚姻中得到。於是開始婚外情，他坐在晚餐桌邊跟我說話。所以我得離開你去跟他在一起。」

「等一下——為什麼是妳有婚外情？妳這個水性楊花的女人！」

「到餐桌邊坐下，親愛的，我們就不用擔心我未來的忠貞了。」

法蘭克從冰箱裡拿出一罐啤酒，剛好微波爐響了。他拿出盤子坐下來，把一叉子雞肉和米飯送進嘴裡，愉快地咀嚼，一面打開電腦刷新賭博網站，看看今天的賭注。

他才剛坐定，手機就響起來。是法醫室的雅米拉。

他接了電話，從背景噪音推斷她是在酒館外面打來的。

「病理室打電話給你了嗎？」她說。

她的聲音很低，還有點大舌頭。她可能已經喝了三、甚至四杯琴通寧。

「屁都沒有。」法蘭克說。

「我在酒吧。」

「我已經運用了全部的推理能力猜出來了。」

「我在跟病理室的班恩喝酒。」

「是喔？」法蘭克豎起耳朵。「他有什麼好消息？」

「我想上帝很快就會自己送報告給你。我希望祂順便因為班恩洩漏機密劈死他。」

「希望班恩只洩漏給妳，要不然我會親自劈死他，不用管他的老闆了。」

「是啦是啦。死因是心臟病，如果你想知道的話。吸入二氧化碳引起的。過程很快。班恩說她體內的毒素沒有通常中毒而死的人多。原來她有之前沒診斷出來的心臟病，所以在吸入二氧化碳早期就發作了。要不然她可能會出現頭痛、反胃等症狀，或許會感到有什麼不對勁。她可能在心臟病發作的時候打了急難救助電話，甚至不知道瓦斯漏氣。」

「這樣啊，」法蘭克說。他抓抓下巴，思索新的資訊。「所以，如果她心臟的問題之前沒有診斷出來，那就不會有任何人知道。」

「顯然是這樣。為什麼問？你覺得有人可能對熱水器動了手腳，但是並不打算殺她？以為她會自己發現，頂多小病一場？」

「如果這不是奧利芙自己弄的話——」

「少來了，法蘭克，你不會還抓著這點不放吧？如果她要自殺的話，為什麼要打電話求救？」

「半途後悔了？」

雅米拉嗤之以鼻。

「繼續試啊。你的夢想可能成真的。你在幹什麼？要不要來喝一杯？」

「我在工作。」法蘭克說。

「顯然我也是啊。」

「享受妳的夜晚吧，親愛的，享受班恩。」

他掛了電話。

「她只是個朋友，」他去廁所經過走廊上的照片時跟夢娜保證說，「只是這樣而已。」

莉莉和大衛

二號

他們要安撫好孩子。

他們還沒跟孩子們說。大衛提出了奇怪的邏輯，說什麼在早晨明亮的陽光下，事情比較容易解決。他們在拖延，兩個人都是。莉莉很樂意遵循任何可以說得過去的邏輯。她猜想孩子們其實已經知道了。但告訴他們，告訴小狼，會讓一切成真。所以就讓他們再天真無邪一會兒吧。

她站在鍋子前面，心不在焉地攪動，給用大衛的紅蘿蔔做的湯調味。莉莉沒有胃口。做飯只是必須完成的任務。

大衛來到她身後，摟住她的腰。

「妳在哪兒，親愛的？」

莉莉皺眉。

「什麼？」

「妳漂亮的腦袋上哪去了？妳剛剛在湯裡加了糖。」

「我沒有。」莉莉瞪著鍋子。「有嗎？」

大衛讓她轉身面對自己。

「別管晚餐了。我要怎麼樣才能讓妳不胡思亂想？」

莉莉聳聳肩。最近她心裡的事情好像太多了。工作、家庭、鄰居。

大衛打量她，然後走過廚房到iPod底座前面。她困惑地望著他。他選了一首奈及利亞音樂，輕柔的騷沙舞曲，然後他舞動著身體朝她走來。

莉莉忍不住；她笑了。

「妳嘲笑我的舞步嗎，小姑娘？」

莉莉微笑點頭。她丈夫摟住她，開始一起搖晃，然後讓她旋身，再度回到他懷中。

「我們跳一晚上的舞吧，」他說，他的嘴貼在她耳邊。「我們沒有地方去，不用見任何人，不用擔心任何事。」

莉莉投身在音樂中，但仍舊感覺到肩上的重擔。

不用擔心任何事？嚴格來說這不是真的。在發生了那種事之後？

她讓自己再度被引導轉圈，但現在臉上的笑容消失了。

為什麼，到底為什麼，大衛這麼開心呢？

克莉絲＆麥特

五號

麥特不肯停止說話。他從一個房間走到另一個房間，一面滔滔不絕地評論當天發生的事，鄰居如何反應，誰說了什麼，做了什麼——這麼多話。克莉絲覺得這幾年來都沒聽過他說這麼多話。她真的希望他能……閉嘴。她腦袋裡有太多思緒，他得安靜五分鐘好讓她思考。

他從廚房走回來，站在克莉絲和電視中間，於是她不得不看著他。

「現在正在播英國達人秀，」她說。並沒有把腦袋從靠墊上移開。電視靜音中，但他似乎沒注意到。「這是最後的半決賽，你擋到我了。」

「妳說真的嗎？我正試著跟妳交談。」

「你不是在跟我交談。你是在對我說話。」

「妳怎麼了？警察走了之後妳只躺在沙發上。」

「我受驚了。」克莉絲說。

麥特跟他們說他們應該去找隆。他暗示隆和奧利芙——隆和奧利芙！——有一段情。這能稱之為一段情嗎？他們兩個都單身？有一段情的是她，不是嗎？

她沒有資格評斷隆。她知道。她才是有夫之婦。但她覺得好像有人給了她喉嚨一拳。她第一次和隆做愛就在這裡，在沙發上。

麥特週末不在家，肯姆在樓上睡覺。那天晚上颳著大風，隆過來看她的電視是不是接收得到衛星訊號。她點了蠟燭，替自己開了一瓶酒，只是找點事做。她很少自己一個人喝酒——事實上他不喜歡——但那個週末她很沮喪。理由很明顯。

她請他進來，他們一起喝酒聊天。他們有如此多的共通之處。他那麼好。傾聽她說話，她講笑話他都會笑。他是個調情高手，這她知道，但他並不低俗。事實上他很聰明，而且很善體人意。

隆跟她講了他弟弟的事，後者有嚴重的殘疾，住在療養院裡。即使他試圖裝得若無其事，好像他並不在意，克莉絲也看得出來他很為此煩心。隆花了一大筆錢重新裝修房子，好讓弟弟能住進來，但終究沒有成功。他們的爸媽跟療養院的管理人員決定他弟弟需要在專業環境中全天療養；就算隆願意請護理人員在家也不行。

隆的這一面其他人看不到，克莉絲知道他認為是女人的夢中情人，但還是喜歡他柔軟脆弱的這一面。

隆傾身吻她，她很震驚。他十分紳士——說他自認識她的時候起就喜歡她了，他知道她已婚。他看她的樣子——像是他非常想再度吻她——讓她淪陷。麥特上次這樣看她是什麼時候？她放下酒杯，捧著他的臉拉向自己。他問她是不是確定要這麼做，她說她從來沒有這麼確定過。然後他溫柔地讓她躺在沙發上，開始脫她的衣服。他一直低聲說她多麼漂亮，他多想要她。她又哭了一陣子。

在她愚蠢幼稚的飢渴下，她想像他們倆有特殊的聯繫。而在此同時……

這的確解釋了那時奧利芙為什麼對她如此惡劣。

「哈囉？地球呼叫克莉絲。」

麥特像交通警察一樣對她揮手。

「我說，受了什麼驚？妳並沒有真的看見奧利芙的屍體。」

「你對警察說的完全是另一套。」克莉絲說。

「是啦，他們現在不在這裡了啊。我覺得妳得振作起來。別這樣，妳跟那個女人又不是什麼至交好友。」

「你還是擋住我看電視了。」克莉絲冷淡地說。

麥特抿緊了嘴。

「你知道嗎，克莉絲？」他說，「管他的。我們來聊聊奧利芙。以及妳為什麼應該高興她死了。」

克莉絲的心跳漏了一拍。

「你說什麼？」

「我說，妳可能很高興她死了。」

克莉絲坐起來。

「你在說什麼？」

「我知道她威脅妳。」

「我……我……你怎麼知道？」

她面色蒼白。所有的感情都從她臉上和四肢消失，像是有人關上了水龍頭。克莉絲突然麻木了，動彈不得。

「我什麼都知道。」麥特說，他的神色讓她背脊竄過寒顫。

客廳門打開了，肯姆走進來。

「你們在吵架嗎？」他說。

他穿著星際大戰睡衣，睡褲已經短得露出腳踝。這是他九歲的時候買的，現在他十一歲了，還是他最喜歡的睡衣，雖然已經磨損褪色，而且遮不住他抽高的四肢。

「你怎麼還沒睡？」克莉絲問。

麥特望著他們，搖搖頭走出房間。

克莉絲覺得全身都鬆了一口氣。來得巧，肯姆。

「我睡不著。」肯姆說，在沙發上坐在她旁邊。

克莉絲打量兒子的臉。

她已經習慣了跟兒子所有的互動，包括哀求、尖叫、哄騙、大吼。肯姆已經成為一股不可忽視、必須對付的力量。有時候想到他就讓她胃痛。

最近克莉絲很少看到他。她找他。她看透了他。但沒有真正看到他。

現在她看著他。他的話或許帶著怒氣，而且他未經許可就下床，但她沒有看見惡作劇或是故意搗蛋的神色。她看見一個難受又害怕的小男孩。

她伸手摸他長著雀斑的面頰，上面有些不知道怎麼弄出來的傷痕，但是摸起來如此柔軟。他五官還帶著最後一絲稚氣，還有一絲那個瞪著藍色大眼睛，總是抬頭對她微笑的那個金髮小胖娃的影子。

她覺得喉嚨哽住了，她對他深沉的愛痛苦地壓在胸口。從肯姆還是個嬰兒的時候就只有他們兩個相依為命——他們有著無法分割的羈絆。麥特跟兒子就沒有這種關係。

「你想跟我一起看英國達人秀嗎？」她問。

他驚訝地點點頭。他本來以為媽媽會對他尖叫，叫他回去睡覺，威脅要懲罰他。

克莉絲伸出手臂，披肩仍掛在她肩膀上，肯姆爬進她懷裡。他抬頭望著母親，然後看著她靜音的電視，一個合唱團正開始唱〈耶路撒冷〉。

克莉絲親吻他的頭頂，聞到洗髮精、清新的氣息，以及某種甜蜜的東西。在此刻她能跟兒子在一起就心滿意足了，不用去想麥特說了什麼話。

「他們唱得很好。」他說。

「是的。」

「我可以喝可樂嗎？」

「別得寸進尺。」

她感覺到他微笑，把他抱得更緊了。

「肯姆？」

「什麼？」

「昨天的事情我很抱歉，你一定非常不舒服……所有的一切。我還對你大叫。我……我想我自己也嚇到了。我應該好好跟你談談的。柯林斯女士是我們的鄰居。我應該問你是不是沒事。」

「我沒事。」

「如果你不舒服，也是可以理解的。」

「我沒事。我不在乎她死了。」

克莉絲僵住了。

「你是什麼意思，親愛的？」

肯姆抬頭望著她。他的眼睛睜得很大，表情哀傷憂慮，彷彿藏著什麼可怕的秘密一樣。克莉絲的心臟開始狂跳。

「她是個很壞的女士，媽咪。」他說。

奧利芙

四號

我去找克莉絲・亨尼士的那天，她站在露台上晾衣服，臉上的表情疏離，像是離她正夾在晾衣繩上的丈夫內褲有百萬英里之遙。

她完全沒發覺我來了，直到我伸手到她腳邊的籃子裡，拿起一件襯衫遞給她。她摀住胸口咒了一聲。

「老天，奧利芙，妳嚇死我了。」

她笑起來，如鈴的幸福笑聲。

「抱歉。我幫妳好嗎？」

我拿起一件襯衫，夾在曬衣繩上，她就站在那裡笑著看我。

「麥特今天在家嗎？」

「嗯。」

那是一個意味深長的嗯，像是她想擺脫他。我可以想像為什麼。

「真好，他工作很辛苦，是吧？」

她拿起一條毛巾，開始夾在繩子上，離我越來越遠。點了一下頭。那就是她對養活她的老公所有的感激。

「妳真是太幸福了，克莉絲，能有這樣一位先生。我相信會有女人願意為了妳的位置殺人的。」

她不自在地看著我。我笑起來。

「喔，不是我。他完全屬於妳。老天，我可不是搶別人丈夫的人！」

「我不覺得妳是，奧利芙。」

她微笑起來。我的天，如此自以為是。她可以隨意對麥特不忠，但麥特和她在一起絕對不會看別的女人。

「我只希望妳知道他有多好。有時候我覺得年紀輕輕就結婚一定很不好過。我想有些人會覺得自己被困住了。但是，老實說，聽一個見多識廣的人的建議——隔壁的草未必比較綠。」

我拿起另一件上衣，這次是她的。

「我真的可以自己來，」她有點緊張地說道。「妳用不著。」

「喔，我只是喜歡有人陪。谷地這裡大家太少見面了。」

「嗯。」

我甩平絲綢上衣的縐褶。

「但是妳會跟隆見面吧，是不是？」

「什麼？」

她的手僵在伸進籃子的半途。

我聳聳肩，好像我說的話無關緊要。

「我不知道妳在說什麼。」她說。

我揚起眉毛。「我想妳知道。」

她瞇起眼睛，看著我的樣子彷彿我是她鞋子上剛剛發現的髒東西。

「我是說，我沒有要干涉什麼的。我只是覺得妳得知道有人注意到了。如果我注意到了，可能也有其他人。」

克莉絲迅速轉身望向屋子，動作突兀到踢翻了洗衣籃。她叫出聲來，蹲下去撿濕衣服，臉和頸子都通紅了。

她站起來的時候，態度變了。現在她已經不再震驚。她是一隻受困的老鼠。我們都知道牠們會有什麼反應。

「妳是在威脅我嗎，奧利芙？因為妳該知道雖然我們谷地的人都和藹禮貌，但在我長大的地方，妳得學會如何保護自己。」

我搖搖頭，滿面驚愕。

「完全不是，克莉絲。如果妳有好好聽我說話，妳會明白我是妳的朋友。」

她仍舊瞪著我，好像現在才發現她低估我了。

「如果妳知道什麼對自己有好處，就該學會不要管別人的閒事。」她說著轉身走開。

在那一刻，我發覺是我低估了她。

艾瑪

艾瑪喜歡自己的公寓。她和葛雷恩第一次來看房的時候，她就知道如果他們分手了，她要留下這裡。

真是一語成讖。

他把葛雷恩踢出去的時候他大鬧了一場。是他聽說港區有房子要賣，當時甚至還沒放上市場。他賺的錢比她多，可以輕易地買回她那部分貸款。

但他沒有立場。

第一．他們買下這裡時，定金是她爸媽出的，而且——

第二．她逮到他跟另外一個女人在他們的床上。

艾瑪不喜歡打家人牌，但她知道葛雷恩懼怕她父親。可以理解的是，她爸對小女兒有非常強烈的保護欲。

「你得跟我爸談談，讓他知道你會還他錢，」她說。「別忘了跟他提我們為什麼分手。」

這就搞定了。

葛雷恩那個週末就收拾了行李。他還在折四角內褲（她並沒錯過他的小癖好），抱怨要改帳單上的名字時，她就找人來把床墊扔了。

鬧翻是值得的。艾瑪在吐司麵包上塗奶油，望向港口上下浮動的船隻，早晨的陽光在水面上閃閃發亮，外面的世界醒了過來。

有一天，她或許能找到一個人結婚生子，決定自己要一座花園，而不是六層樓梯和一台塞不下嬰兒車的電梯。有一天。但不是今天。

艾瑪嚼著吐司，拿著化妝包和鏡子到窗前。她喜歡在最強的光線下準備。如果她能在洞悉一切的光線下遮掩那道疤痕，就沒有人看得見了。

葛雷恩，在他最低劣的時候，曾經試著說他另找他人是因為她在遭受攻擊之後將自己封閉起來。這是最惡毒、最殘忍的受害者批評。她很高興自己在還沒到不可挽回的地步前看清了他的真面目，在他們走上婚姻之路，結下無法輕易切斷的羈絆之前。

艾瑪因為襲擊受到嚴重創商。她花了好幾個月才接受發生在自己身上的事——她現在還在設法試圖適應。

這一切都不是葛雷恩背叛的理由。

她看著鏡子，用手指拂過從面頰一路延伸到下巴的新月形疤痕。

然後她在化妝包裡翻找，拿出打底霜。她從這個開始，然後是遮瑕膏，接著是粉底、最後上蜜粉。

現在是早上八點。法蘭克九點來接她。

時間剛好夠。

艾瑪忍不住。每次她跟法蘭克同車，都用一隻手緊緊抓住車門把，另一隻手撐在儀表板上，她的腳踩在想像中的煞車上。他似乎從來沒注意到。他忙著開車，像是他，和其他任何可能的乘客，都是金剛不壞之身似地。法蘭克解釋過不止一次，雖然他車開得很快，但卻非常安全。他受過深度的駕駛訓練。她試過解釋其他駕駛未必如此，她真的並不想體驗他們碰到「安全性」不如他的人時，他的閃躲技巧。但他充耳不聞。

當天早上他的 Opel Vectra 在鄉間路上呼嘯的聲音在車內也很吵。在外面一定震耳欲聾。

他一面試圖害死她一面說昨天晚上雅米拉．隆德告訴他的非正式驗屍內容。早上他們打電話進總局，跟上司報告。她很樂意讓他們繼續調查凋零谷地居民，團隊則調查奧利芙．柯林斯的背景，然而尚未正式宣布這是一樁謀殺案。

「我們在上帝送正式驗屍報告來的時候，最好裝出驚訝的樣子。」艾瑪說，他們急轉彎的時候，她的腳用力踩在隱形的煞車上。

法蘭克略感有趣地斜瞥了她一眼。

「妳倒是機靈，」他說，「妳怎麼知道我們叫他上帝？」

「你跟雅米拉．隆德並不特別虔誠，但法醫室亨德瑞克博士當班的時候，你們就常常提到上帝。不需要是天才也知道吧。」

「妳知道他的名字叫什麼嗎？」

「不知道。」

「帝佛瑞。很完美吧？」

「看路！」她回道。他偏離白線那麼遠，差點開進溝裡去了。

他笑起來。

「這裡沒啥好看的。」

「DNA有結果嗎？」她緩過一口氣來說。

「沒有。屋子裡到處都是。昨天警員要鄰居自動提供樣本供檢測。到目前為止沒有人反對。」

「所以今天早上我們去找那個叫隆的傢伙。」艾瑪說。

「對，我們看看麥特・亨尼士說的是不是有點道理。或許隆是奧利芙的點心。」

「嗯。」艾瑪說。

「妳嗯什麼？」

「你的用詞很有意思。他是她的點心。而不是奧利芙是他的點心。」

「我是個非常跟得上時代的男人。」法蘭克說。

艾瑪轉頭不讓他看見自己的嗤笑。

他們飛快從威克洛鎮北邊朝馬爾伍德村駛去。村落景致很漂亮。他們一瞥而過時艾瑪看到了一點。面臨街道的紅磚小屋，老式的肉鋪和果菜店，酒館跟溫馨的咖啡店。他們在外圍看見一家很大的奧樂齊超市，但那還沒有摧毀當地的商家。

「很奇怪，不是嗎，」艾瑪說，「昨天晚上我看了一些關於凋零谷地的資料。你知道，奧利芙的小屋在開發商蓋其他豪宅的時候，就在了嗎？所以她的房子比其他人小那麼多。開發商竟然保留了原來的名字。凋零谷地……不怎麼吸引人，不是嗎？但我想這個地名有自己的歷史吧。奧利芙一定很不自在，看見自己周圍那麼多大宅邸，只有她自己是個小屋。失去了隱私和清靜。」

他們過了橋，轉上通往谷地的小路。

「這我就不知道了，」法蘭克說。「你年紀大了，發現自己需要人陪伴。我總覺得上了年紀的夫婦在年老體衰的時候搬到鄉下去，簡直是瘋了。你可能以為自己想安靜過日子，但到了一個階段你會想讓身邊熱熱鬧鬧的。你想知道自己不是孤單一人，即便你晚上關門的時候身邊沒人。而且你會希望離很多地方近一點。比方說醫院什麼的。」

艾瑪一言不發。她的父母就賣掉城裡的老宅，搬到鄉下一個完全孤立的地方。他們在那裡似乎很滿意。但剛搬去的時候並不開心，這她知道。

「或許奧利芙很喜歡身邊的一切，」法蘭克還在說話。「或許她太喜歡了。妳聽到麥特·亨尼士昨天說的話了。他說的不無道理。你以為自願住在與世隔絕的地方的人應該很團結，但亨尼士家搬到這裡來是為了隱私。不是去瞭解他們的鄰居都在幹什麼的。奧利芙可能太多管閒事了。」

隆．萊恩就像漫畫裡的花花公子。從曬得深橘的膚色、耀眼的白牙，到閃亮的黑髮和多開了一個鈕釦的襯衫。

他可能淪為低俗，但艾瑪覺得他很有趣。他很緊張，不停地說俏皮話，搭配各種誇張的手勢。她不確定為什麼，但她感覺到在那精心塑造的人設之下，隆．萊恩是個好人。好吧，相對比較好的人。

但她從法蘭克的身體語言看得出他不知道該如何評斷他。

他請他們去後花園坐。他抽菸的樣子像個死刑犯，一根接著一根。把菸頭彈進後花園火爐的灰燼裡。花園有無障礙坡道通往後門，她想知道這是怎麼回事。他自己一個人住，但或許房子第一個主人不是他？

「所以，呃，我有件事情要告訴你們。」他說。「我昨天晚上想了一下，覺得你們必須知道，而且這可能有助於你們調查。我是說，你們可能會從別處得知，所以我還是自己說了吧。你知道我有點緊張，我覺得這可能讓我看起來有點不妙。」

「你要不要就……」法蘭克用手指畫了幾個圈，示意他有話直說。

「喔，好的，當然。我……呃……，我是說，我跟奧利芙——我們在她可能死的前一天晚上做過了。」

「你和她發生了性關係？」法蘭克說。

「呃，對。」

「在她客廳裡？」

「呃——這重要嗎？」

「那是她陳屍的地方。在扶手椅上。」

隆吞嚥了一下。

「該死，就是在那裡。我們在那裡做的。」

「你們常常這樣嗎？」法蘭克問。「你們在交往嗎？」

「我不會說那是交往。沒有。我們只是……」他緊張地笑起來。「你聽過『砲友』這個詞嗎？」

法蘭克滿臉通紅。艾瑪不屑地笑了。趕得上時代。哈！

「我聽說過。」法蘭克說。「所以你和奧利芙，你們……」

「對。」

「過去三個月以來，你沒想要來一下？」

「你說什麼？」

「你一直沒去過她家？」

「喔，我明白你的意思了。沒有。但是我可以解釋。」

「那就解釋吧，」法蘭克雙手一攤。「我們在聽。」

隆輪流看著兩個警探。他渾身散發出焦慮。

「我過去的那天晚上，是要去告訴她我以後不來了。我不想要任何嚴肅的關係，她有點……認真了。然而我們後來做了愛。我猜大概是最後一次留念吧。」

艾瑪清清喉嚨。

「你去告訴她壞消息，結果做了愛。」她重複。「這似乎不是慣常的流程。你有性方面上的問題嗎，萊恩先生？」

「有。我做得太多了。」他眨眨眼。

艾瑪面無表情地瞪著他。

隆在椅子上不自在地挪動身體。

「抱歉，有時候我的嘴動得比腦子快。」

「嗯，」艾瑪傾向同意他。「你們完事之後，你告訴她你的來意了嗎？還是你已經告訴她了，而她不在意來這次……臨別一腿？」

隆的臉色現在一點也不深了。

「我告訴她了……在結束以後。」

艾瑪挑起眉毛。

「我知道這讓我看起來像個渣男。」隆說。

「我們不是來這裡審判你的道德觀的，」法蘭克打斷。「或許你可以告訴我們你為什麼決定跟奧利芙分手？這可以讓我們更瞭解狀況。」

隆點點頭。

「好啊，我是說，我不是故意要渣她。奧利芙自己真的很惡毒。你知道嗎，她拍了很多照片。」

「什麼照片？」

「我的照片。她在城裡那家新的餐廳幫我拍了幾張——你知道那家名廚剛剛開的？我在開幕那天晚上去了，帶著辦公室的一個女孩。請了她一瓶香檳。奧利芙在窗外拍了照。有很多這樣的照片。」

「所以她拍你跟其他女人在一起的照片？」法蘭克說。

「沒有。好吧，對。但那不是重點。有些照片並沒有女人。她還有一些我在我車裡的照片。」

法蘭克和艾瑪面面相覷。

「我不懂。」艾瑪說。「你是怕她跟蹤你還是什麼的嗎？」

「喔，她的確在跟蹤我沒錯。我是說，那就是跟蹤的定義，不是嗎？但是照片，她拍照來證明我有錢。我在花錢。」

「這有什麼問題嗎？」

隆緊張地咳嗽一聲。

「我要再說我知道自己會顯得非常渣。但我想還是跟你們坦白比較好。」

「你請說，萊恩先生。」法蘭克用那種我很耐心但沒有那麼有耐心的聲音說。

「奧利芙拍了那些照片，寄給我兩個前妻。我知道是她幹的因為其中有些是在我家裡拍的。沒人來過我家裡，真的，但是她來過幾次。她一定是用手機拍的。她拍了我站在廚房義大利咖啡機前面的照片，還有在客廳看高清電視的照片。像這樣的。她把照片送到我前妻那裡，因為我已經有一陣子沒付贍養費了。」

「啊，」法蘭克用手指輕觸嘴唇。「所以你不想讓你的前妻們知道你很有錢？」

「我並不是真的有錢……」隆開言道，然後又止住了。「重點是，我的生活方式……還有其他帳單。我付我弟弟的醫藥費。他……總而言之，你知道，我並不打算要孩子們。我從來都不想要孩子。在我弟弟生病之後。但女孩子都……」他沒有把話說完。

「女孩子？」艾瑪說。「孩子們？你說的是多少個？」

「只有兩個。兩個前妻，兩個孩子。」

「奧利芙為什麼要給你惹麻煩？」法蘭克問。

隆聳聳肩。他看起來真的很困惑，艾瑪心想，而且受了傷害。

「問題就在這裡。我真的不知道。我跟她對質的時候她什麼也沒說。臉上的表情很奇怪，好像我讓她失望了。我非常生氣，叫她滾蛋。所以你們明白過去幾個月來我為什麼沒去找她。」

「這樣啊，」艾瑪說，「我們理解。問題是，你剛剛告訴我們你在她死前那個晚上在她家；

還上了她一次，聽起來就像報復洩憤；而且你在生她的氣。現在你明白我們可能有些擔憂吧？」

隆不由自主地抬手舉到嘴邊，開始咬指甲旁邊的皮。

「是啦，但是，她只是死了，不是嗎？我怎麼知道她會死呢？我是說，你不能怪我沒去看她吧。她把我惹毛了。我說的是實話。要是我想隱藏什麼的話，幹嘛要告訴你們？」

法蘭克嘆了一口氣。

「問題是，萊恩先生，我們有理由懷疑或許有人想傷害她。她的死可能不能單純地歸因為意外。我們沒有公開，但你剛才跟我們說的話——就讓你成了證人。到目前為止，你似乎是最後一個看見她還活著的人。」

隆放下手，雙眼大睜。

「所以，或許你可以仔細想想那天晚上你跟柯林斯女士說了些什麼。」法蘭克繼續道，「我們會派人送你去警局，做正式的筆錄。」

「等一下，我不認為我是最後一個看見她活著的人。」

艾瑪傾身向前。

「你是什麼意思？」

「那天有好幾個人在附近，至少有一個進了她家。我——有在注意。我想看她會不會過來再找我麻煩。」

「你究竟看到了誰？」法蘭克問。

「早上我看見艾德・米勒從她家出來。麥特・亨尼士在她花園門外。那還只是我碰巧看見的。我是說，我又沒有成天盯著看。喔，還有那天下午，愛莉森・達利在她的花園裡。」

莉莉

二號

小狼在他的窩裡。

莉莉喜歡在心裡這麼叫。大衛稱之為堡壘，她想小狼用巨大的絨毛玩具和美高積木把房間一角圍起來，然後在上面搭一張毯子的時候，心裡是這麼打算的。

她稱之為窩，是因為在過了八年之後，她仍在設法接受自己有個兒子叫小狼的事實。大家都以為雙胞胎的名字是她取的；那時她是兩人中超級前衛的那個。大衛還沒有完全找到他另類生活的步調。

莉莉懷孕之後情況開始變化。對她跟他都一樣。她知道他真的想要小孩，但她從沒想像過他會有多投入。大衛買了育兒手冊，想跟她一起閱讀。她只要看到那些書，就覺得腦子要從耳朵裡漏出來了。她每天都教小孩，日復一日。她不需要，也不想研究要怎麼把其中兩個從陰道擠出來的細節。

她懷疑大衛盡力試著成為跟他父親，以及在那之前一長串男性祖先完全相反的人。一部分的她真的很感激嫁給了這個男人，她孩子們的父親如此關心育兒。她自己的爸爸會很樂見其成。

大衛很快就開始對著她隆起的腹部放音樂，把頭枕在她大腿上，傾聽雙胞胎在羊水中呢喃。他對她的腹部抱著虔敬、溫柔和崇拜的態度。她覺得自己像一顆法貝熱彩蛋。一顆想讓丈夫用狗爬式上她的法貝熱彩蛋，因為她性慾非常旺盛。

但他不想冒著傷害嬰兒的險。他只想聽他們的聲音。

有時候，她知道這樣很可愛又親暱。有時候，她實在太累了，只能聽他滔滔不絕，像是有雙胞胎不應該讓他們不餵母乳。

他們餵母乳？她大為震驚。難道大衛打算從自己的乳頭擠出奶來嗎？

莉莉總是感覺非常糟糕疲累。她差不多要決定自己是有史以來最苦命的懷孕婦女時，醫生給了她一道保命符。

她得了妊娠毒血症。

這讓她必須絕對臥床休息，所以他們計畫到鄉下去漫長地散步，好讓莉莉維持健康體力直到生產的計畫泡湯了。然後在臥床休息的時候，莉莉發現自己非常渴望肉食，甚至很想咬大衛的手臂，而不要吃他端來一盤接一盤，維持她精力的豆類和穀物。

當然，在懷孕的幸福無知中，當她沒有累到要哭的時候，莉莉喜歡想像當孩子們出生後，她可以如老僧入定般養兒育女。她會把他們放在有機編織的嬰兒背帶裡，當然，如果他們倆高興的話，可以一人叼著一邊奶頭。她非常習慣同時應付許多小孩，兩個應該完全沒問題。一切完全不是這樣。

她在三十七週的時候就剖腹生產。大衛事先準備好的那些花俏的生育計畫全沒派上用場。莉莉用上了一切——硬膜外麻醉、嗎啡，以及醫院願意提供的各種止痛藥——術前、術中和術後。她用了太多的藥，以至於嬰兒最初的食物，不是大衛從書上看到的健康而充滿抗體的初乳，而是小瓶的愛他美奶粉。然後當她試圖哺乳的時候，方法完全錯誤。她的乳頭流血了，乳房腫脹，最後她對大衛咆哮，如果他想餵母乳的話，可以他媽的擠自己的奶。

大衛去登記了雙胞胎的名字。他宣稱他們討論過的。莉莉完全不記得。當時她只想睡覺。生產之後她住院十四天，大衛每天晚上都回家，莉莉自己應付兩個四磅的嬰兒，他們似乎每個小時都得餵奶。護士盡量幫忙了，但是她沒有專人照護。每天早上大衛睡了個好覺，帶著粉紅和藍色的氣球精神飽滿地出現的時候，她都得忍住要宰了他的衝動。

莉莉彷彿記得自己告訴過大衛，她想用養父母的名字給雙胞胎命名。瑪莉和威廉。到底為什麼會變成莉莉．梅和小狼，她並不清楚。

但是大衛堅持她同意了。

而且她知道他不會對她撒謊。

他比她誠實多了，即便他選擇了那種職業。

「妳讓我希望成為更好的人。」他曾經這麼對她說過。

她想知道到底哪裡出了錯，最近自己成了壞人。

莉莉爬進小狼的窩裡時，腦中想著這一切。

她兒子正在看一本最新的遜咖日記，他的小臉嚴肅憂傷，沒像平常看葛瑞和他不幸的高中生活時那麼開心。

「嗨，」莉莉說，擠進去坐在他身邊，摟住他的肩膀。

小狼沒有回應。他在流汗，淺褐色的頭髮黏在前額上。

今天早上他們跟雙胞胎說了奧利芙的事。

莉莉．梅的反應跟莉莉料想中一樣。非常戲劇化。她大哭大叫，在大衛大驚小怪地說受了驚嚇可能需要糖分，他們稍後可以出去吃冰淇淋時，她鬧得更厲害了。大衛對糖分和驚嚇有著奇特的執著。

小狼只抓抓鼻子，然後就上樓了。一言不發。

大衛說小狼需要時間獨處。莉莉無視他的育兒建議，還是上來了。她非常想跟他聊聊。

「你還好嗎？」莉莉問兒子。

小狼聳聳肩。

「你一定非常難過，」莉莉繼續說，「我知道你喜歡柯林斯女士。」

「她人很好。」小狼說。

莉莉抿起嘴。

「嗯哼。」

小狼翻了一頁。莉莉沒被唬過。她知道他在聽。小狼很聰明，而且非常敏感。比莉莉．梅強太多了。後者喜歡假裝世界上的一切都對她有極大的影響，但卻幾乎接近於反社會。「警察想跟你說話。」莉莉說。

小狼點點頭。

「你們已經跟我說過了。」

「我知道我們說過了。只是……」莉莉困難地吞嚥了一下。老天，這太難了。沒有手冊教你怎麼處理這種事。應付小孩就是這樣。只能見招拆招。

「我想你不應該跟他們說我和柯林斯女士之間發生的事情。」

小狼把書放在膝頭，抬頭看著她。他看起來很累，很傷心。他這樣看著她，讓她心碎。

「為什麼？」

「他們不會瞭解的。那是意外。我並沒有要——」

「我不是笨蛋。」

「我知道你不是。你是個非常聰明的小男孩。所以我才覺得我必須跟你聊聊。」

「我很想她。」

莉莉拂開他的瀏海。

小狼扭開頭。

「她對我非常好。」

莉莉嘆了一口氣。

「我知道你這麼覺得，小狼。」

「她對我很好。我不只是覺得。如果妳跟她做朋友，我就可以繼續跟她在一起。」

「寶貝，我知道柯林斯女士喜歡你。怎麼會有人不喜歡你？但她對你不負責任。柯林斯女士自己沒有小孩。有時候這很重要。」

「這不重要。她對我很好。她對我很好。」

小狼在發抖。他要暴走了。

莉莉的胃開始抽筋，她慌亂地思考要說什麼，做什麼來安撫他。

醫生說過小狼開始生氣的時候，莉莉一定要接納他的感受。她不應該對他頤指氣使，必須理解他正在經歷的一切，即使他沒辦法正確地表達出來。

她知道他有某種類型的自閉症。醫生最近安排了檢查，但他向她保證，他相信小狼的診斷會比較溫和。

其實這可以，而且應該早就辨識出來的。

那是大衛的錯。莉莉一直都知道小狼很特別。她讓莉莉．梅跟著他，但他從來沒有真正和她一起玩過。他總是安於自己一個人。這對他的雙胞胎來說肯定很難受。而且他總是想到什麼就直說——他的話沒有任何玩笑的意味，只是直接陳述事實。莉莉．梅有時會說一些話來看看父母的反應，總是在試探界限，看看別人眼中的自己是什麼樣子。小狼不是這樣。

然而，更有甚者是他的脾氣。小狼會在自己的小世界裡待上好幾星期，平靜，安寧，滿足。他們永遠不知道什麼會激怒他。契機可能非常微小，比如把奶油放在他的烤馬鈴薯上，而不是放在一邊。

小狼還小的時候，他們可以忽略他的脾氣。他是個蹣跚學步的孩子。小朋友就是愛哭鬧。但莉莉是老師，她知道現在小狼應該已經大到不會隨便發脾氣了。所以她不顧大衛堅持小狼絕對正常，把兒子帶去看家庭醫生。她的丈夫再度試圖在她更有經驗的事情上推翻她。就算是他們是小狼的父母，她瞭解小孩也一樣。

她是對的。

莉莉眼中浮現淚光。

她需要雙親中的另一位幫忙。她需要大衛長大，接納他們的兒子有問題，並且一起面對解決。

小狼怒視著她。

「妳不應該做那種事的。」他說。

在那一刻，莉莉覺得這些天一直在她血液中流竄的憤怒冒了上來。

「我是大人，」她叫道，「我他媽愛幹什麼就幹什麼，你怎麼敢這樣跟我說話。」

小狼眨眨眼睛，淚光也開始浮現。

莉莉的心跳加速了幾秒，然後她發覺自己必須冷靜。但在她還沒控制局勢之前，在她真的言行舉止像大人之前，她兒子就握緊了拳頭，用盡全力打在她臉上。

小狼推開她擠出小窩，莉莉甚至沒反應過來。

她非常震驚，張開嘴又閉上，疼痛的淚水滾下她的面頰。

然後她回過神，像小人國裡的巨人一樣站起來，毯子跟美高積木四散紛飛。

「回來，你這個小王八蛋！」她吼道。

這不是她最引以為傲的時刻。

奧利芙
四號

我第一次給小狼火腿三明治的時候，完全不覺得有什麼問題。

第二天他又過來，問能不能吃一個雞肉三明治。

一天又一天，一週又一週地過去，他的要求變得越來越有冒險性質。我能吃香腸卷嗎？熱狗？香辣雞翅？

我成了奧利芙餐廳。

我們的小友情誼不只是食物。小狼和我花好幾個小時看書或是聊天。他幫我在花園工作。我們把我的書架和CD架整理成完美的字母順序。他是非常好的伴侶。不複雜。無條件。

小狼讓我希望自己有孩子。

但他不是我的。

我第一次無意間惹毛了莉莉・瑟蘭凱的時候，不可能知道她的孩子們不能看動畫。但我不能說在她那一頓教訓之後，我沒猜到小狼有多聰明。

我百分之百知道他是素食者嗎？

不，並不真的知道。但在我心中某處，我知道有什麼不對勁。有一天下午我給他一個果醬司康，他幾乎退避三舍。

「妳沒有培根嗎？」他問。

我們或許可能保有我們的小秘密，要不是——好吧，這裡沒什麼劇情轉折——他那個白痴妹妹。有一天她過來找他，他沒來得及吃完他的豬排。莉莉・梅衝過我身邊，走進廚房，剛好看見他把最後一塊肉塞進嘴裡，下巴上還有肉汁滴下。你可以看見她眼裡的惡意，心中算計著這可以給他惹上多少麻煩。你瞧，他已經拋棄她好幾個月，只要有空就待在我這裡。現在她有了完美的復仇方式。

她跑出廚房，直接去找她爸媽。

我感覺心臟怦怦跳動，想知道這次是不是能用不知者無罪混過。

小狼清理滴在毛衣上的油，鬱悶地走了。知道自己即將面臨無比嚴厲的訓誡。

我等待著。

我想知道大衛會不會過來。那個套利基金經理；我覺得要是有意的話可以非常嚇人的男人。我看到他是怎麼對付莉莉的。操縱她。控制她。即便她毫無所覺。

然而來的人是莉莉，在小狼離開一小時後。

這次她完全沒有和解的意思了。

「妳到底以為自己在做什麼？」她說。「妳真的那麼天真嗎？還是妳只是壞心眼？」

她怒火中燒。我有一秒的時間心想：唉喲、唉喲、唉喲。看莉莉生氣了！然後她繼續激烈地演說。

「我們是素食者！」她大叫，接著囉唆了什麼飲食和套餐的廢話，還有小狼得到的都是最好的，我沒資格給她的兒子任何東西，特別是她之前已經跟我說過了。

「誰是素食者？」我靜靜地說，插入她憤怒的獨白。

「什麼？」

「誰是素食者？妳和妳先生？還是只有妳的孩子們？孩子們能自己決定，還是妳替他們決定？或者是大衛？他替所有人決定嗎？」

她畏縮了一下。

「這不干妳的事。」

妳在我客廳裡，對我大吼大叫，所以我認為我們可以說妳讓這干了我的事。妳告訴小狼他可以繼續來我這裡，而且我跟妳確認過不止一次他是不是可以來。妳跟我說不要給他喝果汁，我沒有給。或許妳應該列一張清單。小狼從來沒有跟我說過他是素食者。如果妳問我，我會說妳應該跟他談談他想不想當素食者。因為我告訴妳，他可喜歡吃肉了。如果我給他乳酪三明治，他會吐在桌上。他可能也需要肉的營養。一個正在發育的男孩子。」

「天殺的妳怎麼會知道我兒子需要還是不需要什麼？妳竟敢說這種話！」

「妳竟敢到我家來這樣攻擊我！」我覺得自己的脾氣上來了，試著鎮定下來，但就是沒辦法。這是她第二次來發威，我已經受夠了。「看在老天的份上，這真是小題大作。誰給孩子取名叫小狼然後說他不能吃肉？等他十六歲，可能就要吃生牛肉當早餐了。」

她閉上眼睛，深呼吸了一下。等她確認可以控制自己之後，睜開眼睛看著我，好像我有什麼學習障礙，必須非常緩慢地跟我解釋每一件事情一樣。

「奧利芙，」她說，「妳怎麼看我教育孩子並不重要。重要的是小狼是我兒子，而妳不尊重我教育的規則。他不能再來妳家，我也希望妳保持禮貌的距離。」

我難過得無法回話。

莉莉嘆了一口氣，挺直身子。

「我知道妳喜歡小狼。但恐怕我沒辦法虛偽到假裝這次對話沒發生過。我寧可同意我們意見不同，然後分道揚鑣。」

「虛偽？」我說，話在我來不及阻止自己前就衝口而出。我曾經在這個女人掌握局勢時退讓過。現在她來掀了桌子和底牌，我已經沒有什麼可以失去的了。

「虛偽是來這裡指責我打破了某種妳自己似乎都不怎麼遵守的規則呢。」

「妳說什麼？」

「我看見妳了，」我說，「在城裡。港區那邊。狼吞虎嚥一個大漢堡。」

我用手指強調了最後三個字。在此同時，我眼角瞥到一點動靜。是小狼。他回來了。可能是來找他母親的。或許是要幫我說話。這個可愛的孩子，又困惑，又擔心發生了什麼事。

我知道我讓她憤怒了。謊言被戳破會使人憤怒。

然而這不是她做那種事的藉口。

喬治

一號

隔壁某種敲打的聲音吵醒了喬治。他開著窗戶，讓悶熱的房間通通風，然後睡著了。他不記得以前有過這樣的天氣。悶熱又充滿壓迫感。

敲打聲之後是喊叫，他發現是隔壁的莉莉和小狼。

他閉上眼睛，試圖再度入睡。然而沒用。窗簾不夠厚，擋不住漏進來的光線。

現在是幾點了？喬治伸手在床邊地板上摸手機。

上午十點半。

他凌晨四點之後才睡。

他一直都沒睡，坐在電腦前面，一直點滑鼠。

不管他看什麼，永遠都不夠。他得找些別的。他會同時開許多視窗，整個螢幕都是各種影片，肉體扭動呻吟性交。然而他花了好幾個小時，才找到勉強能讓他滿意的。

他中了色情片的毒。他的腦子看過那麼多，已經完全不起作用了。如果他的弱點是古柯鹼的話，現在已經沒命了。但他不是。

這就是他。

這就是這種癮頭的可怕之處。無底深淵。

喬治曾經覺得有過希望。

在奧利芙事件之前，他去接受過諮商。真的去了——在房間裡。傾聽。希望有人能幫他。

諮商師亞當是新來，顯然是色情上癮方面的領先專家，國內數一數二的。他們建立了良好的關係，喬治第一次能跟諮商師處得這麼好。喬治不管說什麼都不會嚇到亞當或是令他吃驚；事實上，亞當跟他說話的樣子像是他在喬治的腦子裡裝了錄影機一樣。

亞當沒有說那些所有看色情片的男人會說的那種話（喬治的家庭醫生就曾經跟他說過），他也沒把這當成其他的上癮症狀來治療。以諮商師的話來說，色情上癮最具毀滅性，因為這阻斷了人類之間的交流。一旦交流斷絕，上癮者就只能自己掙扎。

最大的危險在於這讓你免疫於各種極端的狀況。你的界限開始動搖，你對「正常」的概念扭曲了。

「現在我該怎麼辦？」喬治哀求道。「我想停止。我必須停止。」

「你可以的，」亞當回答。「你不會相信的，但是處理色情上癮的方式，就跟我們處理所有上癮一樣。我們必須找到根本的原因。那是深藏在內的。一等我們處理好根本原因，就只剩下我們提供讓你對抗渴望的工具了。像是抽菸者用的尼古丁貼片。我們可以提供。但我們需要先找到根本原因。」

接著亞當拿出一小碗石頭。喬治望著那些小石頭，就是你會在海灘上找到的那種。然後他看向亞當，好像他是個弱智。

亞當笑起來，請喬治暫且順著他。

「從碗裡拿一顆石頭，你覺得最能代表你的。」他說。

所以喬治就順著他，翻找小碗裡的石頭，找到一塊他滿意的。

「現在替我挑一顆。」亞當說。

喬治再度翻找。

等他滿意之後，亞當從他手中拿過那兩顆石頭。

「你為什麼替自己選了這顆？」他問喬治。

那是一顆灰色的小石頭，上面有黑點。

喬治臉紅了。他不知道自己還必須解釋。他應該猜到的。

「不用不好意思，」亞當說。「告訴我你心裡是怎麼想的。」

「這就是我，不是嗎？」喬治回答。「灰暗，沉悶。到處都有骯髒的地方。抱歉，這太陳腔濫調了。」

亞當搖頭。

「繼續就好。讓我猜猜，你替我選了這個因為它只有一種顏色。很純粹。你覺得我沒有任何缺點。」

喬治困窘地聳聳肩。他真的在幹這種事嗎？兩個大男人聊小石頭以及這跟情感的關聯？他開始覺得自己上當了。

「你看，喬治，這就是你的問題，」亞當說。「你認為其他人全都是完美的。我們不是。我們有自己要背負的十字架。你從來沒問我為什麼當諮商師。」

喬治聳聳肩。

「你善於傾聽。」

「當然，但我得做除了傾聽之外的事情。我必須共情。大部分人都在自己經歷過危機之後成了諮商師。他們恢復過來，強壯到足以幫助其他陷入同樣困境的人。我如此瞭解你的問題，並且能夠幫你解決，你不覺得奇怪嗎？瞭解你的諮商師很重要，喬治。某個曾經處於你的困境的人比其他只能靠教科書跟你共情的人更能夠幫助你。」

「你以前也沉迷於色情片？」

「是的，喬治。我曾經是你，還比你更糟。我失去了我的妻子我的孩子們，我的家庭，我的工作。我不只看色情片，我還召妓。我召妓頻繁到得了性病。我把性病傳染給了懷孕的妻子。想像一下。事情還能比這更糟嗎？把你從性工作者身上得到的病傳染給懷孕的妻子？」

喬治瞠目結舌。

「你一直守著秘密，只會被吞噬殆盡。」亞當繼續說。「這是我學到的教訓。我設法克服了。我已經克服十年了。現在我有了新的伴侶，一位可愛的女士，她知道我過去的一切。有時候，如果我發現自己盯著街上的女人太久，或是看電視時胡思亂想，我就會告訴她。她幫我處理問題。因為我總是跟她坦白。我曾經是這顆石頭，喬治。」

亞當拿起第一個小石子，灰色有污點的那個。

「你是對的。現在我比較接近另外一個。但那只是因為我努力改變了自己。你遇到的每個人都曾經跟第一顆石頭打過交道，喬治。我們都有自己的問題。你不是一個人。」

喬治想哭。事實上他也哭了——眼淚靜靜地滑下他的面頰。

因為喬治覺得如此孤獨，而現在他不孤單了。

他結束諮商的那天晚上充滿了希望。

第二天，奧利芙·柯林斯到他家來拜訪。

法蘭克

「這讓我們有很多思考的方向。」

法蘭克和艾瑪站在隆・萊恩花園的邊緣。他們剛剛跟坐在警車後座的他揮手告別；警車要帶他去警局做正式筆錄。一切都非常隨意。不需要律師。他只是幫忙調查。

「妳覺得這位大情聖如何？他提了那麼多鄰居，是不是要撇清自己？他要隱藏什麼嗎？」

艾瑪遲疑著。

「我不知道。愛莉森・達利說她直接從店裡去了機場，所以他們倆有一個在說謊。不管怎樣都很有意思。麥特・亨尼士或許可能只是經過奧利芙花園門口。我們還沒見過那個叫米勒的。但是——我覺得不太對勁。那個在她的熱水器上動手腳的人，為什麼不回去把膠帶從通風口上拿掉？」

法蘭克嚙著下唇。

「或許他們不想冒險被人看到出現在屋子附近。或許他們以為我們會認定是自殺，不知道奧利芙還能打電話報警。或許他們希望只要忽略得夠久，一切就會消失。」

「唔，好吧。現在妳想找誰談談？」

她還沒來得及開口，莉莉・瑟蘭凱就從她家那邊出現了。她連鞋子都沒穿，非常驚慌地跑過花園，裙子在風中飛揚。

「妳沒事嗎，瑟蘭凱太太？」法蘭克叫道。

莉莉看見他，突兀地停下腳步。

「呃，沒事。是小狼。」

他們在路中央相逢。

「今天早上我們告訴他奧利芙的事。他非常難過。他跑出去了。」

「妳需要我們幫忙找他嗎？」法蘭克問。

「不用，不用。我知道他去哪裡了。亨尼士的樹屋——我是說，肯姆的樹屋。小狼在……在不高興的時候，喜歡窄小的地方。」

「原來如此。好吧，如果妳需要幫忙，就叫我們一聲。」

法蘭克從眼角瞥見愛莉森．達利從三號走出來。他輕推了一下艾瑪，後者點點頭。

「我們晚點過去，」他對莉莉．瑟蘭凱說。她試圖隱藏擔憂的神色，然而失敗了。

法蘭克對愛莉森揮揮手，她站在自家大門口，望著路中央，可能心想到底出什麼事了。

法蘭克和艾瑪走向她。

「早安，達利太太，」法蘭克說。「我們能跟妳談五分鐘嗎？」

「呃，當然。」她回答。「我馬上要出門，但我想我們可以很快喝一杯茶。」

她滿面笑容，非常友善。法蘭克的疑心比之前更重了。

她女兒荷麗戴著耳機蜷在沙發上，筆記型電腦上是YouTube的播放清單。

「早啊，荷麗，」法蘭克說，女孩把耳機拉出來。她坐直了身子。「妳在聽什麼？」

「斐瑞[16]，」艾瑪替荷麗回答，指向筆電螢幕。「妳的隔壁鄰居可能有辦法把他叫來，畢竟他爸爸是斯圖．里其蒙。」

「嗯。」荷麗回道。

愛莉森在門口徘徊。

「茶還是咖啡？」她問，輪流望著警探們和女兒。

「老實說，沒有必要。」法蘭克說。「我們只想很快問幾句話。請坐，達利太太。」

「可以叫我愛莉森，真的。」

愛莉森坐在女兒旁邊的沙發邊緣上。

法蘭克仍舊站著。

「是這樣的，荷麗，妳昨天說的話我一直感到不安。關於奧利芙．柯林斯勒索妳媽媽。我們開始慢慢瞭解妳的鄰居了，而且我們比任何人都知道鄰里關係是一件很困難的事情。只因為你們都住在同一個社區，並不表示你們是好朋友。事實上我曾經辦過一個案子，有個男人因為他的鄰居總是把車停在讓他難以開進車道的地方而攻擊鄰居，被控過失殺人罪。」

他引起了荷麗的注意。以及她母親的。她們倆謹慎地交換了視線，法蘭克全都看到了。

「我發現大家可能不怎麼喜歡奧利芙，她身邊有些人可能也不是對她太友善。當然，只是因為奧利芙跟她幾個鄰居有過不愉快，並不表示你們任何人希望她死。但是調查繼續進行，現在我們需要大家都說實話。所以，」法蘭克轉向荷麗的母親。「奧利芙・柯林斯是不是在勒索妳，愛莉森？」

愛莉森吞嚥了一下，張開嘴。但她還沒來得及說什麼，她女兒就插進來。

「她沒有。我說謊。是我編的。」

法蘭克深呼吸了一下。

「妳為什麼要這麼做？」

「我是個青少年。我們都說謊。」

「真的嗎？」

「對。」

法蘭克搖頭。

「我不相信，荷麗。我覺得妳太聰明了，不會玩這種遊戲。」

荷麗緊張起來。她開始驚慌。

「好吧。」她說。「我就是受不了她。她是個可怕的女人。我媽在店鋪的事情上比較心軟，奧利芙就利用她。我說是勒索，但事實上，根本就是搶劫。」

法蘭克迎向愛莉森的視線。

---

⑯ 斐瑞（Pharrell Williams）：1973年生，美國著名歌手、作曲家、製作人、時裝設計師。

「這是真的嗎？」他說。

她遲疑了一下，然後點點頭。非常輕微地點頭。

「我想是吧。我這麼不會做生意，竟然沒破產，由此可見經濟實在繁榮。」她勉強發出空洞的笑聲。「奧利芙有點……不禮貌。我應該直接跟她說的。但這很困難，在你跟我一樣主動的時候。你不會料到別人會一直索取。你以為別人會知道應對進退。我覺得這是奧利芙最大的問題。她似乎沒法真的掌握社交禮儀。」

法蘭克一言不發。他想給她們所有的機會。

「你說調查繼續進行是什麼意思？」荷麗說。她好奇地打量他，躁動的手指敲著自己的大腿。

「我們在探索所有途徑。我們沒有排除柯林斯女士之死的各種可能。」

「你是說可能有人殺了她？」愛莉森看起來好像停止了呼吸。「但是怎麼會？你們看見什麼——屋子裡有什麼東西嗎？你們昨天來找我們的時候就知道了嗎？」

這次法蘭克只聳聳肩膀。

「事情有時候就是這樣。我們得等事實確認，而現在我們還不知道這件案子所有的事實。所以我們得再跟大家談談。妳們後來有想起什麼其他的事情嗎？比方說，妳去機場之前，沒有回這裡來嗎？」

愛莉森臉上血色盡失。

但愛莉森看的並不是法蘭克，而是她女兒。她在判斷荷麗對法蘭克剛才的問題會如何反應。

荷麗困惑地瞪著她母親。

「我——對，你一提我就想起來了。我是回來過。我忘了帶護照。」

「妳去過柯林斯女士家嗎？」

荷麗激動起來，她跟法蘭克和艾瑪一樣看著她母親，這一切她似乎都不知情。

愛莉森搖頭。「沒有，我當然沒去。」她輪流望著他們倆。「如果有人說我去了，那是他們在說謊。」

法蘭克和艾瑪交換了視線。

愛莉森．達利非常有說服力。所以隆．萊恩到底是怎麼回事？

克莉絲&麥特

五號

有人在外面推除草機。聲音聽起來像是從瑟蘭凱家傳來的。他們家的洗衣機在運轉——誰在洗衣服？麥特嗎？

克莉絲昏昏沉沉地走過屋內。到處都沒有肯姆的聲音或身影。他熬了夜之後可能還在睡覺。

麥特在廚房裡。裡面熱鬧得很——平底鍋在爐子上，盤子擺了出來，頭上的風扇在轉動。克莉絲看著這一切，懷疑自己在作夢。

「我們能談談嗎？」

麥特望向她。克莉絲知道自己不是在作夢。他昨天晚上開始提到奧利芙的時候，臉上就是這樣的表情。

克莉絲又在床上度過了無眠的一晚，瞪著天花板，但這晚非常難過。

「談什麼？」麥特咕噥道。

「我們的兒子。我覺得事情不對勁。我想奧利芙的死對他的影響比他表現出來的要嚴重。」

麥特在冰箱前暫時停下。

「他是個孩子。小孩的韌性很強的。而且他又不真的認識她，不是嗎？不像妳跟她很熟。」

克莉絲嘆了一口氣。全都在繞圈子說話。今天早上她太累了，沒辦法繼續玩下去。

「老天，麥特，說重點好嗎？你怎麼知道我跟她鬧翻了？」

麥特消失在打開的冰箱門後。他拿著一盒雞蛋和一包培根出現。

「我看見妳了。」他說。

克莉絲的心跳變慢了。她幾乎可以聽見跳動的聲音。

「看到我什麼？」她問。

麥特把平底鍋放在爐子上。

「看見妳跟妳的情人。好吧，確切來說不是這樣。我沒有看見妳跟他在一起。有一天下午我看見他離開這裡，一面把襯衫塞進長褲裡，臉上帶著吃了屎一樣的笑容。那個七號的垃圾，隆。」

他停下來讓她聽清楚。

「我知道我們會計師並不以想像力出名，克莉絲，但我們非常善於把二跟二加在一起。」

這像是一場惡夢。克莉絲揉揉太陽穴，她的頭痛得像是要爆炸了。她為什麼沒有準備好——準備她先生發現時該怎麼辦？她想像過很多次要告訴他……或許就是這個原因——她以為自己會告訴他。而不是他不知怎地已經知道了。

「什麼時候？」她說。

「什麼什麼時候？」

「你什麼時候看到他的？」

「這是重點嗎？妳不否認嗎？」

克莉絲瞪著麥特。

「那什麼才是重點？」

他哼了一聲，一個粗嘎、嗤笑的聲音。然而，丈夫臉上的表情讓克莉絲驚訝。

他看起來很受傷。

「我猜沒有重點。」他說。「已經沒有了。是幾個月以前。而且不只我一個人看到。我的車停在奧利芙家前面。那時我們在鋪車道，記得嗎？我從我們那側的花園走過去，才不會踩在油漆上。我剛好看見他從後門出來，走過米勒家。然後我抬起頭，奧利芙．柯林斯站在她家的窗口。

她沒有看見我，但我看到她了。萊恩消失在米勒家附近時她臉上的表情。」麥特瞪著虛空。「她非常難過。像是受到了天崩地裂的打擊那樣。」

麥特繼續做飯，克莉絲覺得自己的世界在心裡崩塌了。她望著他把培根放在鍋裡煎。他舉止完全正常，絲毫不亂。

這讓她害怕。

「我不能吃那個。」她說。

「這不是給妳的。是給妳非常關心的那個孩子的。他得吃東西，不是嗎？」

克莉絲沒有反應。現在是星期六上午。麥特通常要去打高爾夫，而她和肯姆的習慣——至少一直到最近為止——是在沙發上看DVD吃爆米花。星期六是她不燒焦東西的日子。麥特不知道。他不可能知道。他從來都不在家。

「所以你不知道他也在跟奧利芙上床？」麥特說。「妳們沒有商量過然後同意共享他？」

克莉絲搖頭。她不知道。她仍舊難以置信。想到這讓她夜不成眠。

但是……這聽起來很真實。仔細想想，完全說得通。隆厚顏無恥地跟她這個有夫之婦調情。當然，她立刻回應了，但她並不開心。她很絕望，空虛，需要人陪。他有什麼理由？他喜歡她喜歡到不在乎她已經結婚的事實嗎？

如果是這樣的話，那他為什麼從來沒有，連一次都沒有，要她離開丈夫跟他在一起呢？

他只是想上床而已。只是找樂子而已。隆只想要那個。跟她。跟所有人都一樣。

她為此無比羞愧。

「在那之後我一直注意妳，」麥特說。他把培根放進盤子裡，在平底鍋邊敲開雞蛋，一切動作都荒謬得正常。「妳、那個男人、跟她。就像是我私人的肥皂劇一樣。然後有一天，我看見奧利芙在後面跟妳說話。妳的表情就像是被人抓住了把柄——妳的小腦袋一面想辦法解決，一面試圖應付她。妳知道我在家裡——我猜她也知道。她跟妳說了什麼？退出，要不然我就要告訴妳先生？」

克莉絲一言不發。她眼裡充滿了淚水。

「這對妳來說一定很重要，讓她那樣控制妳。妳一定很煎熬，害怕我發現，因為妳叫他不要再來了，對不對？至少停止了一陣子。然後他又出現了。妳跟他在什麼地方做過，克莉絲？哪裡？我們床上？還是桌上？躺椅上？」

房間好像在旋轉。

然後，克莉絲的腦中出現了一個清晰的思緒。

「等一下。」她說，「最近你提早回家，給我驚喜的時候，你都知道？你是……」

「跟妳玩遊戲？」麥特轉向她。「對，我是。感覺不太好，不是嗎？發現有人對你說謊？感覺被人擺布？」

「你為什麼不直接揭穿我？」克莉絲低聲說。「你為什麼不一開始就直接跟我說清楚？喔！」

她停下來。勉強無聲地笑了一下。笑這諷刺的一切。

「你是在懲罰我。你喜歡看我在你突然出現的時候驚慌失措。幹得好，麥特。我從來不知道你這麼狡猾。我猜我們兩個半斤八兩吧。那麼你應該不會太在乎吧——如果你樂意讓我繼續跟別人睡覺的話。」

他轉身背對她。

她瞪著他。她對他不忠，但她的丈夫是不是某種精神病患？他還能做出什麼事來？

「妳這麼覺得嗎？」他說，「覺得我不在乎？」麥特搖搖頭。「不是的，克莉絲。我沒有揭穿妳是因為我沒辦法揭穿妳。我沒法說出來我知道妳在幹什麼。因為一說出來就變成真的了。而我不希望這是真的。我可以恨所有人，但不能恨妳。永遠都不能。」

麥特開始哭泣。

克莉絲瞠目結舌。

奧利芙

四號

在我試圖警告克莉絲和隆保持距離之後那幾天，我發現她的堅強只是做做樣子而已。她顯然把我的話聽進去了——在那之後好幾個星期，我沒看見隆接近亨尼士家。她顯然沒有告訴他我們之間的談話，因為在她不肯接待他的時候，他更常來找我了。

我會將之稱為成果——只不過在幾個月後，克莉絲．亨尼士顯然決定她沒有隆不能活，而他，這個軟弱不忠的男人又回去找她，讓我孤單地過了好幾個星期。

話說在前頭，我並不是那種把一切都怪在別的女人頭上的人。問題並不只是克莉絲。而是隆。

但是要怎樣懲罰他呢？

要是我告訴麥特他老婆在做什麼，當然那就會天翻地覆。但是隆就會知道是我幹的，那我們就完了。

我想教訓他一下，同時強迫他更親近我——一個願意讓他訴苦的對象、一個永遠替他撐腰的女人、一個只要需要必定支持他，只支持他的人。

不是某個只滿足於當他的點心的人。

我開始計畫復仇。

我無法想像肯姆．亨尼士被牽扯到我和他母親以及隆的三角戰爭之中。

肯姆是個有趣的小孩，我看著他長大（遠遠看著，那時克莉絲已經拒鄰居於千里之外了）。他一開始是個可愛的小東西。我看見他在花園裡，在小消防車上蹣跚前行，到處踢球，兩條笨拙的小胖腿不時會絆倒。他臉上總是掛著微笑。

然後他長大了。十歲的肯姆瘦骨嶙峋，幾乎跟他母親一樣高。他改變的不只是身高。肯姆是個充滿憤怒的孩子。你可以從他瞇起的眼睛和下垂的嘴角看出來。

我為他覺得難過。一個沒有兄弟姊妹的孩子是很難受的。我自己就是獨生女，所以很清楚。小孩一個人的時候，做父母的得特別努力陪伴。我爸媽就是。愛莉森．達利也是這樣對荷麗。克莉絲．亨尼士太忙著紅杏出牆了。她配不上肯姆，跟配不上她先生一樣。

那個秋日肯姆到我家來的時候，雖然我們之前沒有什麼往來，但我還是很高興見到他。我猜他看到過小狼進出我家，所以來看看他能不能要一根巧克力棒或是可樂什麼的。我不由得微笑起來，心想自己像是谷地裡大家的阿姨，給孩子們零食，花時間和他們聊天。

「妳讓我媽咪不開心了。」他說，抓抓鼻子上的雀斑。他就是這樣直接。我眨眨眼。

「你說什麼？」我說。

「妳讓我媽咪不開心了，我看見妳了。」他說。

「我沒有。」

「你有。她在外面晾衣服的時候。我在我的樹屋裡。」

我張開嘴又閉上。我對他接下來要說什麼比較感興趣。

「我知道她不知道的事情。」

雖然本能教我不要問，我還是問道：「那是什麼呢？」

「她不知道妳也是萊恩先生特別的朋友。我看見他來這裡。他是唯一從妳後門進來的人。」

「你不知道自己在說什麼。」我笑道。我的聲音在自己聽來都很緊張。他讓我大吃一驚。我習慣觀察別人。而不是被人觀察。「我是和你媽媽有點爭執，但那跟萊恩先生完全無關。」

「我知道自己在說什麼，」他非常冷靜地說。我無法想像在他這個年紀能在大人面前如此冷靜。我會嚇得要命。這很令人不安。「我知道妳一定講了跟萊恩先生有關的事情，因為他本來會來我們家的，但是後來就不來了。我聽見媽咪在電話上告訴他暫時不要過來。就在妳跟她吵架之後。」

「我相信那一定完全是別的原因。」我說。「只是巧合而已，肯姆。」

「我不覺得我告訴爹地和萊恩先生，妳讓我媽咪哭了以後，他們會很高興。」

我幾乎嗆住了。那是我最不希望發生的事情。

我努力地笑著，下巴都快脫臼了。

「我想你搞混了吧，」我說。「我和萊恩先生是好朋友。我知道他也是你媽媽的朋友。這是大人的事。真的很傻。」

他也對著我笑。

「我要一個平板。」他說。

「什麼？」

「平板。跟電腦一樣？媽咪不肯給我買。」

我知道平板是什麼。

我揚起眉毛。真的嗎？這就是他的打算？

「你應該跟耶誕老人要一個。」我說。

「現在是十月，耶誕老人要好久才會來。」

「那就等你生日吧。」

「還要好幾個星期。」

我聳聳肩。

他轉身要走。

「你要去哪裡？」我說，心跳如雷。

「去萊恩先生家。」

我讓他走到柵門口。

「喂，」我叫道。「你要不要進來吃點餅乾喝可樂？」

他轉身對我笑了。然後回頭沿著小徑走回來。

喬治

一號

警察去了達利家。喬治從窗口看見他們。最近他似乎常常這麼做。瞪著窗外。很難停止。他之前就是這樣惹上麻煩的。

那天奧利芙到他家來找他的時候……老天。他完全沒料到是怎麼回事。她甚至沒有寒暄——就直接說出來了。

「我知道你是什麼人。」

他這輩子只跟奧利芙正式地說過一次話——就是她來借什麼東西，在他廚房裡待了一小時那次。他始終沒辦法對她有好感。他搬進來的時候，莉莉警告過他跟她說話要小心。

「她非常八卦，」莉莉說，「而且非常喜歡評斷別人。好笑的是，我很確定她覺得我有優越感。」

喬治喜歡莉莉。他信任她。他離奧利芙遠遠的。所以他完全不明白她是怎麼知道他的私生活的。然而，當她來找他的時候，開口就提那些見不得人的秘密，以及像他這樣年紀的男人應該更有自知之明。

喬治阻止了她。

「妳在說什麼？」他問。「妳怎麼知道我的事？」

她看起來有點膽怯。

「那天我不得不過來，」她說，「你不在家，郵差有包裹要給你。我就拿進去了……」

「妳什麼？」喬治覺得反胃。奧利芙說的話聽起來像是排練過的，像是她花了好幾天想好要說什麼。她說什麼包裹？他訂的書？但是那天他回家時書已經放在玄關的墊子上了。

他把書拿起來，好奇了一下書怎麼能從信箱口塞進來，然後就完全忘記了。

「你給了我鑰匙，」她說，臉色泛紅，話說得太快。她很緊張，正試著領先他一步。好像結果能夠讓她的手段正當化一樣。「我把包裹放進客廳，你的電腦是開著的。我不小心碰到了鍵盤。」

喬治怒視著她。

她闖進了他家。她翻了他的私物。喬治的筆記型電腦設了密碼，但只是他的名字跟生日。他自己一個人住，用不著複雜的密碼。任何人都能猜到。

有人猜到了。

那天他匆忙地出門，因為他打開電腦，發現自己立刻開始看色情片。亞當曾經跟他說過，有時候躲避誘惑是最好的方式。於是喬治跳進車裡開進山區。他在山徑旁停下，走了好幾哩路，呼吸帶著苔蘚和松針香味的新鮮空氣，覺得自己充滿活力，因為這是他長久以來第一次拒絕了誘惑。

他回家的時候，亞當建議他買的書到了。喬治一整個晚上都專心地閱讀如何擺脫成癮的步驟。

這是一個開始。小心翼翼地試探，但這是一個開始。

現在他的鄰居在上面

灑了汽油並且點燃火柴。

「妳以為妳是誰？」他對著奧利芙怒吼。

她舉起手。

「我不是過來跟你吵架的，」她說。「我是來警告你。我知道你是什麼人，喬治．里其蒙。你是個變態。」

「對不起，妳說真的嗎？妳好大膽子！闖進我家，侵入我私人電腦，看見電腦裡有色情片，就認為……妳瘋了嗎？我報警之後，妳打算怎麼跟警察解釋？妳覺得妳裝清高他們就會放棄竊盜入侵罪？」

這實在太荒謬了，喬治笑起來。

奧利芙抿起嘴。

「喔，你愛怎麼說都可以。但是去年夏天，我看見你站在窗子前面盯著荷麗．達利看。一面自己做。從那時候開始我就注意你了。她只是個孩子，你是個成年男人。噁心的男人。我告訴你，你離這裡的孩子們遠一點。要不然我就會告訴大家你是怎樣的人。」

喬治的世界好像沒了底。因為他知道荷麗年紀有多小的時候，覺得非常羞愧。喬治知道荷麗把他引向了另一個方向。所以他才決定要好好接受諮商。

他甚至沒辦法回答奧利芙。奧利芙等著他說話，然後發現自己讓他啞口無言，就轉身走出前門，臉上帶著狡獪滿意的笑容。

喬治想死。他羞愧萬分。

他是有毛病。他並不……危險。老天爺，他的對象也不是小孩。任何男人都會同樣地看著荷麗·達利。她和愛莉森搬來之後他跟她們都沒有往來，所以他不知道荷麗只有十五歲。他只看見一個性感的少女。隆·萊恩昨天晚上不也這麼說了嗎？

他發誓他不會讓奧利芙的惡意在自己心裡滋生。但是那個星期，他沒去諮商，然後他慢慢地重新陷入了原來的癮症。他只是試圖讓自己覺得好過一點。雖然他理智上知道這是最壞的反應。然後，某天晚上，他明白了奧利芙·柯林斯對他做了什麼事。

錯的人是奧利芙。她有沒有鑰匙不是重點。她是怎麼拿到鑰匙的本身就值得深究。她闖入了他家，侵犯了他的隱私。

奧利芙並不清白。

她是一顆非常骯髒的石頭。

奧利芙

四號

所有好事都該受到懲罰。那句諷刺是不是這麼說的？

我母親常說只有愛管閒事的人才會插手別人的事。我曾經為此跟她爭辯過。

「如果每個人只管自己，」我說，「看見壞事發生都不聞不問，那這個世界會變成什麼樣子？」

「奧利芙，寶貝，干涉只會讓事情更糟。」

「我不相信，媽咪。外婆那時候不想去看尼利醫生，但是妳讓她去看了。要是妳沒有，他們就不會查出癌症，某一天外婆就會莫名其妙地死在床上。結果她在醫院接受了治療和照顧。」

那時候我母親哭了起來。

我不是故意要去惹事的。沒必要我並不會管閒事。要是我覺得會讓事情更糟就不會。但誰看見喬治·里其蒙那天在窗口幹那種事，還能袖手不管？

我拿到他的鑰匙之後，花了好幾個月才設法進入他家。他幾乎從來不出門，就算他出門，通常我也出門了。我猜緊張讓我一直拖延。我並不是善於闖空門的人。

然後，有一天我看見他衝出家門，跳上車子，好像地獄之犬在追他一樣。

他一離開社區大門，郵差就出現了。

那天下著雨，郵差站在喬治門外，拿著一個包裹，四下張望，好像是在考慮該怎麼辦。所以我走過去。

「我能幫你什麼忙嗎？」我說。「我住在四號。」

郵差認識我。他微笑著鬆了一口氣。

「是這個包裹，」他說，「我沒辦法塞進他信箱口，他家沒人。我不想把包裹留在門口，在下雨呢。」

「如果你願意的話，我可以代收。我有鑰匙。我可以幫他放在屋裡桌上。」有鑰匙這幾個字就是魔法。

兩分鐘後我就站在喬治的門廊上，驚惶失措。

要是我進屋然後聽見他的車子開進來，我只要衝到玄關把書放在桌上，然後開門出去告訴他我只是替他收了包裹。

如果我被逮到的話。

喬治的筆電是開著的，就在沙發上。有密碼。

那可能就是我越過界線的一步。一旦越過了界線，就沒有什麼能阻止我了。

我試了幾次。要是他聰明點，我根本不可能動到他的電腦。我知道他什麼時候出生的。他父親曾經告訴過我，說自己雖然看起來年輕，但他有個一九八二年出生的兒子。

所以我小試身手，輸入他的生日。然後是他的姓和生日。接著是他的名字跟出生年份，賓果。

黃片。無數個視窗的垃圾。

除了電腦裡的東西，他樓上有一個房間有成排成排的這種東西。一點都不正常——至少不是我認為的正常。但你會想知道他在網路上看些什麼東西！

老天，我並不是天真無邪的小孩，但那些真的很讓人不安。SM、暴力性行為、輪姦幻想、高潮謀殺之類的內容。但這一切都比不上他打開的一本書讓我不安，上面的內容是成年男子和少女幾乎合法的關係。

所以我才上樓去。就算他在房間裡用鐵鍊鎖住一個女人，衣櫃裡藏著一個瘸子我也不會驚訝。

我知道色情片裡的女孩子通常都成年了，只是看起來年輕而已。

至少應該是這樣。

但看見喬治對著荷麗．達利做那種事，我絕對不會冒險。

我不能去報警，告訴他們我看見了什麼，因為那樣我就得解釋我怎麼知道的。我別無選擇——我必須揭穿他。

他們總是說犯人是你最不會懷疑的人。

荷麗＆愛莉森

三號

荷麗拋棄了耳機。

她躺在自己床上，瞪著她們搬進來時她貼在天花板上的星星。音樂在房中激盪，歌詞代表了一切卻也什麼都沒說，端看她的心情。今天，一切都沒有意義。只是噪音，淹沒了其他一切。

星星並不是替荷麗買的。但那天晚上她母親慌忙收行李的時候，放進了她的包包裡。她不知道愛莉森是不是知道星星在天花板上。如果她知道的話，並沒有提起過。

彷彿像是被思緒召喚似地，愛莉森出現在門口。

「妳能把聲音關小嗎？」她叫道。

荷麗嘆了一口氣。她伸手摸索指尖附近的遙控器，然後按了音量鍵幾下。

「妳不是要去店裡嗎？」她問母親，繼續瞪著天花板。

「計畫有變。」愛莉森說。床墊突然下沉，告訴荷麗她母親正坐在床邊。不僅如此，她還在女兒身邊躺下，學荷麗的樣子，一隻手枕在腦袋後面。

「我以為是妳說我們應該要顯得正常？」

「是嗎？正常其實沒那麼好。」

荷麗斜瞥了母親一眼。不是又要再來一次了吧？她無法忍受愛莉森要再度離開。上一次實在太難熬了，雖然只有幾天的時間。

她母親入院並不是最糟糕的部分。是她回家之後。荷麗非常害怕，在她身邊如履薄冰。但愛莉森似乎很看得開。她甚至把自己的崩潰當成笑話，在自己做了蠢事或是忘記事情的時候，會說自己該回精神病院去之類的話。

「太快了，媽咪。」荷麗會說，愛莉森會抿起嘴，抱歉地點頭。

她不會拿真正的崩潰來開玩笑。尖叫、哭泣、砸東西。在努力正常了這許多年，一直安靜溫和之後，愛莉森崩潰了，而且非常嚇人。

荷麗絕對不想再看到一次了。

愛莉森轉頭望向女兒。

「那些警察在說什麼？」荷麗問。「我不知道那天妳回來過。」

「沒什麼。妳在樓上睡覺。我進來拿了護照就走了。我完全沒想到而已。」

「妳去了奧利芙家嗎？」

「老天爺，沒有。」

「但妳為什麼一直問他們在她家找到什麼？」荷麗堅持問道。

愛莉森氣急敗壞地攤開手。

「我好奇！我知道他們認為她是被謀殺的。我只是想知道怎麼辦到的。」

「真的？妳還好嗎，媽咪？那不是……我該做什麼呢？」

「我完全沒事，荷麗。我擔心的是妳。」

「我？」荷麗皺眉。「妳為什麼要擔心我？」

「親愛的，我想我們得跟那些警探解釋我們為什麼在這裡。在谷地還默默無聞的時候，我們可以躲在這裡。但現在我們的言行舉止都可能引人注意，他們可能會覺得我們跟奧利芙的死有關係。因為他們不知道真相。如果我們跟他們說實話，他們就會知道我們是好人。我們沒什麼要隱藏的。」

荷麗咬緊牙關。

「妳只是想告訴別人，」她說。「所以妳才跟奧利芙說。為什麼，媽咪？妳真的以為妳可以信任她嗎？」

「是的，荷麗。是的，我相信。」

「但是為什麼？」

「她是個女人。一個獨立自主的女人。她似乎很堅強。她對我很好。我確實需要有傾訴的對象。」

「妳有我！」荷麗並不想聽起來像在抱怨。她不是小孩。她痛恨自己聽起來像個小孩。

「我知道我有妳。我有妳。但有些事情不應該由妳承擔，親愛的。妳經歷的已經夠多了。太多了。他對我們做的事——他對我做的事——妳絕對不應該看見的。妳根本不應該知道的。包括之後我如何應對，這一切妳都不應該經歷。」

荷麗沒有說話。她喉中哽著的硬塊太大了。她得吞嚥幾下才能確保自己張嘴說話不哭出來。

「我真的明白，」她靜靜地說。「我知道妳想跟自己同年齡的人談天。好吧，不是妳的年紀。妳知道我的意思。我猜想妳不可能知道奧利芙其實是個邪惡的老巫婆。」

愛莉森深吸一口氣。

「荷麗，聽我說。妳不能再說這種話了。奧利芙並不瞭解我們經歷過什麼。我可以試著告訴她，但傾聽跟真的理解是兩回事。妳得親身體驗過那種生活才知道我們為什麼要逃亡。而且，公平地說，我並沒有很努力讓她理解。」

「妳是什麼意思？」

「我甚至沒有試著告訴她全部的故事，荷麗。我跟她說了我們在躲誰。我不覺得需要補充細節。我假設她明白，她也是個女人。但她不明白。她下了自己的結論。我發覺她不是妳描述的站在女人這邊的女人，但已經太遲了。我應該早就告訴她不要去店裡。她一直去，我知道她想要什麼。每次我看見她都覺得胃揪成一團。她也知道自己在幹什麼，雖然她不肯承認。我應該更堅定的。那是我的問題，不是嗎？我連自己的影子都怕。」

荷麗沒有回答。她握住母親的手。只有荷麗瞭解她母親每天每一秒都如何謹慎地奮鬥。

「很漂亮。」愛莉森說。

「什麼？」

「星星。」

荷麗隨著母親的視線望去。

「我……我們搬進來的時候，我把星星貼上去的。」她說，幾乎喘不過氣來。愛莉森接下來會說什麼？她會有什麼反應？

她會哭嗎？

但是愛莉森只是嘆了一口氣。深深地、傷心痛苦的嘆息。沒有流淚。

「我想念她。」她說，回握荷麗的手。

荷麗閉上眼睛，然後再度望著星星。

「我也是。」

她們躺了一會兒，安靜地屏蔽了低聲的背景音樂。

「媽咪？」荷麗說。

「什麼？」

「我做了一些事。」

愛莉森嘆了一口氣。

「親愛的，我知道。」

艾瑪

他們去了二號瑟蘭凱家，發現莉莉還在外面找小狼。

「他可能在樹屋，」大衛告訴他們。「莉莉去找他了。」

「我們過去看看是怎麼了。」艾瑪說。

他們走出花園，法蘭克一面走一面嘴裡唸叨。

「真是沒事找事，」他對艾瑪說。「是我有毛病，還是在當爸媽的都覺得養小孩這麼費力？好多想法好多說法。這麼多家庭瑣事。哪一對不管怎麼小心，都會把小孩搞砸的。所有爸媽都一樣。」

艾瑪冷冷地笑了一下。

「你有小孩嗎，法蘭克？」她問。

他火大了。

「沒有。但我看不出這為什麼能阻止我發表意見。」

「我從來沒有說你不能。」艾瑪說。但已經太遲了——他又怒氣沖沖地大步走開，知道她跟不上他。討厭的男人。法蘭克已經把誤解她當成了終生志業。

他們從屋子旁邊繞到亨尼士家的後花園。莉莉站在一棵大樹底下，抬頭對著樹枝叫喊，雙手緊握成拳。

他們走近時艾瑪踩到一個柔軟的東西。她低頭望去。

「啊啊！該天殺的！」

法蘭克在她旁邊幾乎跳起三呎高。莉莉猛地回過頭。

「搞什麼鬼？」

艾瑪指著地上的死鳥。她踩破了牠的肚子，裡面的蛆在草地上蠕動。

法蘭克這次值得褒獎，沒有說笑話。

「我去找個袋子，」她說，「不能留在這裡。妳要清理一下鞋子嗎？」

艾瑪想到鞋底上可能有什麼東西，臉色發青。

她伸手到包包裡，拿出一雙開車時穿的軟平底鞋。

「你知道嗎？」她說，「找兩個袋子吧。」

她扶著他的手臂，脫下粗跟鞋，換上平底鞋。

「我覺得像是帶姪女去練習跳舞呢。」法蘭克玩笑道。

「我可沒那麼年輕，」艾瑪說。「而且如果我不能提醒你你有多老，那我看不出你為什麼一直拿我的年紀開玩笑。」

法蘭克面露困惑之色，但他沒有說話。他只走到亨尼士家的後門，大聲敲門。

艾瑪把弄髒的跟鞋留在草地上，越過花園走向莉莉。她走近之後，看見樹幹高處的木造裝置。

「剛才怎麼了？」莉莉問。

「一隻死鳥。」

莉莉皺皺鼻子

「妳兒子在上面嗎？」艾瑪問。

莉莉朝空中攤開手。

艾瑪瞪著莉莉面頰上的紅痕。她在路上的時候沒注意到——可能是因為莉莉深色的皮膚因為奔跑而泛紅。

「發生了什麼事？」

「什麼？」莉莉的手撫在面頰上。

「是小狼幹的嗎？」

「只是意外。」

艾瑪點點頭。

「我能爬上去嗎？警察想跟他說話，這和媽媽要叫他是不一樣的。」

莉莉看起來像是要抗議，但幾乎立刻就讓步了。

「他得下來，」她挫敗地說。「我怕高。他非常清楚。」

法蘭克正在處理死鳥。他拿了兩個大賣場的塑膠袋。他把她的鞋子抄進其中一個袋子裡。

艾瑪找到第一根樹枝，開始爬到樹上。

她很會爬樹。她都已經忘記了。一開始爬，這才想起來。她的腳很小，腳背很高。柔軟的平底鞋也幫了大忙。她踩進了最好的角落和縫隙，而且她很靈活。她很快就爬上了樹屋。

她讓自己在成就感中沉浸了一會兒。

那個孩子坐在樹屋的地板上，把蘆葦編成碗狀。地板上都是蘆葦。不知道是本來就在這裡的，還是他帶上來的。

艾瑪爬到他身邊時他沒有看她。但他的手指，和他的呼吸，都變慢了。

艾瑪盤腿坐下。她拿起三根長長的蘆葦，開始編繩子。

「我叫艾瑪。」她說。

小狼沒有說話。

「我是個警察，警探。跟電視上一樣。」

沉默。

「我喜歡你做的。我不太會做東西。事實上我比較會拆東西。這可能是我成為一個好警探的原因。探索事情的內部構造。」

小狼的手指慢慢地動作。艾瑪注意到他不只是把蘆葦綁在一起。他正在製作一個複雜的巢。那很漂亮。

「你媽媽在下面，」艾瑪繼續說道。「她有點擔心你。我猜你也知道。你可能聽到她在叫你。但是她不想爬上來，她覺得你可能會不高興。而且她怕高。」

孩子聳聳肩。

艾瑪編完繩子了。

「你想用這個嗎？」她把繩子遞給他。

他看了一下。

「很不錯。」他說，迎上他的視線，然後很快又轉開。

典型的症狀，艾瑪心想。但還算輕微。

「我以前常常跟我弟弟一起做，」她說。「現在他已經長大啦，正在讀書，打算當科學家。他非常聰明。我有種感覺，你也非常聰明。我猜對了嗎？」

小狼再度聳聳肩。

「我爸媽說我是。我妹妹覺得我不是。」

「你妹妹莉莉．梅？她和你是雙胞胎，對吧？」

「是。」

「我長大的時候總想要個雙胞胎。」

「一點也不好玩。」

「是嗎？」

「是。我到哪裡她都要跟著。什麼事情她都想跟我一起做。我在雜誌上看過。我想我不應該看的。上面說，有個嬰兒在子宮裡吃掉了她的雙胞胎。」

「幸好你沒吃掉莉莉．梅。」

「幸好我沒被她吃掉才對。」

「你想自己一個人也沒問題的。我現在就自己一個人住。我從沒想過我會喜歡自己一個人，但我真的喜歡。我想去上廁所時不會有人佔用。沒有人用掉我買的牛奶，吃掉我的點心。而且我可以好好泡澡，不用擔心我的室友沒熱水用。」

「是啦。我們以前一起洗澡的，但現在已經長大了。我喜歡自己一個人，但是……」

「怎樣？」

「我也喜歡交朋友。莉莉．梅不是我朋友。她是我妹妹。我不會選她當朋友。」

「我明白。我想我也會抓狂的。如果有人一直跟著我，而我不想總是跟他們在一起的話。我猜柯林斯女士也明白。她自己一個人住。她會知道有人想獨處的感覺。但是，你跟她在一起也很開心。」

小狼開始點頭，然後又停下。看起來像是在判斷自己是不是被騙了。

「如果你不願意，不用跟我說話的。」艾瑪說。「只是，我是個警探，而柯林斯女士死了，我得跟每個認識她的人聊一聊。看看有什麼不對勁的地方。反正我們今天是要來跟你聊聊的。」

小狼打下一個結的時候遲疑了。他在考慮。

「你們那裡還好嗎？」莉莉的聲音從樹葉間傳來。

艾瑪詛咒了一聲。這下完了，她想。她不該跟小狼講這些的，雖然很不正式。但是……他媽媽同意她上來找他的啊。

「我願意跟妳說話，」小狼輕聲說。「但是媽咪說我不可以。」

「喔，」艾瑪說。「這樣啊。」

她的心跳亂了一拍。

「等一下。」她朝下對莉莉叫道。

「我真的覺得很難過。」小狼說。

「為什麼？」

「我希望我有過去找她，那我就可能救她一命。」

「喔，小狼，你救不了她的。她死的時候，事情發生得很快。你去找她也不能改變什麼。」

「但是她不應該自己一個人在那裡。你們找到她的時候，她是什麼樣子？身上是不是有繃帶？」

「你說什麼？」

「像木乃伊那樣。爹地說她一定變成木乃伊了，媽咪說她看起來一定很可怕，因為有那麼多蟲子。」

艾瑪搖搖頭。

「不可怕。她看起來像是睡著了。而且非常開心。」

「喔。」

小狼沒有笑，但他看起來沒有那麼憂愁了。

「你做的這個真的很好看，」艾瑪說。「你可以幫我也做一個嗎？」

「為什麼？」

「我用得上。」

「用來做什麼？」

「裝小東西。」

「喔，好吧，但不是這個。小東西會掉出來。」

「我也這麼想。」

「我會幫妳做一個密一點的。」

艾瑪微笑。

「謝了。我下去跟你媽媽說你在幫我做事。我們會去你家，好嗎？你準備好就下來。」

小狼點點頭。他沒有說別的話。他已經開始忙著從地板上選新的蘆葦。

艾瑪試圖跟爬上來時一樣優雅地下去。然而重力影響了她往下爬的動作，她又笨拙又難看；還擦傷了小腿跟指節。

她下地整理了一下儀容，迎向莉莉疑問的眼神。

「他在上面很好，」她說，「過一會兒就下來。但我想我們得談談。」

莉莉的臉垮了下來。

六號

艾德 & 艾米莉雅

他們聽到消息非常興奮，當天早上就訂了回家的班機，真是荒謬昂貴的奢侈之舉。反正他們租的公寓再過一星期就到期了，艾德得跟他們的房東進行漫長的交涉。他們可能得搬到別處——西班牙短期租屋的價格，隨著夏季月份逼近而日漸高漲。

艾米莉雅本打算七月再度安排遊輪之旅的。她看到一組環遊杜布羅夫尼克和希臘諸島的行程。艾德則想嚐嚐著名的洋乳香酒，他不會質疑妻子的選擇。

現在他們可以回家了，讓屋子透透氣，有點人氣——或者甚至可以出租——然後七月再飛到地中海過三星期。過後再做長遠打算。他們凋零谷地的房子挺值錢的。要是賣出去，或許可以在葡萄牙買一棟小屋，找個房價不那麼貴，又有很多英國和愛爾蘭外交人員居住的地方。要是他們撐得夠久，那或許「英國退出歐盟」意味著那些英國人都會賣掉房產，然後他們就可以撿到大便宜。房子變現加上他們的儲蓄，足以過上非常舒適的生活。

整個世界都任他們予取予求，正如艾德的口頭禪。

他們的計畫可能出現失誤的第一個徵兆，是計程車在他們屋前停下時，艾德看見兩個陌生人跟莉莉．瑟蘭凱一起過街去她家的時候。讓他警覺的並不是那陌生的一男一女。而是那個男人走路的樣子——微微拱起的肩膀和堅定的步伐，那是一個要執行任務的男人。一個去問問題的男人。

艾德打量著他，然後望向奧利芙．柯林斯家柵門上已經掉落，正隨風擺盪的黃色警戒帶。

那個男人停下來，扭頭看著艾德跟艾米莉雅等計程車司機把他們的行李從後車廂拿出來，他們好付車錢。

他臉上的神色分明表示：你們是嫌犯。艾德很清楚，因為以前曾經有人這樣看過他。別的警探，別的時候。

艾德還沒來得及告訴艾米莉雅自己改變主意要回機場，她就拿出錢包付了車資。她甚至沒看到那個警察。後者停下走往瑟蘭凱家的腳步，現在正朝他們走來。

「米勒先生和米勒太太，對吧？」他叫道。

艾米莉雅幾乎失手掉了皮包。

「是的，」艾德說。他適當露出懷疑的態度，誰在自己家門外被一個顯然知道自己是誰的陌生人叫住，還能不起疑心呢。

「我是法蘭克．巴西警探。這是我同事艾瑪．查爾德，我們要去拜訪你鄰居。聽著，我很抱歉突然來打攪你們，不知道你們有沒有聽說，但你們有位鄰居去世了。」

艾德點點頭。他不會被抓到說謊。麥特可能不是自發，而是被指示去聯絡他們的？

「我們知道，真的很不幸。隔壁的麥特告訴我的。實在令人震驚。我們本來就要回來的，至少現在來得及參加葬禮了。」

「嗯。反正我們只是來跟所有人聊聊。我們也想跟你談一談柯林斯女士。我們跟瑟蘭凱太太聊完之後，可以來拜訪嗎？」

「我們才剛到家，」艾米莉雅說。「家裡什麼都沒有，沒有牛奶也沒有茶包。屋裡到處都是灰塵。」

警探甩了一下頭，完全不以為意。

「請不用擔心。只是很快聊兩句而已。我們不需要招待的。你們馬上就可以開始收拾家裡。」

艾米莉雅看起來像是要抗議，但艾德打斷她。

「沒問題，警探。抱歉，我們倆都累壞了。這個早上很漫長。」

「完全可以理解。我們過一會兒就來。或許你的鄰居可以出借一瓶牛奶，讓你們喝一杯茶休息一下。你們看起來很需要。」

艾德露出微笑。警探走開之後，他轉向艾米莉雅。

「放著吧。」他指著行李箱。「我晚點來拿。我先去麥特家，借幾個茶包。」

艾米莉雅點點頭。

艾德走到亨尼士家的前門，按了兩次電鈴，然後用拳頭敲橡木大門。

麥特打開門，臉上的神情像是要殺人。

「啊，麥特，你在家啊。我回來了。」

艾德的鄰居看起來很驚訝，然後是困惑。

「艾德，啊，太好了。很高興見到你。我不巧正在忙。你需要什麼嗎？」

「你就這樣招呼跟你三個月沒見的鄰居嗎？」

艾德微笑。沒什麼可看的。我們都是朋友。

麥特張開嘴，然後又閉上。他強迫自己微笑回應。

「抱歉。當然是我不好。我有點心不在焉。最近壓力比較大，你知道的啦。我沒想到會看見你。你是預定這個時候回來嗎？昨天我發的郵件你沒回呢。」

「就是收到你的郵件我才回來的。我們本來就要回來，但我先看到了你的郵件。真是個悲劇。我們剛剛下計程車的時候警察就過來了。他們要跟我們談談。奧利芙出什麼事了？」

麥特聳聳肩。

「我說過了，他們不知道。或者是他們什麼都沒跟我們說。」

「難道不是自然死亡嗎？你郵件裡是這麼暗示的。他們為什麼要跟所有人談？」

麥特開始不耐煩了。艾德看見他上唇冒出汗珠。他看起來的確壓力很大的樣子。而且他的頭髮比艾德上次看到他時更少了。他得多注意才行。克莉絲很注重外表的。她可不會想要一個才四十歲就禿頭的老慫貨。

「那不就是警察的工作嗎？」麥特說。「抱歉，艾德，我現在真的很忙。我得……」

艾德點點頭。他轉身朝自己家走去。

那不只是警察的工作，沒有理由警察是不會做任何事情的。

這點艾德比任何人都清楚。

奧利芙

四號

喔，艾德。

我可憐的老朋友。

艾德跟艾米莉雅搬進來的時候，我真心以為我交到了好朋友。他們比我大十歲，但跟其他搬到谷地的人比起來，卻跟我比較相近。艾德和艾米莉雅常常旅行。艾德很聰明——他看很多書，這對我來說是加分的項目。每次我碰到某個人說他們從不看書的時候，我都會報以微笑，然後在心裡給他們的智商扣三十分左右。

艾德和我會交換書看。我們兩個都不用Kindle，所以就可以不僅推薦好書，還能真的把書借出去。

艾米莉雅很文靜，在我們討論流派與文學、古典與現代大作等等話題的時候，她都在廚房忙碌，然後等我們告一段落便一起喝咖啡或酒。她書看得不多，但她仍舊很聰明，很有意思。

米勒家的人說服我訂購了第一次套裝旅遊。他們說，我自己去毫無影響。這些旅行團裡常有想看看世界但是又不敢獨自旅行的單身人士。團裡有時候會集體用餐，大家都可以閒聊，但如果我想自己一個人獨處的話，當然可以住單人房。

我參加了。我以前只離開愛爾蘭旅行過一次——跟一位女同事到特內里費島的度假村待了兩星期。不是我的風格。她們只想成天在游泳池畔睡覺，曬黑，然後整晚都在喝讓人泛酸的便宜水果雞尾酒。我則想看看自己所在之處，去各種景點。喝不會讓我胃潰瘍的酒，也不想曬傷。

艾德和艾米莉雅建議的旅程是阿爾卑斯山之旅，從薩爾茲堡開始，在霞慕尼結束。我年輕的時候沉迷於夏雷寄宿學校系列的小說，長大之後就完全忘記了。想到能去書中的地點觀光，看見被白雪覆蓋的山峰和雪絨花，在耶誕市集上喝熱紅酒吃烤榛果，讓我滿心雀躍。

那次旅遊幾乎跟米勒家的說得一樣好。旅行團裡的其他人都非常友善，但年紀都比我大。大很多。跟米勒家人不一樣，比較像是退休人士。他們都很照顧我，我也很感激，但要是能認識一些跟我年齡相近的人就更好了。

這加深了我和艾德以及艾米莉雅的友誼。我回來之後，我們詳細地討論假期的內容，他們會很興奮地計畫自己，以及我下一次要去哪裡。

我們一面計畫，一面喝了許多瓶波爾多紅酒。

一切都很美好，直到那命中注定的一天。

發現你以為自己認識的人其實是徹頭徹尾的騙子，真的非常令人震驚。

而且騙的不是小事。

我看得出警探想跟艾德聊聊會讓他十分緊張。

喬治

一號

喬治離開了谷地。好吧，嚴格來說，是離開了他的電腦。必要的逃避。

他以前來過馬匹獵犬酒館；他曾經在村裡碰到過莉莉一次，他們一起喝了咖啡。

但是喬治不是那種自己到酒吧去點一杯啤酒的人。他不知道正確的做法是怎樣。他要不要買份報紙？酒館裡會不會有播放體育比賽的大電視？午餐時間可以點威士忌嗎？還是大家會覺得他是個酒鬼？哈！被當成酒鬼總比發現他的真面目要好。

考慮到他出於本能離開了家，一旦來到村裡，接下來該做些什麼他想了很多。他打開又關上車門至少五次，然後才下定決心。

最後他鑽進離酒館幾道門的書店，從門邊的書堆上拿起一本剛出版的新書。他決定閒雜人等會毫不猶疑地打斷看報紙的人，但如果他在看書的話，他們或許會遲疑一下。

「你在看那個嗎？」

酒保很年輕，可能二十出頭。

喬治四下張望了一下，確定問題是在問他。

酒館裡人不少（從四下的紅球衣看來，待會兒應該有比賽），但喬治是唯一坐在吧檯位子的。

「我剛剛才買的。」他遲疑地說。

酒保同情地搖搖頭。

「我買了這本送我媽當生日禮物。她說這讓她想割腕自殺。但是她是李查德的鐵粉，所以應該是我選錯了。」

喬治把書翻過來，大聲朗讀簡介。

「『一個人探索深度思緒和情感之旅，橫亙數十年，超越階級和場所，這是對人類思想的存在主義分析。』是啦，跟傑克・李奇有差。我想這次我跟令堂意見一致。」

酒保笑起來。

「再來一杯嗎？」

他指向喬治幾乎空了的兌水威士忌杯。這是怎麼發生的？

「呃，好啊。謝啦。」

喬治舉目四顧，酒保又替他倒了一杯。酒館裡有幾對男女跟一兩家人，但大部分都是男人，而且有些跟他一樣，自己一個人。所以他並不孤單。這讓他心裡覺得溫暖。雖然這很可能是威士忌造成的。

酒保給他一個新的杯子和一份小報。

「凡人不那麼崇高的展示。」他微笑道。

喬治對他露齒一笑，把報紙拉過來。

頭版有兩篇報導。一篇是關於警察濫用職權替親友抹消交通罰單的調查。另一篇是奧利芙。

喬治覺得胃酸翻攪。到哪裡都沒辦法逃開那個女人嗎？他翻過報紙，假裝關心今天足球賽的賽程。

沒幾分鐘他就放棄了，開始觀察人群。

他身後的男人們在討論一個叫做莎拉的女人，聽起來像是那位女士曾經在不同的時間分別跟他們交往過。女人還以為男人不會在背後討論她們。這些傢伙可把莎拉的三圍都摸得一清二楚了。

喬治很快把那些對話置若罔聞。友善的酒保在櫃檯後替一個年紀稍長的男子拉開啤酒。後者大聲爭辯誰會先按下核彈按鈕——川普還是金正恩。

那個男人還在喋喋不休，酒保皺著眉頭望向自己正在拉的啤酒。喬治也看過去。酒毫無波動。沒氣了。

「媽的，」酒保把酒杯放在櫃檯上看著。

那個男人瞪著他的啤酒。

「巴比呢？」

喬治從他說這個名字的權威性猜測——巴比可能是老闆。酒保面露驚慌之色，看了一下手錶，然後望向門口。

「他到批發商那裡去了。還要半小時才會回來。」

喬治突然發現了新世界。

「我可以替你換打氣筒。」

兩個人都望著他。

「你知道怎麼做嗎？」酒保問。

「如果不會的話他也不會說要幫忙了，孩子。」那個年長的男人說道。

喬治點點頭。

「嗯，我大學的時候在酒吧打過工。」

酒保用看救世主的眼神看著喬治。

喬治發現自己可以再度離開他的屋子生活。他不需要也不想要跟電腦沾上邊的工作。他想要純粹的體力勞動，可以沉浸其中，不用想任何其他事或其他人。

而且他的雙手一向都非常靈活。

法蘭克

「小狼在哪裡？」

大衛．瑟蘭凱在前門迎接他們三人。法蘭克、艾瑪和莉莉。

「你兒子在亨尼士家，」艾瑪說。「我給了他任務。他在替我做一件東西。他是個非常有創造力的小男孩。」

大衛容光煥發。

「他真的是。我去泡茶好嗎？」

「我們能麻煩你泡咖啡嗎？」法蘭克說。他絕對不想再喝昨天他們端出來的那個什麼玩意。

「喔，當然可以。我應該有咖啡粉。」

莉莉走進廚房，在椅子上坐下。大衛默默地跟著太太進來，兩個警探尾隨在背後。

法蘭克和艾瑪還沒拉出椅子她就開口了。

「那是意外，」她說，「我發誓，我不知道自己怎麼了。她一直挑釁，故意讓我不痛快。我不是故意那麼做的。」

法蘭克和艾瑪面面相覷。大衛在水槽前僵住了，手上還拿著茶壺。

「瑟蘭凱太太，妳得從頭開始說起，」法蘭克阻止她繼續下去。「我們是在說妳跟妳的鄰居因為令郎吵架的事情，對吧？」

莉莉點點頭。

「在妳發現她給他吃肉之後？」

「是的。我發現她再度試圖侵犯我的，我們的教育方針。我請大衛去她家跟她說清楚。」

她瞥了丈夫一眼。

「我只是不覺得這有什麼大不了的，」他微笑道。「我覺得她們女人可以自己解決。」

這次莉莉和艾瑪都揚起眉毛看他。

放下鏟子別挖坑了，法蘭克對大衛使了個男人對男人的眼色。

「我的意思是，」他察覺到緊張的氣氛，繼續說道。「我認為這很重要，但我不想像個憤怒的老爹那樣衝去她家。對單身女性來說，男人可能很具威脅性。這我很清楚，特別是我這種身量的男人。我們都住在同一個社區裡。我以為莉莉可以跟她和平解決。」

「這是你的主意。」莉莉靜靜地說。

大衛一臉茫然。

「讓孩子們吃素是你的主意。你決定的，不是我。」

大衛皺起眉頭，尷尬地望著客人們。

「這太荒謬了，」他緊張地說。「我們不買肉類，他們怎麼可能吃肉呢？我們知道吃肉對地球和人體的傷害。」

法蘭克咳了一聲，提醒瑟蘭凱夫婦他和艾瑪還在這裡呢。他們可以等警探離開之後再解決這個問題。現在的重點是奧利芙・柯林斯，以及莉莉跟她的關係。

「我們先跳過素食者的好處，討論一下妳跟妳鄰居的關係好嗎，瑟蘭凱太太？」

她的丈夫最後困惑地望了她一眼，然後開始在櫥櫃裡翻找咖啡。

「警探，孩子們是素食者這件事很重要的。因為那是我滿腔怒火衝到她家去的原因。我去找奧利芙，告訴她如果她不尊重我們替自己的孩子們做的選擇，那我家的孩子們就不能花時間跟她在一起了。然後她……」

「她怎麼了？」

「她說我是個偽君子。」

大衛停下手上在做的事。

「這妳沒有告訴我。」他說。

莉莉聳聳肩。

「我告訴你我們鬧翻了。」

「對，但妳沒有跟我說她說妳是偽君子。妳說她對妳很惡毒。她為什麼說妳是偽君子？」

莉莉遲疑了一下，咬住下唇。

「她看見我在鎮上吃漢堡。」

法蘭克和艾瑪視線相交，揚起眉毛。如果這是他們第一次來瑟蘭凱家，那他們或許會覺得很可笑。現在他們已經熟悉了這家人的食物偏執。

大衛露出困惑的神情。然後他笑起來。

「妳？妳吃了漢堡？」

莉莉低頭望著桌面。

「是的。我吃了。四分之一磅的漢堡，有乳酪、洋蔥、醃黃瓜跟蕃茄醬。很好吃。我現在願意殺人來換一個。」

法蘭克的肚子叫起來。他有種感覺，自己喝不到咖啡了。

大衛像條魚一樣張開嘴又閉上。

「哇。好的。我正在努力掙扎試著理解，莉莉。我是說，我是因為妳才吃素的。妳知道嗎，妳剛才說孩子們的那些話——我聽不太懂。但是沒關係，我們假裝是我決定他們要吃素好了。我們的孩子成為素食者跟妳完全沒有任何一點關係，妳也毫無作為。現在妳是不是也要說是我讓妳放棄吃肉的呢？因為我們第一次約會的時候，我點了牛排，我吃的時候妳幾乎看也不看我一眼。記得嗎？」

莉莉咬住面頰內部。法蘭克很擔心她。她看起來像是掙扎著要控制呼吸。她看起來像是要爆炸了。

「不，當然不是你要我吃素的。」

「所以，妳能解釋這到底是怎麼回事嗎？」

「我再說一遍，」法蘭克打斷他。「我們能專注在妳和柯林斯女士的談話內容上嗎？」

莉莉不安地動彈了一下。法蘭克猜測她跟奧利芙之間不管發生了什麼事，一定都很愚蠢，她自己也知道。

「她故意激怒我，」莉莉說。「是奧利芙的錯。但她非常頑固，不僅不肯承認自己不對，還攻擊我。我是說……我可以光著身子掛在天花板燈上啃羊腿，她也沒有權利跟我爭論我們如何教養自己的孩子。」

她望向大衛徵求認可。法蘭克無法判斷她跟她先生之間是怎麼回事。他看起來困惑、憤怒、懷疑——但更重要的是，他看起來像是想叫老婆閉嘴。這讓法蘭克非常好奇。

「然後……我不知道到底是怎麼發生的，我就打了她的臉一拳。」

大衛嗤之以鼻，然後突然停下來。

「妳打了她一拳？妳？」

「是的。我他媽的有能力打人。我可不是聖母。」

大衛舉起手。法蘭克發現他無法控制自己。他要讓老婆閉嘴。

「警探們，這到底有什麼相關？奧利芙是不是發生了什麼事——有人故意傷害她嗎？」

法蘭克往後靠向椅背。

「你們的鄰居被發現已經有大約三十六個小時了，」他說，「一切都還很突然。我們目前正在調查所有的可能性，包括柯林斯女士可能是惡意行為的受害者。」

莉莉張大了嘴。

「喔，少來了。你們真的以為吃個漢堡跟揍人一拳就讓我有本領殺人？」她笑起來。「我揍了她一拳。接著她繼續嘮叨個沒完，我還希望我更用力一點揍呢。雖然聽起來很瘋狂，但我設法停下來沒有謀殺她！」

「妳揍她之後她有什麼反應？」艾瑪問。

莉莉瞪著自己的雙手。

「她說她要去警衛室告我，還要去我的學校。這實在太卑鄙了。她可以打回來的。但是小狼過來了……」

「小狼看見了？」大衛問。

「是的。我希望是因為小狼在所以她才沒有打我，但後來我想了一下，覺得她比我想的要更狡猾。奧利芙・柯林斯知道去告我打人對我來說非常嚴重。我在一所很小的學校教小朋友。他們要讓我當校長的。我們認識所有家長，所有家長都認識我們。我們應該要比白玉還無瑕。不是會動手揍鄰居的那種人。我甚至還得比其他人更完美。理由很明顯。」

她毫無笑意地笑了一下。

「我叫她儘管去，但我其實害怕極了。她可以毀了我。」

艾瑪轉向大衛。

「你知道你太太因為這件事情有多煩惱嗎？」

好問題，法蘭克心想。

大衛望向艾瑪，臉上不動聲色。

「她告訴我奧利芙對她很惡劣——這個我知道。我安慰了莉莉，對不對，親愛的？但我以為這件事就這樣平息了。」

「這是什麼時候發生的？」法蘭克問莉莉。「她什麼時候威脅妳？」

莉莉直直望進他眼裡。

「你說她死掉之前的那個週末。」她回答。

法蘭克注意到大衛動彈了一下。

他伸手過去握住妻子的手。

「莉莉跟我和孩子們一起在這裡，三月三號的晚上。」他說。「我查過行事曆了。那天我早下班，這是很希罕的。那天晚上天氣很好，我問她想不想帶孩子們去散步。但妳在做復活節活動的策劃，記得嗎？你們班上那個巨大的蛋。」

莉莉困惑地皺起臉。然後她點點頭，臉色一亮。

「對，我記得。」

大衛轉向警探們。

「警探們，莉莉是個好母親。她非常維護小狼。你們應該可以理解。小狼……很特殊。」

艾瑪點點頭。

「我弟弟也一樣，」她說。「他有自閉症。他不高興的時候狀況就會變糟。這可能是小狼今天打妳的原因，莉莉。他在模仿自己以前看到的情形。」

「不，他沒有自閉症。」大衛開言道。「等一下，他打妳了？」

莉莉點頭。

「嗯，不久以前。他是，大衛。他有自閉症。」

「他有時候很難應付，莉莉，但我想如果他有自閉症我們應該會知道。」

「我帶他去醫生那裡檢查過了。」她說。

大衛打量著妻子。然後他慢慢地抽回手，緊緊閉上嘴。

法蘭克發覺他非常憤怒。在那平靜自制的外表下，大衛．瑟蘭凱怒火中燒。他太太還有什麼沒告訴他的？他心裡顯然這麼想。

這也是法蘭克想知道的。

這個，還有大衛・瑟蘭凱能做出什麼事？

艾德 & 艾米莉雅

六號

他們不在家的時候一直都按時付所有帳單。

WiFi正常運作。

艾德輸入**愛爾蘭航空公司**，滾動滑鼠察看選項。

他沒注意到艾米莉雅從廚房進來。她泡了黑咖啡，開始列清單讓他帶去店裡。她並沒有跟警察說謊。家裡真的什麼都沒有。

「你要把行李箱拿上樓嗎？」她問他，打開電視隨意切換頻道。

他沒有回答。他看見有一班飛機有兩個空位。明天早上飛往哥本哈根。

「艾德？我們要不要打開行李箱？」

艾德抬起頭。

「可能不了，親愛的。」

艾米莉雅在他旁邊坐下。

「哥本哈根？我從來沒去過那裡。我不覺得像是個特別令人放鬆的城市。」

「那裡有蒂芙莉遊樂園。」艾德說。「還有小美人魚。總之，去哪裡不重要。」

「你真的很擔心嗎？」艾米莉雅問。

艾德點點頭。

「我不知道為什麼。我有種感覺。在這裡。」

他把手放在腹部。

她搖搖頭。

「我覺得你想像力太豐富了，艾德。如果你擔心我們可以離開，但我真的覺得沒必要。我們什麼也沒做啊。」

他沒有回答。門鈴響了。

「我去開門。」艾德說。

他太太已經恢復了平靜，剛才在外面碰到警察的時候她幾乎失態了。現在則非常鎮定。很好。他們需要表現出若無其事，坦坦蕩蕩的樣子。

他以盡量最簡潔的禮貌方式讓警探們進來。讓他們知道艾德和艾米莉雅多不歡迎他們很重要。

有個警察曾經跟艾德說過，如果警方找出四個嫌犯，而其中只有一個人有罪，他們有個簡單的方法找出真正的罪犯。他們拘留嫌犯一夜。那個警察說，真正的犯人會睡覺。他知道自己完了，所以會睡覺保留精力，好準備第二天接受審訊時要說的謊言。

無辜的人不會睡覺。無辜的人被冤枉，會義憤填膺輾轉難眠。

所以艾德帶警探們走進客廳時有點激動。他剛才查航班的筆電已經收起來了。「所以你們是去度長假了？」那個叫做巴西的男人問。

「是，也不是。」艾德說。「我們常常旅行。我們都退休了，沒有孩子，也沒有牽掛。我們想環遊世界，但最近都去天氣熱的地方。我們倆都喜歡西班牙、義大利那種比較悠閒的生活方式。」

「我不記得上次去國外度假是什麼時候了，」法蘭克說。「我有個姊姊住在庫拉克洛海灘附近，你知道那裡嗎？就是電影《搶救雷恩大兵》拍攝的地方。每隔一年的夏天我會去一次。」

「好地方，」艾德說。「很多不錯的酒吧，東西也好吃。」

他請警探們坐下。

「要不要喝一杯水？」艾米莉雅說。

「喔，不用了，我們不會待很久的。」那個女警探說。「你們跟奧利芙・柯林斯熟嗎？」

艾德和艾米莉雅點頭。

「很熟。」艾德說。「她晚上常常來這裡，我們也常去她家。我們有相同的興趣，雖然她不像我們這麼常旅行。我想從某種程度上，你可以說她透過我們體驗了生活。她從不厭煩看我們拍的照片，或是關於當地料理的無聊故事。對不起，警探，我希望這個問題不會不得當，但她發生了什麼事？她才五十出頭，而且身體很好。」

巴西把頭傾向一邊，像是在考慮要怎麼回答。

「我們確定她心臟病發作。」他說。

艾德試圖不露出如釋重負的表情。心臟病。老天爺，這可以怪在任何人頭上。

他的如釋重負沒有維持多久。

「然而她的心臟病是在可疑的情況下引發的。」

「我沒聽懂。心臟病要怎麼引發？」

警探搖搖頭。

「我們正在調查原因。你上次離開之前，去過奧利芙家嗎？」

艾德搖頭。

「很遺憾我們沒有。我們忙著計畫旅行細節。」

「妳呢，米勒太太？」

艾米莉雅搖頭。

「但你們是好朋友。」巴西繼續說。「你們要離開好幾個月，不想跟她說再見嗎？」

艾德聳聳肩。

「現在我們很後悔。要是我們知道……」

「你們最後一次見到她是什麼時候？」

「呃，我想是我們出發前一兩天？她是不是過來還書，艾米莉雅？」

「她來過，艾德。我記得。我們有跟她說我們要出門，對不對？」她轉向法蘭克。「我想我說過出發前會去看她，但我完全忘記了。你知道啦。」

警探點點頭。

艾德雖然剛剛給自己上過一堂課，但現在已經開始覺得有點撐不住了。是不是有人看見他們離開那天他去過奧利芙家？所以警探才這麼問？他非常小心，但要是有人從窗戶看見他呢？

「所以你們完全沒有跟奧利芙發生過爭執？你們關係一直都非常好？」

「當然。」

「你們是哪一天離開的？確切的日期？」

「三月三號，」艾米莉雅微笑著說。「我查過了。我想你們會問的。」

「是的，」巴西說，「你們的鄰居也提過。真是奇特的巧合。」

「什麼巧合？」艾德說。

「奧利芙．柯林斯是三月三號死的。」

艾德試圖不要太激動。艾米莉雅的臉漲紅了。

「你們確定她死在那一天？」她說。「我的意思是，如果她在房子裡待了那麼久，你們怎麼知道確切的日期？」

「當天晚上她打了急難救助電話。」那個女警探回答。「從那天之後就沒有鄰居見過她。」

「喔。」艾米莉雅無言以對。

「對了，」巴西加上一句。「玄關那些行李箱，你們需要幫忙嗎？我是說，搬到樓上去。」

艾德搖頭。

「不用了，沒關係。晚點我自己來。」

「那好。這是例行公事啦，如果你們要出門的話，請通知我們一聲，讓我們心裡有個數。」

艾德默默地點頭。

他們到底見了什麼鬼要回家來？

奧利芙

四號

艾德三號早上來找我，我才第一次聽說他們要出去旅行。

他說他們已經計畫了一段時間，但我敢打賭飛機票是在那個星期才訂的。

交情惡化得如此之快。

這不是我的錯。要是那天晚上他弟弟來的時候我不在他們家的話，我想一切都不會改變。我們會維持原狀。朋友。

我去他們家敲定晚餐計畫的時候，聽見吼叫聲。我們三個同意去試試鎮上的新店，那家時髦的亞洲風餐廳，你一進門就送上免費的雞尾酒迎客。

所以我聽見爭吵的聲音時，第一個反應自然是加快腳步去看艾德跟艾米莉雅出了什麼事。我走到半路，聽不出到底在說什麼，但我可以聽到艾德憤怒的聲音，和跟他爭吵的那個男人——一個聲音聽起來跟艾德很像的人。同樣的科克市口音。

我加快腳步走過去，直到可以聽清楚開啟的窗戶內傳出的聲音。

我聽見：你他媽的怎麼找到我們的？艾德說。然後我敲門讓他們知道我來了。

我只聽到這一句話。我不是聽牆角的那種人。

艾米莉雅開門的時候不悅且慌亂。

「發生什麼事了？」我替她擔心。「我能幫忙嗎？」

艾米莉雅沒有請我進去，也沒有謝謝我主動要幫忙，反而站在門口擋住我的視線。

「現在不太方便，奧利芙。」她說，聲音聽起來粗啞陌生。

我很是吃驚。

「艾米莉雅，如果出了什麼事……」我堅持道。

「我說現在不方便。」她厲聲說。

「喔，」我說。「好吧。」

我沿著來時路走回自己家。我回自己房間在窗前坐下，望向米勒家門前那條街。當時是個黑暗的一月夜晚。但屋子外面有明亮的街燈；陌生人把車停在那裡。我注意到他的車，二十分鐘後他出來時，我清楚地看見了他。

那個不愉快的晚上要是就此結束的話，便不會有後來的事情了。

艾米莉雅冷淡的態度當然讓我很不愉快。那天晚上跟次日我都沒有看見她或艾德，心裡就有數了。我給他們倆都發了幾條簡訊，但他們都沒有回我關於那家亞洲餐廳訂位的事。

我還以為我們是好朋友，現在我知道了這份友誼的界限。

幾天之後，艾米莉雅來找我。她簡直判若兩人。我的意思是，她還是以往的她，跟幾天前晚上叫我滾蛋的那個人完全不同。

我替她泡了咖啡，雖然已經晚上六點了，應該是來一杯酒的時候。如果他們對我冷淡，我也該回報同樣的態度。

她在我廚房桌邊坐了半小時，說些有的沒的，完全不提上次尷尬的對話。

最後我失去了耐心。

「那天晚上的人，」我很自然地提起來，「應該沒給你們造成什麼麻煩吧？」

艾米莉雅喝了幾口咖啡，身體語言僵硬且不友善。

我發現這就是她來訪的目的。看看我知道多少。看我要不要發問。我問了。

「喔，那個人啊。」她說，「是艾德以前的下屬，他心懷不滿。艾德沒有給他推薦書，所以他很不高興。真的，奧利芙，妳不知道我們現在完全不需要這種麻煩事。」

「喔，當然，」我說。「之前就說過了，如果你們有什麼需要我幫忙的，只要叫一聲就好。我知道那天晚上你們不需要，但有事的話不用客氣。」

她點點頭，臉上的微笑不自然又難以捉摸。

「我得回去了，」她說。「我讓艾德看著烤雞。天曉得他會搞成什麼樣子。」

「已經到晚餐時間了嗎？我家裡什麼都沒有。」我說。

「我們這個星期找時間再聚。」艾米莉雅微笑，把杯子放進水槽。

她不用我送自己走了，我默默地發火。

所以就這樣了。

我想不出為什麼，但這個模式一再發生在我身上。我努力友善地跟大家交朋友，但大家總是讓我失望。

克莉絲

五號

麥特癱在扶手椅上，擺弄著手邊的遙控器。他很想打開它。打開電視，關掉現實。

他已經好幾個小時沒有開口了。麥特只能在一段時間裡討論自己的情感。現在他已經疲累不堪。但他的沉默讓克莉絲不安。她寧可他攻擊她。至少那樣她能知道他在想什麼。

結果他心中所想完全超乎她的意料。

麥特在廚房啜泣起來的時候，她徹底震驚了。震驚到啞口無言，手足無措。她完全沒想到自己出軌竟然能讓他難過到這種地步。

但她發現她得說些什麼讓他敞開心胸。誰曉得他心裡還藏著什麼？她不理解他為什麼還沒衝出大門。或是他其實一直都知道。她丈夫已經從一個輕蔑的對象轉變成無解的謎題。

「麥特，你跟我說說話好嗎？拜託？」

她丈夫瞪著她，好像看見她就反胃。這使她震驚，他竟然會這樣看她。

「妳這麼恨我嗎，克莉絲？這麼多年來，我從來沒有，連一次都沒有，甚至沒有吻過其他女人。妳知道，我可以的。我跟客戶一起去夜店，那種只要你有點錢，女人會倒貼過來的夜店。我連想都沒有想過。」

克莉絲畏縮了一下。

她的內心深處，有沒有假設過麥特也對她不忠？那些工作到深夜的晚上。他不想跟她在一起的時候？然而他似乎真的手頭很緊——如果他這麼努力工作，為什麼還缺錢呢？

如果她告訴他她想像過他也出軌，聽起來會比較好還是比較糟？

「妳以為我跟其他女人在一起，對不對？」麥特聲音哽咽地說，「我不相信。所以妳才跟他上床嗎？妳在報復我之前，有沒有想過要問我是不是出軌了？」

「那不是報復。我只是不開心，麥特。我很寂寞。我需要人陪。所以我……不是你的問題。問題在我。」

「別這麼誇張。」

「克莉絲，如果妳這麼不開心，要到別的男人的懷抱裡找尋安慰，那問題絕對在我。」

「好嗎，那麼是你的問題。一切都是關於你。我只不過是你宇宙裡的一顆衛星。」

克莉絲火大了。她只要情緒稍微激動一點，就是誇張嗎？

「很好，麥特，那你希望我說什麼？說如果你在家，我就沒時間去找別人嗎？」

「就是這樣。是我的錯。」

克莉絲覺得腦漿開始怒氣沸騰。

「行吧，麥特。我們想一下。我什麼時候決定我不開心的？可能是當我們搬到這裡，關在大柵門後面，住在我花上一百萬年也沒辦法適應的地方開始。」

「妳是說，當我借了一筆鉅款，好讓我們能住在最好的房子裡，讓我太太和兒子能安全地生活的時候開始？」

「什麼？你可能覺得這裡很有安全感，我覺得這裡是監牢。麥特，我們搬進來的時候我不開車。你從來沒想過這一點。我不能走路去商店。我被困在這裡。沒有親人，沒有朋友。然後我懷上了肯姆，你在哪裡？你在哪裡？我們什麼時候決定我要辭職的？喔，對了。我們從來沒討論過。一切都理所當然。你說你不想讓你的孩子全天待在托兒所，但你並沒表示你願意幫忙。對街那個天殺的大地之母生了雙胞胎，她仍舊去上班呢。」

克莉絲站起來。頭痛已經被拋在腦後。她怒不可遏。他們從沒吵過的架，她想說的所有話——一切都像一個被擠壓的大膿腫，裡面所有惡劣的東西都爆發出來。

「我的意思是，我想要孩子。但我不覺得那是有條件的。我不知道我嫁入了十世紀，我得待在家裡當個小女人，等你愛什麼時候回來就什麼時候回來。」

她開始滔滔不絕。勢不可擋。

「所以沒錯，麥特。別的男人。一個成年人，真正的成年男人。他看見我，跟我說話。不只是哼一聲、點點頭、哀號有多少帳單要付、辦公室裡誰說了什麼；而是真正跟我說話。他想要我。老天爺，我甚至不在乎他是誰，長得什麼樣子，能被人注意到我就很高興了。」

克莉絲深吸一口氣。這可能是她開始滔滔不絕以來第一次換氣。她不太確定。房間停止旋轉。

她望向麥特。後者僵在當場，像是被車頭燈逮住的鹿。

「對，」她說，坐回沙發上。「我想你可以說這一切有你一份功勞。」

沉默籠罩了四下。

肯姆沒有發出聲音，他躲在樓上房間裡玩平板，應該是在玩機器磚塊，但也可能是在油管上看粗俗的影片。

外面社區正如以往，非常安靜——甚至沒有推草機跟草坪的持久戰，或是準備出門的車輛引擎嗡嗡聲。

屋裡只有殘酷的事實在他們之間迴盪。

克莉絲等待著。他會趕她出去嗎？沒有肯姆她不會走。媽的，她為什麼要走？他們的孩子是她在照顧。肯姆有權利待在自己家裡。他的母親有婚外情。這又不是世界要毀滅了。不管奧利芙・柯林斯如何努力灌輸克莉絲這個念頭。

「我一直都知道事情會演變成這樣。我知道。我從來就配不上妳，克莉絲。」

麥特輕聲說道，完全出乎意料。

「我知道，從妳走進我辦公室找工作的那一刻起。妳有態度，堅定的氣勢。我是個藍領階級的女孩子，不要跟我拋媚眼，否則我會生吞了你。這都是胡扯。我沒見過比妳心腸更好，微笑更溫和的人。也沒見過比妳更漂亮的臉。妳非常美麗。我看見妳的那個瞬間就愛上妳了。我擔心我會表現出來，妳會覺得我是個用工作釣妳的變態，是個猥瑣的選角導演，只想把妳搞上床。」

麥特笑起來。

克莉絲屏住氣息。

「我想給妳整個世界。我想讓妳知道我配得上妳。我看見這棟房子，心想——我買不起但是克莉絲會喜歡。我並不蠢，克莉絲。我知道妳這樣的女人為什麼會嫁給我這樣的男人。所以我就付了頭期款，然後得一天工作十四個小時，才能還得起貸款。我們冒了很大的風險。然後經濟衰退期間公司有一陣子很困難。但我不想告訴妳因為肯姆生病了。我減了薪，壓力非常大。我想……我猜我心裡有一部分是很高興妳待在家裡的。

「事實是，我一直都知道妳會離開我。妳會找到配得上妳的人，然後離開。我騙自己認為如果妳待在家裡，就完全屬於我。我知道那是不對的，但我忍不住。我知道這讓我聽起來像是某種過氣的厭女沙豬，但請相信我，妳是我唯一愛過的女人，我只想讓妳幸福。為了讓妳快樂我什麼事都能做。」

克莉絲用手掩住嘴。她不相信他。她無法相信他。

「你真的以為我是因為錢才嫁給你的？」

「要不然呢？」

「喔，麥特，我愛你。你怎麼能以為我會那麼膚淺？你記得我們以前總是一起開懷大笑嗎？我可以一直跟你住在小公寓裡的，你這個白痴。」

她丈夫難以置信地盯著她看。但他無法忽略她聲音中的熱切。克莉絲說的是實話。

「你心裡那麼以為，但卻不想殺了我？」她說。

「從來沒想過。我愛妳，克莉絲。我開車回家，會坐在車裡想妳是不是跟他在裡面。我想殺了他，殺了我自己，但是我絕對不會傷害妳一根汗毛。我當然生妳的氣。但是到頭來，我希望妳會厭倦我，結束這一切。我一直在等。」

「我完全不知道。老天，我們怎麼會變成這樣？是哪裡出錯了？」

「我要是知道才有鬼了。我猜情況可能還會更糟的。我們可能成為隔壁的女人。她生命中沒有任何人，只能自己爛在客廳裡。」

克莉絲搖頭。「我猜你是可憐她。我確實也傷害到她了。」

「不是，」麥特回答。「妳不明白嗎，克莉絲？我不在乎妳怎麼對待我。妳仍是我太太，我孩子的媽。是我們對抗他們。奧利芙成為妳的敵人的時候，也成了我的敵人。沒有人可以威脅我太太然後全身而退的。不管背後是什麼原因。」

克莉絲打了個寒噤。她不喜歡想起那個女人——不管是活著還是死的。

她繫緊了晨褸的帶子。她還穿著睡衣，以及昨天的內褲。她沒有刷牙也沒有梳頭。而且她真的需要一杯茶，並且吃點東西。

「我們要怎麼辦？」她說。

「妳想怎麼辦？」麥特聽起來很害怕。

好像她可以下決定，而她覺得有決定權的是他。不是嗎？

「妳想離婚嗎？」他說。

「你想離婚嗎？」

「我連分居都不想，克莉絲。我想要——我一直都只想要——我們能好好在一起。我不在乎這樣讓我聽起來很遜，但我希望我們能彌補這一切。拜託妳，不管發生什麼事，請不要為了他離開我。我不覺得我能承受。」

「我不會為他離開你。」這點克莉絲很確定。現在她只要想起隆，就一直浮現他跟奧利芙在一起的樣子，讓她覺得反胃。

「真的嗎？」

「當然是真的。」

「這是不是說……？」

麥特站起來走向沙發。他在她面前跪下。她可以看見他頭頂的頭皮，他掉了好多頭髮，現在看起來跟僧侶的地中海髮型一樣了。最近她每次看見他的禿頭，都充滿了厭惡。這是她無法忍耐丈夫的另一點。

然而現在，那些憤怒似乎都毫無意義。

他帶著她之前已經視而不見的愛意看著她。甚至在她背叛了他，傷害了他之後。他害怕她會主動捨棄他們的婚姻。

「我真的很抱歉。」她啜泣道。

他的臉垮了下來。

「所以就這樣了？」他問。

「不是，老天，不是。我是說我很抱歉，麥特，對不起我欺騙了你。我為自己做的事情感到抱歉。」

他搖頭。

「是我逼妳的。妳沒錯。」

「拜託，不要這樣。你不用這麼低姿態。我自己做了選擇。我不要離婚。」

「妳希望我們維持下去？」

克莉絲點點頭。她點得如此用力，腦漿都開始晃蕩了。

「我不能保證一切都會順利，但是我很高興我們開誠布公了。如果你也這麼覺得的話。」

他握住她的雙手，覆在自己臉上。她很驚訝，但是並沒有抽回手。

她讓他維持這個姿勢幾分鐘，然後突然想起來。

「麥特？」

「什麼？」

「你剛才說奧利芙變成我的敵人，也就變成了你的敵人的時候——你是什麼意思？」

隆

七號

床上沒有聲響也沒有動靜。這是丹恩比較安靜的時候，他沒有抽搐或是蠕動。他的眼睛亂轉，像是非常想跟他說話，但卻發不出聲音。

隆一向覺得這種時候最嚇人。他小時候總是抓住丹恩的手，然後焦急地問他，怎麼了？跟我說。我會幫你。但他的父母跟護士都會解釋，雖然他以為丹恩是被困在一具不肯合作的軀體裡，但實際上丹恩的腦子並沒有任何波動。一切都只是肌肉反應跟痙攣。

隆不相信。他無法相信。因為有時候丹恩會微笑。他對著隆微笑。你只有在開心的時候才會微笑，對吧？

隆伸手撫摸弟弟的手，他的皮膚跟絲綢一樣柔滑。

「我惹上一點麻煩了，兄弟，」他說，「女人。你知道的啦。我的致命傷。但這次我真的搞砸了。」

房門是開著的。一位夜班的女性志願工作者走過，相當於療養院的護理人員。她扭頭看見隆在跟躺在床上的丹恩說話，揚起眉毛，一言不發地走開了。

「我猜你也得應付這裡的女孩子吧，伙計。像那樣的人幫你擦身子的時候，你是怎麼忍住的啊？」隆對他眨眼。他喜歡這樣告訴自己。丹恩擁有最好的待遇。他不會覺得孤單或是被遺棄。

隆的父母說丹恩長得太大了，他們年紀已經不小，沒有力氣再照顧他的時候，隆完全無法理解。他覺得這是非常自私的行為。年長的父母不是常常照顧殘疾的孩子，直到他們成年嗎？為什麼他的爸媽不能？

其實他心中有很小的一部分也是明白的。特別是當醫生讓他坐下來，給他看丹恩的腦部掃描圖，解釋預期壽命（比任何人想像的都要久），指出二十四小時全天候照顧隆的弟弟，要花多少金錢和人力。

但他還是激烈反對，因為這樣才能減少他的罪惡感。父母都是廢物。你完全不能倚靠他們。沒了父母只有他挺身而出照顧弟弟。隆決定要代替爸媽照顧丹恩。他會為他奮戰。他只有時間照顧他，而不是自己的小孩。他跟本就不想要小孩拖累。

「我不想去坐牢。」他衝口而出。床上有了動靜。丹恩的手微微動了一下。隆伸手撫平弟弟的瀏海，拭去他唇上一絲銀色的唾液。

「如果我去坐牢，那什麼時候才能見到你，伙計？」

眼瞼後面微微顫動。

醫生會說，這不代表什麼。

這代表了一切，隆會說。

那個假護士回來了。

「萊恩先生，訪客時間結束了。」

隆沒有望向她，只是點點頭。他的眼睛是濕的，他不想讓任何人看到。

「當然。我明天再來。妳也要下班了嗎？」

他感覺，而不是看到，她討好的微笑。真神奇，他只是慣性地隨口一問而已。有時候甚至是不自覺地脫口而出。連他自己都覺得聽起來很假。然而那些女人全都會有所反應。至少有些人會。那就足夠了。

隆握了一下丹恩的手。

好好生活。這是隆身為丹恩的哥哥學到的教訓。替他們兩個人一起活下去。於是他轉身，這次朝護士眨眼。丹恩一定會笑得很開心。

法蘭克

法蘭克不確定自己為什麼這麼做，但他們開到警局停車場，艾瑪正要下車去開自己的車時，那句話就從他的嘴裡蹦出來。

「妳想去喝一杯嗎？」

艾瑪遲疑了一下，她半個人在車內，半個人在車外。

「哪裡？」

「我都可以。」

她抿住嘴唇。

「我家社區有一間酒吧。我可以開車回家停，然後去那裡喝一杯？」

「完美。」法蘭克說。

以前下班之後直接去酒吧是法蘭克的習慣。他並不缺乏朋友。法蘭克・巴西在同事中人緣很好。他是個很好的警探，喜歡自己的工作，對官場競爭沒有興趣的，很罕見的那種。

但你只要說幾次今晚不行，別人就不再來邀了。沒有人刻意孤立他。他即將退休，特意孤立了自己。他開始發現除去工作跟下班後必喝的那杯酒，同事就什麼也不是了。就只是工作伙伴。不是現實生活中的伙伴。他離開之後，他們就不會再見面了。反正他想見的一隻手都數得過來。

最好慢慢淡出，總比你得到退休禮物薪資結算表之後，才發現你犧牲一切幹了一輩子的工作只讓你孑然一身要好。

如果艾瑪覺得他在一起工作幾個月之後，才第一次突然邀她喝一杯有點奇怪，她也沒有表露出來。法蘭克半以為她會說她要回家找男朋友，或是有報告要寫。那些想升官的人總是有報告要寫。

可能他很孤單吧。家裡很安靜。鄰居不在，沒有人在樓梯上跑上跑下，沒有關門聲，沒有伊凡娜叫喊。

不管是什麼原因，這天晚上他只想有個人陪。

她穿著舒適的短跟鞋走向自己的車子，手裡拿著那個裝著鞋底上沾著死鳥殘骸鞋子的塑膠袋。

法蘭克把車打進倒檔。

✦

法蘭克並不怎麼喜歡那間酒吧。他並不恥於承認他喜歡以前夢娜稱之為「老頭酒吧」的地方。深色的木頭鑲板，年邁的酒保，電視上播著賽馬，你要一品脫的時候沒人問你是什麼意思。

艾瑪的酒吧裡有時髦的高腳凳、大窗戶、雞尾酒酒單，還有裝水的大玻璃碗，裡面漂著蠟燭。

酒保建議法蘭克試試他們的客製生啤酒，艾瑪要了一杯水果酒。他知道現在年輕人都喝這個。一杯賣九英鎊的氣泡糖水。經理從大盤商進貨一瓶十英鎊，可以倒個五杯。

法蘭克可以用公然搶劫罪逮捕酒吧老闆。

他應該替艾瑪買一瓶七喜汽水的。

如果再加上一包薯片，就真的能彰顯年齡代溝了。而他顯然已經不能提起這個話題。

「這裡不錯啊。」法蘭克說，朝空中舉起荒謬的高玻璃杯。

艾瑪哼了一聲。

「是啦，我相信一定跟你家附近的酒吧一樣。昨天晚上他們有現場爵士演奏。」

法蘭克掩飾不住自己的厭惡。

她再度笑起來。

「妳要不要打個電話給妳男朋友還是什麼的？」他說，「妳沒結婚，我說得對嗎？」

她點點頭。

「沒老公、沒男朋友。幾個月之前有個男朋友就是了。」

「他怎麼啦？」

「他是個混蛋。」

「呃，他們是怎麼說的？愛上一個混蛋然後發現你寧願單身比較好。」

她微微一笑。

「我聽說你太太的事了。」

「那是很久以前啦。」

「你沒想過要再婚？」

法蘭克搖頭。

「沒有。夢娜是我這輩子最愛的人。這對她之後的任何女人都不公平。她會活在夢娜的陰影裡。」

「蕾貝卡不在乎。」

「誰？」

「達芙妮・杜穆里埃？」

法蘭克再度搖頭。她說的這些女人是誰啊？

「那個達芙妮什麼的我好像聽過。」

艾瑪笑起來。「你沒考過中學畢業考試嗎？」

「我上學時不叫那個名字。我們只有石板跟算盤。還有用長戒尺打你的手玩的修士們。」

「美好的懷舊時光，是吧？知道有些事情我比你先進還是令人安慰的。」

「我確定很多我啥也不懂的事情妳都很會。妳把小狼那孩子掌握得死死的。」

「他只是讓我想起我弟弟而已。他會沒事的。至少賈斯汀沒事。但賈斯汀身邊的人都知道他的情況，他對別人也不隱瞞，所以大家都容忍他。你假裝沒事，才真的會出事。」

「就像大衛・瑟蘭凱那樣。」

「正是。」

「你覺得莉莉・瑟蘭凱有本事把奧利芙・柯林斯家的通風口都堵起來，然後破壞她的熱水器嗎？」

艾瑪用手指劃過酒杯邊緣。法蘭克注意到杯裡已經沒剩下多少了。這就是甜酒的毛病。太容易入口。法蘭克面前還有一加侖啤酒呢。他示意酒保加一杯水果酒。

「喔，謝謝，」艾瑪心不在焉地說。「她有動機這麼冷血地謀殺某人嗎？」

「殺人真的需要那麼多動機嗎？她馬上要升官了，奧利芙要揭她的底。她聽起來滿走投無路的。」

「也有道理。我不知道要怎麼回答你的問題。我覺得莉莉在生自己的氣，而不是氣她的鄰居。雖然她把氣出在鄰居身上。我覺得她不開心。」

「她跟她先生有問題。」法蘭克說。

艾瑪聳聳肩。「她的問題是他對她的看法。隨時隨地都要保持完美，一定累死人了。雖然我搞不懂她先生。他絕對是個控制狂。」

法蘭克把下巴擱在手背上。

「艾瑪，妳是不是在大學上過心理學課程什麼的？」

「是的。我確信我告訴過你。」

她說過嗎？法蘭克不記得了。很可能說過。有時候他會直接屏蔽她說的話。

他望向她。她似乎比平常更加放鬆。

接下來幾秒鐘，他腦中出現的聲音不是自己的，而是夢娜的。夢娜說這個女孩子很年輕，或許跟法蘭克在一起她會緊張。這可能就是她喋喋不休的原因。而或許法蘭克太過忽略她了。或許吧。

「總而言之，」艾瑪說，「我不覺得是莉莉．瑟蘭凱幹的另一個原因，是她揍了奧利芙一拳——要殺人的話她會是衝動型的。我可以想像莉莉一怒之下抓起一根撥火棒，把奧利芙打死。那個淑女崩潰了。而不是謹慎小心地破壞她的熱水器。而且她得自己一個人在廚房裡才能動手——你能想像在她們大吵一架之後，奧利芙會讓莉莉在她家裡自由行動嗎？我們知道沒人看見奧利芙離開谷地。我們也沒有在村裡或威克洛鎮上的監視器裡看見她的車子。所以我們只能假設她一直待在家裡。不管是誰破壞她的熱水器，都是計畫好的。非常善於謀劃。而且是她讓那些人進屋的。」

法蘭克點點頭。

「像是艾德．米勒？這對夫妻似乎把生活都計畫得一絲不苟。一次假期接另一次。」

「嗯。但問題又來了。就像愛莉森一樣，他們說奧利芙死的那天沒去過她家，是他們在說謊還是隆說看見他們是說謊？」

「好問題。」法蘭克說。「他們全都有所隱瞞。這我他媽的非常確定。但我們會不會太快排除了某個我們還沒碰到的人計畫謀殺她，那天下午就在她家裡？」

艾瑪聳聳肩。

「我不覺得。沒有任何證據顯示那個女人在這個世界上有朋友。她的名字今天上報了，新聞很快就傳遍了社交網路。到現在我們應該聽到某個人，任何人跳出來表示哀悼。而且那個地方有毒。她跟好幾個鄰居鬧翻了——瑟蘭凱家、達利家，還有隆．萊恩。我們還不知道其他人的情況，不管他們是不是有所隱瞞。如果那不是意外的話，有動機的人可多了。」

「總是這樣，不是嗎？」法蘭克說。

「怎樣？」

「關起門來，你永遠不知道裡面發生了什麼事。那些外表體面的上流社會人士，小學老師莉莉揍了她鄰居奧利芙一拳；退休的語言治療家跟一個花花公子有一腿，然後用照片搞事。從愛莉森那裡壓榨出的免費禮物，而後者跟女兒荷麗天曉得有什麼隱情。如果我們繼續查下去……」

「誰知道會發現什麼呢。」艾瑪說。

法蘭克陰鬱地微笑了一下。

「他們之中一定有人殺了她。諷刺的是，我趕打賭她有很多鄰居都希望她死。現在我們在查他們的隱私，他們跟彼此也都互相猜忌——我猜他們覺得以前還沒這麼糟糕呢。」

法蘭克舉起酒杯，望向窗外。停泊在碼頭的船隻輕輕搖晃，燈光在水面上投映出溫和的黃色閃爍光芒。

這不是他最喜歡的那種酒吧，但其實也不壞。

六號

艾德 & 艾米莉雅

很久以來艾德第一次在上床前量了血壓。血壓很高。比正常高。像是過去那些糟糕的日子，以前他壓力很大時一樣。

家庭會讓你這樣。看你一眼就能害死你。

很諷刺的是，跟艾德比起來，艾米莉雅非常健康。雖然他們四處旅行，近幾年來她越來越胖。她胃口很好，喜歡喝酒，天生的梨子體型和低下的新陳代謝無法對抗。但艾米莉雅沒有血壓問題。他們面對的一切她都能順利地解決。

奧利芙是個很有魅力的女人。雖然臉尖了一點。艾德總是這麼認為。他覺得她臉上的尖刻一定是滿腦子負面思想造成的。奧利芙對別人刻薄的程度遠超過她的自知。非常喜歡批判。艾德會這麼形容。

從另一方面來說，她也讓他想起艾米莉雅。奧利芙也會非常有效率的達成自己的目的。艾德常常幻想如果他跟奧利芙在一起而不是跟艾米莉雅，那生活會是什麼樣子？但那不會發生的。他跟艾米莉雅經歷過太多了。

「血壓又高了嗎，艾德？」

艾米莉雅從套間裡走出來，穿著淺藍色的睡袍，前面越來越難繫上了。

「一百四，九十。」他說。

艾米莉雅咋舌。

「躺下吧，」她說，「我替你按摩一下太陽穴，你什麼都不要想。聽到了嗎？特別不要想那個該天殺的蠢女人。」

艾德躺在妻子豐滿的大腿上，讓她按摩自己的太陽穴，試著不去聽她開始數落奧利芙．柯林斯，那個該天殺的蠢女人。

莉莉
二號

她得離開家裡。

莉莉站在前門，吸入新鮮的夜間空氣。

警察離開以後，她把一切都告訴了大衛。她吃了什麼。她買了什麼。

還有更糟的，喔，實在糟糕透頂。

她抽了什麼。

她父母都是肺癌死的，她送了終。她到底能多白痴？

大衛只是坐在那裡，搖著頭批判她。

最後她閉了嘴。她把自己累壞了。她是個騙子。她一直都默默地憎恨他，心想他是個偽善者。到頭來沒道德基準的人是自己。她根本沒有基準。

最大的諷刺是要奧利芙・柯林斯死了才能揭露這一切。

莉莉不確定是什麼原因讓她走向愛莉森・達利家。

她們年齡差不多。莉莉和愛莉森。但她們之間的對話僅止於禮貌的寒暄：今天天氣真不錯吧？妳家孩子還好嗎？荷麗怎樣了？妳有空該來店裡轉轉。

莉莉判定愛莉森是個精明的生意人，她們毫無共通之處。這簡直荒謬，看看她自己老公是做什麼的。

她再度從自己的象牙塔閣樓裡下了結論。

或許這就是莉莉走上愛莉森家的車道而不是喬治家的原因。她被想證明自己真的看錯了所有人跟所有事的自虐衝動驅使。

應門的是荷麗。她嘴裡都是食物，頭髮盤在頭頂，跟往常一般美麗。她才十七歲，已經令人目不轉睛。她正式進入社會之後，會讓所有男人拜倒在她石榴裙下。

「喔，我很抱歉——我打斷妳們晚餐了嗎？」莉莉問。

荷麗咀嚼了一下，慢慢吞嚥。

「沒有。我只是在吃三明治。妳要找我媽嗎？」

莉莉點點頭。荷麗奇怪地望著她。她當然覺得奇怪。莉莉見了什麼鬼要跑到她們家來找愛莉森？

「媽，」荷麗叫道。「隔壁的莉莉來了。」

幾秒鐘之後愛莉森在她肩後出現。

「呃——嗨，莉莉。」

荷麗顯然在不在乎跟很想知道她們的鄰居為什麼突然出現在門口之間掙扎。

愛莉森驚訝地僵在原地。

莉莉把重心從一腳移到另一腳。到了人家門口，她反而不知該說什麼。

荷麗揚起眉毛，走了進去。這太詭異了她受不了。

「我真是太沒禮貌了，」愛莉森說。「請進。」

能被請進門莉莉真是太感激了。她得阻止自己擁抱愛莉森。

她跟著主人走進廚房。荷麗一面洗盤子一面在電腦上看影片。

「喔，莉莉·梅一直想看這個。」莉莉指著螢幕說。

「真的？」荷麗說。「我覺得她看這個有點太小了。這是《漢娜的遺言》，講一個少女自殺的故事。」

愛莉森和莉莉意味深長地交換了視線。

「我不知道呢。」愛莉森對女兒說。

「放心，媽，這影集是警世的，不是教人自殺。」

愛莉森緊張地笑起來。

「我上樓去了。如果妳看見窗外有人掉下來，那不算什麼，OK？」荷麗說。

「哈哈。」

莉莉微笑。愛莉森和荷麗的互動如此自然。為什麼不呢？她們是母女。莉莉跟莉莉·梅不也應該這樣嗎？她女兒只有八歲，但莉莉有種可怕的感覺，她們永遠沒辦法如此自然地相處。「請坐，」愛莉森說。「還是妳坐客廳比較舒服？」

「這裡就很好。」莉莉說。

愛莉森還在仔細觀察她，彷彿她是一條離了水的魚。莉莉謹慎地回望。今早愛莉森看起來有點不一樣。她沒有化妝，黑髮披散在肩膀上。

不穿套裝不化妝，她看起來年輕了十歲。比較像二十來歲而不是三十好幾。她跟女兒可以姊妹相稱。

「我不知道妳，但現在是我的葡萄酒時間，」愛莉森說。「呃——妳喝酒嗎？」

以前的莉莉會寬容一笑然後說，我可以來薄荷茶，妳隨意。

現在的莉莉說：「不用找杯子了，把酒瓶跟吸管拿來就好。」

「這是哪種日子？」愛莉森微笑。

「是那種日子。」

「那我就不問要紅酒還是白酒了。」

「妳高興的話可以混在一起。」

愛莉森拿了兩個超級大的杯子，看起來一杯就可以裝一瓶。她從冰箱裡拿出一瓶已經開了的白酒，分兩個杯子倒完。

「還有的是。」她說。

莉莉沒有立刻回答。她像剛跑完馬拉松接過一杯水的人那樣猛灌酒。

「抱歉，」她放下酒杯時說。「我真的覺得我幾天前醒來發現自己是個酒鬼。我一直在努力彌補之前沒喝到的。」

愛莉森哼了一聲。

她在莉莉對面坐下。

她真的好嬌小。她讓莉莉覺得自己像個巨人。而莉莉只有五呎七吋（一七〇公分），還很瘦。

「妳不是酒鬼，」愛莉森說。「妳正在跟冰箱裡有葡萄酒水龍頭的女人說話。我覺得是這個星期的緣故。警方發現奧利芙那個樣子。我們都受到驚嚇了。」

「這還是保守的說法。」莉莉說。她又喝了一口。

兩個女人的視線在酒杯上方交會。

「但她是個討厭的女人。」莉莉說。

愛莉森的眼睛睜大了。

「喔，她真的是，愛莉森。我知道妳人太好了，不會看到別人的缺點，但相信我，奧利芙真的有惡劣的一面。」

「她很難應付，」愛莉森說。她灌了一口酒。「我一開始就該知道的。我從那家人──姓卡茲米斯？他們家的爸爸穆罕默德跟我說：小心妳隔壁那個種族歧視的女人。我跟她說我是博士，她就成天跟我抱怨她哪裡不舒服。」

莉莉笑起來

「我記得他。他們也不怎麼跟鄰居往來。他是歷史教授吧？所以她一聽到博士就以為是醫生，是因為他是中東人嗎？老實說，我沒感覺到她有種族歧視的傾向。至於黑人有多黑……」

「我知道。」愛莉森也笑了。「老實說，他是個菁英主義者，可能不太友善。我是說，他自稱博士，而不是教授；但是沒錯——他一定從她身上感受到什麼奇怪的氣氛。妳該聽聽荷麗在警察面前叫她什麼。」

「她叫她什麼？」

「跟『比』押韻。」

「哇。」莉莉說。「那個女孩真有膽子。我跟警方說了奧利芙和我算不上朋友。喔對了，我想她真正的朋友已經回來了——米勒夫妻。不久之前我看見他們開車回家了。」

「妳真的覺得奧利芙有朋友？」愛莉森問。「我覺得她是個非常孤單的女人。」

「妳這麼覺得嗎？」

「是的，」愛莉森皺起眉頭。「她總是試著跟每個人拉關係，但似乎從來沒成功過，不是嗎？我覺得，一開始她真的想跟我交朋友，但是她太用力了。她有種詭異的渴求，而且她很會編故事，妳知道嗎？她會跟你說她工作多出色，多受大家歡迎，但是……只有我去她家跟她往來。而且我們年紀差很多，十七歲。而且我想米勒家人比她大很多吧，是不是？」

「是的，但是那對夫妻也很古怪。」莉莉說。「他們令人毛骨悚然。」

「毛骨悚然！妳真的這麼覺得？」

「千真萬確。」

「好吧，我想警察應該也想跟他們聊聊，」愛莉森搖晃杯中的酒。「我確定他們在警方說她死掉的那天出門的。」

「我覺得妳可能說得對。總之，別提警察了。過去幾天來，我覺得我的生命像是被龍捲風掃過。有個鄰居死了，突然之間我們的世界都被放在顯微鏡下檢驗。我跟妳老實說吧——我和奧利芙起過衝突。」

「衝突？」愛莉森重複。

「是的。」莉莉點頭。「她的臉跟我的拳頭衝突了。」

「妳沒有！」

「我知道。我是重量級嬉皮莉莉。相信我，我平常並不暴力。她引出了我不好的一面。」

莉莉不明白為什麼，但她覺得她需要替自己辯解。愛莉森打量她的樣子像是突然提高了警覺。從今以後其他人會用什麼樣的眼光看莉莉？

「那是不對的，」她加上一句。「我不應該打她。」

愛莉森搖搖頭，毫不在意。

「妳告訴警察了？」她問。

「是的，我不得不說，小狼看見我了。」

「喔，糟糕，」愛莉森的眼睛瞪大了。「他們怎麼說？」

莉莉嘆了一口氣。

「沒說什麼，真的。他們覺得我抓狂了。但是大衛……」她舉起酒杯一飲而盡。

愛莉森站起來走向冰箱，拿了一瓶新的酒回來。

「妳的庫存真不是開玩笑的。」莉莉說。

「像葡萄酒這麼重要的事情我從不開玩笑。」

她斟滿了莉莉的酒杯。然後拿著酒瓶遲疑了一下。

「為什麼我們以前沒有聚過？我是說，就我們兩個？或是跟克莉絲？」

莉莉搖搖頭，她也找不到答案。

「我不知道。我真的應該這麼做的。我來這裡之前收到一封朋友的郵件。妳知道她明天要去做什麼嗎？她要去參加清晨快閃。她三十三歲，要早上六點起來在早餐前去跳廣場舞。愛莉森，聽好了，那裡可沒有酒喝。」

愛莉森假裝震驚地雙眸大睜。

「妳都跟什麼怪胎交朋友啊？」她說。

莉莉聳聳肩。

「我已經認識她一輩子了，就跟我大部分的朋友一樣。我從來沒發現這多麼讓人麻木。你無法改變別人對你的固有印象。如果你有什麼不一樣的舉止，他們會覺得你要不是精神崩潰，就是自以為與眾不同。你被框在一個盒子裡，而且應該要待在裡面。你知道最糟的地方是什麼？那個盒子是你在青春期的時候自己做的。你甚至不知道那是一個盒子。我開始明白為什麼那麼多人移民了。新的生活，新的開始。」

愛莉森鼓起面頰。

「哇，這好……深刻。妳說『你』指的是？」

「沒錯，是我自己。」莉莉舉起酒杯。「我叫莉莉・瑟蘭凱。我一敗塗地。」

愛莉森舉起自己的杯子跟莉莉碰杯。

「我們不都是嗎？」她說。

她們不好意思地朝對方微笑。

「我真的想放鬆我的頭髮。」莉莉說。

愛莉森的酒嗆到鼻子裡了。

「什麼？」

「放鬆我的頭髮。」她用手刷過自己的非洲頭，拉扯上了髮油造型的鬈髮。「這是你整理黑頭髮的一種方式。跟碧昂絲那樣？有些女人編辮子，或是編成大波浪，其他女人用燙髮劑放鬆鬈髮。就像反向燙髮。對頭皮非常不好。我是說，我喜歡我的頭髮，但有時候還是想要直髮。就是試試看。」

愛莉森皺起眉頭。她覺得很有意思。

「妳非常漂亮，莉莉。妳完全不需要改變妳的頭髮。但是如果妳想試試不同的髮型，有何不可呢？」

「因為大衛會覺得我看不起自己，會以為我想當白人。我改變髮型好升官發財。」莉莉攤手。「問題在於他不明白我這輩子都致力於以自己的膚色為榮，儘管聽起來像是我的處境比他艱難。他才是那個想跟白人靠攏的人。他為什麼要吃素？他的兄弟們聽到的時候幾乎從椅子上跌下來。」

愛莉森笑了。

「我確實覺得很奇怪——只是因為他那麼高大。我可以想像他啃掉大塊的肋排。」

莉莉嗤之以鼻。

「我告訴妳他可不是靠吃非洲芒果籽長這麼大的。妳知道他今天跟我說什麼嗎？他說他之所以開始吃素，是因為我們第一次約會時，他點了一份牛排，而我不肯看他。事實是我不好意思看他，因為我非常非常喜歡他。我說真的。」

「哇，」愛莉森看起來像是在思考。「妳應該到我店裡來。星期一吧。妳過來，我替妳搭配一些不是大花樣的衣服。我們替妳選一些低胸，短裙襬的剪裁。妳想要什麼都可以。然後妳可以隨妳高興換髮型。莉莉，不要讓男人決定妳該穿什麼衣服或是看起來是什麼樣子。妳想怎樣就怎樣。」

莉莉微笑。或許吧。

「我去弄點零嘴。」愛莉森說。在大碗裡裝了椒鹽脆餅跟洋芋片。

莉莉環顧廚房。裝潢是溫暖的乳白色。應有盡有的鄉間廚房，但是整齊清潔，沒有任何髒亂的地方。跟他們家不一樣。到處都是盆栽香草和一罐又一罐的草藥茶，冰箱上貼著孩子們的畫作，還有懸吊的風鈴和五顏六色的墊子。

愛莉森廚房並非沒有人氣，但她不需要努力維持門面。她不需要用裝飾試圖表達自己的生活方式。

牆上有照片。都是愛莉森和荷麗，大部分都是最近的，只除了一張胎兒的超音波掃描。「大衛替雙胞胎做了一本相簿，裡面都是這樣的東西。」莉莉說著指向相框。「他們的超音波，醫院的嬰兒手環。胎毛。妳知道啦，我以前曾經因為他們出生的時候自己不夠積極而充滿罪惡感，但現在我發現他們出生之後我很憂鬱。患了嚴重的憂鬱症。懷孕的過程非常痛苦，我診斷出妊娠毒血症，一切都沒有依照計畫進行。我完全亂了陣腳。事實就是這樣。」

「在妳憂鬱的時候，大衛在做藝術品跟手工藝？」

莉莉臉紅了。

「我猜我應該很感激他這麼做了。至少現在這是屬於雙胞胎的。荷麗有這樣的相簿嗎？」

愛莉森望向那張照片。她的表情帶著一絲悲傷和希冀。

「沒有。」她說。

「喔，至少她有超音波圖。」

「那不是荷麗。」愛莉森說。她的聲音有點奇怪，好像喉嚨裡哽了東西。

莉莉不知該如何回答。

「那是蘿絲。」

愛莉森舉起杯子喝酒。她臉上跟胸口已經泛起大塊紅暈。

「對不起，」莉莉說。「我不知道妳有別的孩子。她是不是……發生了什麼事？」

愛莉森瞪著她們中間的流理檯面。

「她不是我的孩子。是荷麗的。」

莉莉瞠目結舌。

「荷麗十四歲的時候懷孕了。不知道是哪個男孩子。她甚至不知道性行為是什麼。或者她知道，但是她不明白會有後果。我猜她只是想合群，因為她是蕾絲邊。她告訴我她喜歡女孩子，我完全不擔心。只不過，諷刺的是——我想知道這樣她是不是失去了擁有自己骨肉的機會。我想知道她的日子會有多難過。我以為現在比較開明了，應該會比以前好些，但我還是很擔心。總之，我沒有好好照顧她。我當時……上帝保佑她。她嚇壞了。我學到了教訓。我絕對不會讓她再那麼害怕了。絕對不會。不惜任何代價。」

空氣中充滿了痛苦的感覺。莉莉幾乎不敢呼吸。

愛莉森搖頭。

「我們盡量保密到最後一刻。那是她二十四週的超音波。她想知道是男孩還是女孩。她連名字都取好了。但是……」

「她失去了女兒。」莉莉說。可憐的，可憐的孩子。那麼年輕就得面對這一切。

愛莉森在她對面開始輕聲哭泣。

「她沒有失去蘿絲。」

莉莉用手壓住胸口。她的心臟在狂跳。她伸手握住愛莉森的手。

「有好多……有好多事我不能講，」愛莉森說。「我想講，我得講出來。但那是荷麗的決定。對不起，莉莉。我不是有意要這麼……神秘。」

莉莉搖頭。

「老天，沒關係的。請不要道歉。我們並不熟，愛莉森，妳不必跟我分享任何妳不想說的是情。但我很樂意跟妳聊天。等妳準備好的時候。老天，妳說得對，不是嗎？我們全都一團糟。有時候我們只需要提醒自己我們不孤單。」

愛莉森點點頭。她擦擦眼睛，瞪著酒杯。

「我得走了，」莉莉說。「打電話給我。白天跟晚上都可以，我會立刻過來。好嗎？保證妳會打電話給我？」

愛莉森回握莉莉的手。

「我以前試圖相信過其他人。奧利芙。結果沒有成功。但我覺得跟妳會不一樣。」

「我跟奧利芙不一樣，相信我。」

兩個女人望著對方。

然後，試探地微笑。

她們兩人的痛苦或許能結出某種正面的果實。

克莉絲
五號

他們發現肯姆躲在被子下用平板看恐怖電影。

「說真的，肯姆，這樣不行。」麥特從兒子手中拿過平板。「老天爺，這是什麼？《殺戮日》，妳聽過嗎，克莉絲？」

克莉絲搖頭。七吋螢幕上有個男人正殘暴地刺殺某個女人。

他們因為一整天都沒有照顧到兒子而感到內疚。結果比他們想像中更糟。

「老天，」她說，視線從螢幕上轉向十一歲的兒子。「肯姆，你怎麼能看到這個？你的Netflix鎖了，只能看兒童專區。」

在這一刻他們在樓下的對話不重要了。克莉絲和麥特為人父母。他們在設法解決婚姻問題的時候，他們的兒子卻在樓上看會嚇到大部分成人的十八禁影片。

「妳鎖了我的帳號，」他說，「不是妳自己的。」

「天殺的，你買平板給他的時候我就覺得你瘋了，麥特。」

「這不是我買給他的。」麥特說。

克莉絲搖頭，把平板關掉。在影片的血腥尖叫中她幾乎聽不清楚他在說什麼。

如果肯姆在看這種東西，那至少能解釋他為什麼打死那隻鳥。他們得立刻阻止他用平板。

克莉絲覺得好多了。她已經很久沒有覺得這麼好了。每個決定都讓她覺得自己慢慢得回了掌控權。

她和麥特決定結束晚上的對談，她沖了個澡，吃了他替她準備的吐司和茶，在此同時他發郵件到辦公室說他下星期起要休幾天假。

他們計畫要慢慢來，找個諮詢師。他們要上網找新房子。他們別無選擇，一定要搬家。但時機正好——他們的房子正開始增值。他們可以賣掉房子，搬到都柏林郊區，真的賺點錢，而且貸款還比較少。

這個前景讓麥特的肩膀明顯地鬆懈了不少，這讓克莉絲更難過。她不知道他的壓力這麼大。她只專注於自己的問題，沒有餘力管他。現在她後退一步，可以想像他為了維持他們這幾年的生活方式擔負了多少的壓力。老天爺，他們如此忽略彼此，真是太荒謬了。

他們分別坐在肯姆兩邊，他看起來非常害怕。

「肯姆，我們想跟你講一下隔壁的柯林斯女士。」麥特說。「昨天晚上你跟媽媽說她不是個好人——她是不是說了什麼，還是對你做了什麼我們應該知道的事情？」

肯姆輪流望著他們。

「沒有。她對我非常好。」

克莉絲從兒子頭上看著麥特。

「那你為什麼說——等一下，你說她對你很好是什麼意思？她做了什麼好事？」

肯姆聳聳肩。

「她給我東西。」

「什麼東西？」

肯姆不出聲。

「他可能是指餅乾糖果之類的，」麥特說。「這是你的意思，是不是，兒子？」

克莉絲知道不只是這樣。她瞭解肯姆。他有事情瞞著他們。

「麥特，幾分鐘前你說了什麼？」

「什麼？」

「你說……你沒有買平板給他？喂，你想去哪裡？」

肯姆試著溜下床。他的爸媽穩穩按住他的肩膀。

「我沒買，」麥特說。「他說是妳買的。」

他們都看著兒子。後者瞪著前方，試圖把自己縮小變不見。

「這是奧利芙給你的嗎？」克莉絲指著床頭櫃上面那個令人不悅的玩意。

「呃……」

「肯姆！你為什麼不告訴我？」

麥特搖頭。

「不對，克莉絲。問題應該是，她為什麼要給他平板？」

在那可怕的一瞬間，克莉絲考慮了最糟糕的可能性。

過去幾個月來肯姆脾氣很壞。他們的鄰居——一個她幾乎不認識的女人，每次她碰到她都覺得這人真是個奇葩——送禮物給她的兒子。

脾氣很壞。禮物。

奧利芙是不是對肯姆做了什麼不當的行為？克莉絲覺得心臟要停止了。

肯姆嘆了一口氣。

「我告訴她我看見她跟萊恩先生在一起，我知道她讓媽咪不開心，因為媽咪也喜歡萊恩先生。我要她不要惹媽咪生氣。我想要一台平板。」

克莉絲用手掩住嘴。然後她掩住眼睛。

她無法抬頭。她無法看著兒子或是丈夫。

她的孩子，她的寶貝，一直都知道她有婚外情。還知道她被人威脅。

所以他的脾氣才那麼壞。而她卻急著怪罪在別人頭上。

克莉絲簡直要羞愧而死了。

她感覺到麥特的手繞過肯姆，覆在她肩上。

「那都是真的，肯姆。」他說。克莉絲不知道他是怎麼辦到的。他的聲音聽起來很正常。平靜。充滿父愛。不像她那樣會滿是怒氣。她會連話都說不完整。

「你媽媽跟……那個男人是朋友。但是柯林斯女士誤會了。她對我們非常不友善。你要保護媽媽是好事，但換一台平板就沒那麼好了。你知道這叫做什麼嗎？」

肯姆瞥了他們一眼。

「呃……勒索？」

他怎麼知道這個詞的？克莉絲在心中哀號他是不是聽到她指責奧利芙了？

妳別想勒索我。

這是克莉絲最後一次去找奧利芙的時候跟她說的話。那時她再度跟隆上床，絕對不願意讓奧利芙有機可乘。

我家跟我的花園妳都不能來。我的家人妳不能碰。如果妳再管我的閒事，我會幹掉妳。妳明白嗎？幹掉妳。

場面非常難堪。

「對，這是勒索，」麥特說，「而且這不是遊戲。做這種事情會被警察抓走的。」

「警察要來了嗎？」

肯姆小聲說，他很害怕。

「沒有，他們不會來。但你絕對不能再做這種事了。明白嗎？」

「他們要來抓你嗎，爹地？」

克莉絲抬頭望著麥特。

「你為什麼這麼問？」他說。

「那天我看見你了。你對柯林斯女士大叫的時候。」

麥特的嘴圈成一個驚駭的「O」。

「什麼？」克莉絲說，她也合不攏嘴。「你告訴我你沒跟她說過話。」

麥特意有所指地瞥向肯姆。意思是，我們真的要在兒子面前討論這個嗎？

克莉絲皺眉。他們已經不該隱瞞了。

麥特嘆了一口氣。「沒什麼。我不想讓妳煩心，克莉絲。我叫她滾遠點。」他低頭望著肯姆。「但跟她吵架是我不對。我很抱歉被你聽到了。我也很抱歉讓你捲入這些大人的是非裡。警察不會來，我們也不用跟他們提這件事，好嗎？」

「我們要說謊嗎？」

「不，你不說出來就不是謊話。這跟柯林斯女士的死沒有關係。那是，我不知道，意外吧。這件事跟她沒關係。」

肯姆點點頭，然後轉向母親尋求確認。

克莉絲也點點頭。雖然她沒丈夫那麼肯定。

麥特在樓下為什麼說謊？他們其他的對話都那麼真誠。

肯姆仍舊滿懷期望地抬頭看著他們。

「我們還有事情要告訴你。」她說。現在還是暫時撇開這一點比較好。

「那些東西不是我偷的，小狼說他在他媽咪的衣櫃裡找到的，要我幫他藏起來。他說他爹地看見會生氣的。」

克莉絲和麥特一頭霧水，面面相覷。

肯姆下床走到五斗櫃前面，拉開最下面的抽屜，那裡整齊地疊放著他的冬衣，他伸手到裡面去掏出一包香菸。

「我沒有碰過，」他說，「香菸會讓你得癌症，你會死掉。我看了包裝上的說明。我只是替小狼藏起來，因為他說他不想讓他媽咪死掉。」

這包香菸好像比平板更讓肯姆驚慌。

「唉喲、唉喲、唉喲，」麥特說，站起來從兒子手裡拿過香菸。「看來——妳怎麼叫她的，討厭的大地之母？——跟我們凡人一樣也有秘密。」

克莉絲簡直難以置信。有妳的，莉莉。偷偷抽菸讓這個女人有了全新的一面。

「你藏的只有這些了？」麥特轉向肯姆說道。「衣櫃裡沒有屍體吧？」

肯姆搖頭。

「感謝老天。」麥特仍舊不肯迎上克莉絲的視線，這讓她不安。他是什麼時候去找奧利芙的？

「對了，另外一件事。」她丈夫繼續道，「我們考慮搬家。可能有其他小孩能跟你一起玩的地方。除非你願意，否則我們甚至不會開始討論。你願意嗎？如果我們搬家的話？」

肯姆臉上有無法掩飾的喜悅。

「我們什麼時候走？」他說。

他的爸媽都意外地微笑起來。

「很快了，」麥特說。「盡量快。我們離開這個地方，重新開始。」

奧利芙

四號

沒能跟莉莉或愛莉森或克莉絲交好我從來不怎麼在意。好吧，特別是克莉絲。

畢竟我有米勒夫妻。

所以失去艾德和艾米莉雅的友誼對我的打擊非常大。

那天在他們家碰到陌生人吵嚷，我並沒有多想。艾米莉雅來找我之後，我決定要把那個男人跟米勒夫妻都拋到腦後。他們不值得。反正當時我有其他的事情要忙。我注意到隆．萊恩又從隔壁出來，克莉絲還來找我叫我不要管閒事。這佔據了我大部分的思緒。

但在米勒家的爭執過了一週之後，我在村裡藥房取頭痛藥處方的時候，看見了那個陌生人的車子停在馬匹獵犬酒館前面，那個去米勒家的男人。

馬匹獵犬酒館也經營民宿，我發現如果那個陌生人跟艾德一樣，來自科克市的話，那他在本地租房間也是理所當然的。但他為什麼還在這裡？

我走過去。現在是午餐時刻，我可以吃一份沙拉和三明治，喝杯咖啡。何不去那裡呢？

我發現那個陌生人坐在酒吧裡，悶悶不樂地對著一杯啤酒。

他一開始沒興趣跟我說話。我跟他閒聊他都不理會。

保羅．米勒比他哥哥認知中要更加謹慎。

但他同時也喜歡喝酒，我在午餐後自己叫了琴通寧，又請了他一杯啤酒，他的態度就友善起來了。

我提起我住在凋零谷地時，他就有了興趣。

那天我們稍微聊了一下——他很緊張，而我試著克制好奇。我們聊得來，這讓事情稍微容易了些。我們同意下次再見面。

三號
荷麗＆愛莉森

「她走了嗎？妳的新朋友？」

荷麗下樓來，發現母親仍舊坐在早餐台旁，目光呆滯地吃椒鹽脆餅。她聽到大門關上的聲音，忍不住下來看看莉莉到底過來做什麼。據她所知，只有小狼和莉莉·梅來過達利家，他們的爸媽從沒來過。

更重要的是。荷麗想知道她母親跟莉莉說了什麼。最近愛莉森有些不對勁。

「嗨，」愛莉森說，「過來坐我旁邊。」

荷麗有點不自在地坐在高腳凳上。

「妳喝了幾杯？」她說，打量著酒杯。

「這才是第二杯！」

荷麗聳聳肩。「我覺得妳喝幾杯放輕鬆很好啊，媽咪。」

「妳真是太慷慨了。」

「妳知道我的意思。我只擔心妳不要太放鬆。在經過奧利芙事件之後。」

「這正是我要跟妳說的事。」

「妳沒全部都跟莉莉說了吧？」荷麗大驚失色。她母親不可能笨到犯兩次同樣的錯誤吧。

「沒有，荷麗。我沒有。但不能再這樣下去了。我們得告訴別人他對我們做了什麼。」

荷麗搖頭。

「不行，媽咪。我們不能。他會找到我們的。」

「荷麗，」愛莉森的聲音很堅定。比荷麗習慣的要堅強。「妳確定妳不希望我們告訴別人的原因是因為妳怕他會找到我們嗎？妳確定不是因為妳不想大聲說出來嗎？因為妳不想提到蘿絲嗎？」

荷麗聳聳肩。

蘿絲，一個漂亮寶寶的好聽名字。

她父親以前從沒打過她。她是他的小公主，他總是這麼跟她說的。荷麗看見母親身上的瘀傷聽到叫喊和暴力的聲音時，她知道自己能做的唯一一件事就是繼續扮演好孩子——她絕對不能做任何惹爸爸生氣的事情。

那隨著年紀增長越來越困難。十歲的時候，她可以大聲說出她鄙視他。只不過是埋在枕頭裡說的。十二歲時，她在足球場後面抽菸。十三歲她喝了第一罐蘋果酒。

她想跟母親說她父親做了什麼，但每次她一提，愛莉森就安撫她，摟著她，跟她說這不是荷麗該背負的十字架。愛莉森認為她是在保護荷麗，然而荷麗只想保護母親。

十三歲又八個月的時候，她喝了四罐水果酒醉了，跟凱文．羅賓森發生性關係。他比她大一歲，但他們倆都不真的知道自己在做什麼。他問她可不可以跟她試一試，她心情太惡劣了就沒拒絕，然後她的褲子就被拉到膝蓋下面，他貼身壓上來。第二天早上，她不知道到底發生了什麼事。是不是真的發生了。

她來潮才剛一年。

她母親立刻就發現了。她跟醫院和社委會幹事說她們處於家暴的狀態，不能讓荷麗的父親知道她懷孕。他們組織了一個支援小組幫忙。荷麗拒絕說出凱文的名字。她堅持他們是合意的，但她不想把他牽扯進來。要是他父母發現了，她們絕對沒辦法壓下這件事。

她父親終於發現她懷孕時——他是怎麼說的？他跟她媽一樣是個賤貨。荷麗記得他啐出這些字，充滿了輕蔑和厭惡。她一直都穿著寬鬆的上衣跟洋裝，她的肚子真的很小。他根本沒注意到。但那天她做了某件事，轉身還是後仰還是移動，他就看見了。他看出她懷孕了。

然後他結束了這一切。用他的靴子結束的。

二十七週。如此接近。

荷麗必須把孩子生下來。死胎。護士讓她跟愛莉森抱著那小小的女孩，像是幾秒鐘，但事實上是幾小時。然後自己還是個孩子的荷麗，必須讓她的孩子裝進盒子裡埋葬。甚至沒有呼吸過一口空氣。再也沒有人抱她。

當時荷麗對她父親的恨意非常純粹。她可以殺了他。他對她母親，以及她和蘿絲所做的一切，可以讓她一再殺死他，直到他成為地上的一灘爛泥。

但她什麼也不能做，因為她們必須逃亡。

或許她母親說得對。或許現在是停止躲藏，開始說話的時候了。

因為荷麗知道自己內心的怒火不健康。讓她腦子不清楚。讓她做出奇怪的事情。

奧利芙

四號

我總是很後悔跟三號的達利家關係惡化。我照顧愛莉森，我以為我可以保護荷麗。

我把自己的一切都告訴了愛莉森。然後她說了一點點她的事。有天晚上喝了一瓶酒之後她告訴我的。她似乎非常想有人能傾訴。

愛莉森說她逃離了她丈夫。

她說他們婚姻破裂了，然後她告訴我他是做什麼的。她說唯一能離開他的方法只有逃亡。然後她說他從未停止尋找她們。

她才剛說出口就開始退縮。好像她立刻後悔洩漏了她的秘密。

我替那個男人難過。某天早上回家發現你的妻子女兒都失蹤了，只是因為你們婚姻不順利？我是說，誰會不覺得這令人不安？

我的驚愕一定寫在臉上，所以她才立刻閉嘴不再說了。

我試著要幫助她，但她畏縮了。我以為我們可以成為朋友，但愛莉森顯然是那種喝了幾杯就開始多話，但第二天早上就羞於見人的那種人。

我對她越來越不滿。所以我一直去她店裡。只是要表達我的立場。她可能有點古怪，但我絕對沒有任何不當的舉止。我想知道她在隱瞞什麼。我發現愛莉森和荷麗都沒有臉書，也沒有推特或Instagram，這應該會立刻讓我覺得這家人不對勁的。我是說，愛莉森就算了，但哪個青少年不用社交軟體的？

她不停送東西給我的事實加深了我對她想操縱我的懷疑。她想收買我。這讓我更同情她的前夫。

但我錯估了達利家人。

我嚴重地錯估了米勒家人。

我碰見艾德的弟弟保羅之後幾天，我們再度見面。我到村裡圖書館去用電腦，他發簡訊說他回來了。他到處跑，試著找到他哥哥。事情並不順利。我覺得所以他才願意跟我聊天。我們在酒吧碰面。

保羅讓我想起隆。同樣曬成褐色的皮膚，好看的眼睛。老天爺，我到哪裡都看見隆的影子。

「我猜艾德完全沒跟妳提過他的出身。」保羅好奇地打量我。

「我要一杯咖啡。」我對酒保說。

「我跟艾德不熟，」我扯謊。「他只是我鄰居而已。」

「沒有人跟艾德熟。」保羅說。

然後他開始告訴我艾德是怎麼賺到這麼多錢的。那是個非常引人入勝的故事。

「我們有七個兄弟姊妹，」保羅說，「我們大部分人現在過得都還可以。女孩們都嫁人了。瑪莉嫁給一個金融交易員，搬去都柏林。珍在紐約工作。後來我幾個兄弟在科克市上班。我們發覺是艾德真的動手了，他賣掉一切走人──我們得去找其他工作。」

我用木頭小匙攪動咖啡。

「你們本來都一起做生意嗎？」

「差不多啦。我們在父親的農場上工作。我們家好幾代都務農為生。然後爸爸生病了。我們早該知道的。艾德跟艾米莉雅拚了老命飛快從都柏林趕過來陪他。自從艾德搬走之後我們幾乎沒見過他，瑪莉說她根本聯絡不上他。然後忽然之間他飛快趕回科克市了。妳知道嗎，他老婆在首都是個護士，所以他們照顧老爸似乎是理所當然的。我猜女孩們應該可以照顧他，但瑪莉的老公要上班，她有小孩。而那個時候珍已經去美國了。」

我覺得我開始明白米勒家發生了什麼事。這並不新鮮。一個兒子搬回家，遺囑突然就改了。這跟貪婪一樣古老。

「讓我猜猜，」我說，「令尊去世了，把一切都留給艾德。」

「兩百五十英畝的肥沃農地。妳知道嗎，我們沒有人想賣掉農場。我們會很樂意當股東，一起經營。但一切都落到艾德手裡。他把地賣給了開發商。賺了好幾百萬英鎊。那片地現在全是房子了。那一片漂亮的土地消失了。」

我搖頭。

「真是太糟糕了。你們一定很氣艾德。」

「喔，遠遠不只如此，奧利芙。妳不知道我哥哥跟他那邪惡的母牛老婆能做出什麼事。再來一杯咖啡嗎？」

我點點頭。

絕對沒問題。我沒有地方去，也沒跟任何人有約。

隆

七號

隆非常緊張。

員警當天下午做的筆錄基本上就是那天早上警探們過來的時候他說的那些。但當他從丹恩那裡回來，夜晚的時間一分一秒地過去，他無法擺脫一切都會暴露的感覺。

他摧毀了照片。擺脫了她的內褲。

警方知道他跟奧利芙上過床。他們知道他跟她吵過架。

他們不知道其他。

他到底是被什麼附身了？

老實說——他確實是被附身了。這就是問題所在。

那時候他已經知道那些照片是奧利芙的傑作。他一直在躲她，他無法相信自己。如果他看見她的臉，他沒法克制自己不揍她。

她以為自己是誰啊？

克莉絲特先打電話給他。他聽了電話留言。

「隆，是我，克莉絲特，你孩子的媽。我只是要你知道我收到你的照片了。我很高興你過得很好。所以貝琪需要裝牙套。牙醫說要花四千塊。既然你對養育她毫無貢獻，我想你應該可以付這筆帳單。我等著你回覆。」

他聽留言的時候緊張地笑起來。這個瘋女人在說什麼？

然後艾比跑到他公司來。接待處的女孩在重要的銷售會議中打電話上來，建議他在事態一發不可收拾前盡快滾下去。

隆到樓下的時候，艾比帶著嬰兒車跟一個大行李箱站在鋪著大理石的大廳中央。

「帶走他。」她把嬰兒車推向隆。

每個人都在看他。

「什麼？」

「你可以帶他走。他是你兒子。從現在起你照顧他。你不是一直都在照顧你弟弟嗎——這是你的孩子。」

「艾比，妳在說什麼？妳在這裡做什麼？」

「這些照片，隆。」她把照片塞進隆手裡，他迅速地翻看。看起來像是從時尚雜誌上剪下來的名人偷拍照。只不過照片上的名人是隆。

「你過著高大上的生活，我住在我爸媽家的小房間裡。你說你破產了。你說你一毛都沒有，你所有的錢都花在療養院上了。我去問過律師。我要你還我你欠我的所有錢。我會一直追到你還為止。」

她轉身朝大門走去，留下孩子跟行李箱。孩子睜著大眼睛望著隆，完全不知道發生了什麼事。隆去追她，接待處的女孩在他背後大叫不能把嬰兒車留在這裡。

「艾比，妳不能把他留在這裡。我在上班。聽著，我們可以討論。但孩子需要母親。」那個孩子適時大哭起來。她在旋轉門前遲疑著。隆很走運，艾比沒法真的拋棄自己的孩子。跟他不一樣。

這樣花隆一大筆錢。

好吧，沒錯，他並沒把所有收入都花在照顧丹恩上。他出了大約一半的費用，但重新裝修房子花了很多錢。真是浪費。

現在他想對自己好一點，花錢買好東西，過得舒服一點也有錯嗎？

隆日日夜夜都在想是誰這麼恨他做出這種事。最後，他得親自去找那些女孩們看照片。克莉絲特的照片洩漏了幕後黑手。

那是他在自己家裡的照片。唯一跟他一起在家裡久到能夠拍照片的人。其中一張照片甚至能看到她的外套掛在椅背上。

他不知道她為什麼要做這種事。但他知道他要她付出代價。

隆花了好幾星期計畫復仇。

然後有一天晚上他想到了。

如此甜美的復仇，讓他大笑出聲。

這個遊戲兩個人也可以玩。

他會給她好看。

奧利芙

四號

在我跟保羅在一起之後第一次碰到艾德和艾米莉雅的時候，我幾乎沒法正視他們。

我們上了床，艾德的弟弟和我。他是個很帥的男人，但真正的原因——至少在我這邊——是混合了幾杯琴通寧和咖啡，以及隆給我的傷害。所以我跟保羅回到他二星的旅館房間，那裡有過時的條紋窗簾，磨損的地毯跟被煙燻黃的天花板。床墊的彈簧發出尖叫，床單感覺十分粗糙。從頭到尾我跟年輕的愛人做的每一件事都讓我想哭。為了讓他再擁抱我一次，抹去我腦中他跟克莉絲·亨尼士的影像，我什麼都願意做。

保羅是個紳士，他用一個花了一輩子才燒開的水壺替我泡了茶，然後跟我一起坐在床上，我小心地刺探他在酒吧開始告訴我的事情。

「爸得了癌症，沒錯，他要死了。我們都很清楚。但他起碼還能活好幾個月，甚至一年。艾德會有足夠的時間讓他更改遺囑，然而他非常著急。他自己的老爸。他衝到他病床旁，把他跟家人隔絕，直到他把一切都留給艾德——然後你知道他幹了什麼嗎？——他謀殺了他。」

「什麼？」

我想我一直在等，因為談話內容的走向。但保羅在酒吧裡描述的方式讓我以為艾德跟艾米莉雅是疏於照顧。他們放任老人自生自滅。不是他們結束了他的生命。

我差一點就因為震驚而昏厥。

艾德和艾米莉雅，我的好友們。

艾德和艾米莉雅，殺人兇手。

「對，他們殺了他。有警方調查什麼的。負責的警探——他跟我說的。*我知道那兩個人幹了什麼*。但他們沒辦法證明。我們都沒辦法證明。奧利芙，妳隔壁住著兩個殺人兇手。」

他的故事讓我把隆拋到了腦後。

我一心只想著，必須有人懲罰那兩個人。

隆
七號

三月二號晚上他去找奧利芙的時候，一開始她對他很冷淡。他一直冷嘲熱諷說他避不見面故意忽略她。

他隨意扯了些什麼工作很忙壓力很大應付了她。甚至還提了一句前女友找他麻煩，看看她會不會上鉤。

那邪惡的母牛連眼睛都不眨。

隆吃了自己帶來的外賣，每一口都像石灰粉，喝的酒像硫酸一樣燒下他的喉嚨，他還一面笑著試圖哄那個女人。他屏蔽了所有的感情，使盡渾身解數用上所有討好女性的方式。

這很費力。現在他知道了奧利芙的真面目，就能看見她身上所有以前他沒注意或是不在乎的討人厭的地方。他看得出她的年紀。嘴角的皺紋。頸子上鬆垂的皮膚。呆滯的眼睛裡閃著不懷好意的光芒。

最後她終於開始放鬆下來。等他們喝完一瓶酒，她已經跟他一起笑了。兩瓶酒他們開始接吻。

他努力硬起來，笑著怪自己酒喝多了。

不過，總的來說，這是他最好的表現。

他開始幫她寬衣時，她想躺著。

他咋舌搖頭。

「不行，從後面來，」他說，「妳從後面看太性感了。」

一結束他就伸手拿手機，開始拍照。

她轉過頭，看見他在做什麼，笑容僵住了。

「我拍幾張在家庭相簿裡留念。」

她大叫起來，轉身驚恐地推開他。

「別這樣，隆。」她說。她仍舊不太確定發生了什麼事，不太確定他是不是在開玩笑。但她心裡某處已經知道了。有罪惡感的那處。

「好了，奧利芙，只是留個紀錄而已；我不知道妳是不是有任何前男友可以讓我寄這些照片去，」他說著站起來。他把手機放進一邊口袋，她的內褲則塞進另一邊口袋。他拉好拉鍊。「妳似乎沒有朋友跟情人。但這並不要緊。因為要是妳再拍我的照片寄給我的前女友，我就把這些照片在網路上公開，跟妳的內褲一起拍賣。當然，我可能會被逮捕；當然，我可能會坐牢。但能看見我揭露妳真面目時妳的表情——我願意賭一把。」

她第一個反應是撲向他。她抓他的長褲，想把手機拿出來。奧利芙很夠力，這點他承認。

但她力氣沒他大。

她發現自己打不過他，就開始哭泣。隆無法否認他覺得很糟糕。他不是個怪物。他並不打算跟任何人公開那些照片。隨之而來的麻煩不值得他這麼做。但她不可能知道的。

他得懲罰她。保護自己。

那天晚上，讓她明白他能做什麼，這很重要。

要是她還活著，他最終會告訴她這只是他們倆之間的事。或許她會告訴他她為什麼那麼做。或許他們甚至可能和好，但他很懷疑。

反正已經不重要了。她已經死了。

他警告她不要來煩他。

奧利芙總是知道要怎麼讓情勢更上層樓。

艾瑪

新的早晨。新的開始。

前一天晚上非常精采。

法蘭克竟然邀她去喝一杯，就已經打破了守則（他從沒給她看過的守則但顯然寫了一本）。然後她建議去她家附近超級時髦的海港酒吧時他的臉色。酒保傑森推薦法蘭克喝叛逆紅，艾瑪知道這是法蘭克第一次聽說這種麥酒。她以為他第一杯就會拒絕，改點健力士。

但是並不。他打一開頭就證明她錯了。

凌晨一點她得叫車送法蘭克回家。他們喝了六個小時酒。好吧，法蘭克喝了六小時。十一點之後艾瑪就只喝水了。她知道自己第二天得去辦公室，雖然第二天是星期日。她勸告法蘭克跟她一樣，但他堅持一直叫一口杯。

一口杯！

傑森幫她扶他上計程車。法蘭克離開酒吧時一直在唱佛利伍麥克[17]的〈鎖鍊〉。車子轉出停車場的時候，他們還能聽見歌聲從敞開的車窗傳來。

艾瑪要去接她的老闆。天色還早，但她很清醒，覺得輕鬆愉快。她把《謠言》這張專輯塞進CD播放器裡，〈夢想〉這首歌在她開車的時候從喇叭中流洩出來，大聲到淹沒了空調聲。

---

[17] 佛利伍麥克（Fleetwood Mac）：英美流行樂團，1967年成立於倫敦，曲風多變，成員也更換過數次。

愛莉森・達利九點鐘打電話來。她對於星期天一大早打電話來充滿歉意。艾瑪解釋在辦案期間警察是不休息的（雖然她本來打算早早結束工作，而且她猜法蘭克根本不打算做任何事）。

艾瑪要去接法蘭克，然後他們會去拜訪達利家。

法蘭克家位於六〇年代建造的那些佔地寬闊的中產階級化社區。街邊是三間臥室的連棟公寓，車道上能停一輛車，社區中央有一大塊綠地，供孩子們玩耍。

這些房子不是為現代通勤設計的，車子停得到處都是。現在沒有哪一戶人家是只有一輛車的。除了法蘭克，他目前沒有車。他的車還停在艾瑪家外面。

他上了車，警惕地瞥了她一眼，在副駕駛座上摸索，直到座椅往後滑動，讓他的腿有地方安放。

「妳什麼時候起床的？」他問。她小心地沿著狹窄的街道開出他的社區，避開到處亂停的車子。

「愛莉森打電話來之前。」

「以一個喝了一整晚酒的人來說，妳看起來容光煥發。」

艾瑪在後視鏡裡檢查口紅。她揉揉下巴。

「我沖了澡還刮了鬍子，法蘭克，」她開了個玩笑。「你應該試試看。」

「我能把腦袋從枕頭上抬起來就已經盡力了。我們昨天晚上喝的是什麼？」

「珊布卡。」

「什麼?」

「一種茴香酒。是你的主意。你喝了兩杯。然後又喝了我的兩杯。」

「老天,妳能轉小聲一點嗎?我的腦袋還在響。」

「我以為你喜歡佛利伍麥克。」

法蘭克瞪著窗外。

「我不記得跟妳說過這個。」

「你昨天晚上跟我說了很多。但我從你一直唱佛利伍的歌猜出你喜歡他們的。」

他有點尷尬地笑起來。

「《山崩》。」

「什麼?」

「那是我和夢娜結婚時跳舞的曲子。史蒂薇·妮克絲。」

「喔。」

艾瑪有點傷感地微笑。昨天晚上他聊了很多夢娜的事情,但沒有提到這個。法蘭克顯然還深愛著他的亡妻。

但他也提了一下法醫部門的雅米拉·隆德。艾瑪跟那位巴基斯坦女士不太熟,但她似乎人非常好。

法蘭克可以重新開始。這很難說的。

「你覺得她找我們有什麼事？」艾瑪問。「愛莉森？」

「希望是自白。她殺了奧利芙·柯林斯。結案。那個溫文爾雅的女生意人。你得注意這種人。」

艾瑪沒有說話。

✦

她慢慢開到凋零谷地，忍住要猛踩油門嚇死法蘭克的衝動，就跟他總是嚇她那樣。她不想冒著讓他吐在她車上的險。

谷地在週日上午的陽光下十分靜謐。愛莉森·達利請警探們喝咖啡，拿出一盤新鮮的甜點麵包。荷麗也在，穿著一件粉紅色的連身裝。她看起來不太一樣了，艾瑪心想，比較溫和。「警探們，非常感謝你們跑一趟，」愛莉森說。她的雙手不停扭絞。「你們真是太好了。我幫你們倒咖啡吧。要不要來一塊丹麥麵包？還是巧克力麵包？」

艾瑪接受了咖啡。法蘭克遲疑了一下，然後說他也可以喝一杯咖啡，濃的黑咖啡。

「妳不需要這樣的，」艾瑪說，「這樣招待我們。我們不是來幫妳的忙。這是我們的工作。」

「妳真是太客氣了，」法蘭克說，「我同事是想說這個。」

「當然，」艾瑪說。「那就是我的意思。」他幹嘛總是要糾正她的話？她得跟他好好談談。

愛莉森輪流望向他們，然後倒了咖啡。

「呃……好的。當然。只是，這個嘛，我有些事情要跟你們說。」

「妳請。」艾瑪說。

「我沒說全部的實話。」

「OK。」

「關於奧利芙．柯林斯。」

艾瑪點點頭。他們已經猜到了。

「妳要跟我們一起坐嗎，荷麗？」法蘭克問道。

荷麗看起來似乎隨時準備戰鬥。她母親懇求地望了她一眼。

「好吧，」她說，拉了第四張椅子在廚房中島旁坐下。

「所以，」艾瑪說，「妳跟奧利芙怎麼了？」

愛莉森深吸了一口氣。

「聽著，我不確定這能夠算得上是勒索。我真的不覺得奧利芙知道別人怎麼看她。她非常快就給別人下了定論，但卻非常沒有自覺。但是——好吧——奧利芙在店裡很過分。她一直去找我。去過一次之後，她開始拿起一些最便宜的小東西，然後開始說這件洋裝或那件上衣跟這個很搭配，但是她買不起。她臉皮真的非常厚。她從來沒有很明顯地說過什麼。從來不是交換條件。但我真的覺得必須給她點什麼，要不然她會……她會把我們的秘密告訴別人。」

「什麼秘密？」法蘭克問。

愛莉森看起來非常痛苦。

「我沒去上學，」荷麗插進來說。「我的意思是——我在家學習，但我不去學校。」

「OK。」法蘭克轉向艾瑪，她微微聳肩。

「妳十七歲了，荷麗，」她說。「這並不犯法。」

「我不能去學校。上次我去學校的時候，他找到我們了。我們搬到這裡來，遠離高威[18]，他還是找到我們了。我的名字不是荷麗。她也不叫做愛莉森。我們甚至不姓達利。」

法蘭克和艾瑪全神貫注起來。

「妳們在逃亡？」法蘭克問。

愛莉森點點頭。

「妳丈夫？」艾瑪說。

「是的。他……他非常暴力。已經很多年了。我都忍耐著。我以為荷麗不知道，但是……」

「我有點放飛。」荷麗說。「我喝酒、抽菸。我知道他怎麼對待她，這讓我有點不正常。我開始跟一些傢伙鬼混。我……」她深呼吸了一下。然後吸氣變成了一聲哽咽。

愛莉森摟住她的肩膀。

「她懷孕了。她將近七個月他才發現。我盡量攢錢，那很不容易，因為錢都被他拿去了。我在遇見他前得到倫敦設計學院的獎學金。我替一家頂尖的服飾品牌設計衣服。我賺很多錢。但還是花了好幾個月才存了私房錢準備逃走。我沒有近親。沒人會相信我。沒人能幫忙。你們不會相信我做了些什麼事。買便宜的麵包放在昂貴麵包店的紙袋裡。從大賣場買捲筒衛生紙，然後把塑膠外包裝燒掉。」

「這些我們以前也都見過。」法蘭克輕柔地說。

「是，我猜你們都見過。總之，這些都不重要。我們正要離開的時候，他發現了。一開始他什麼都沒有說。他等待著。那天晚上，他買了花和一瓶酒回家送我，說我們要慶祝。我說：『慶祝什麼？』他非常冷靜地坐在那裡說：『我們要當外公外婆啦。』他叫荷麗下樓，然後我明白了。我……」

「慢慢來。」艾瑪說。她覺得頭暈。腹中翻攪。

⓲ 高威（Galway）：位於愛爾蘭西部大西洋岸，愛爾蘭第六大城市。

「我大叫荷麗要她逃走。但他用酒瓶砸我的頭。我躺在地板上起不來，她不肯走。這是我的錯——她說的。我沒有照顧好她。」

愛莉森看著女兒。

「妳不肯走。」她說。艾瑪望著她溫柔地撫摸荷麗的面頰。荷麗的眼睛現在是乾的，但艾瑪從未見過如此心碎的神情。

愛莉森轉回來面對他們。

「荷麗尖叫要他別碰我。她大喊大叫不停罵他。這是她第一次真的看到他打我。他揍她的臉。她倒下之後，他踢她的肚子。」

艾瑪閉上眼睛。房間開始旋轉。她緊緊抓著櫃檯邊緣，指節都發白了。

這一切都太鮮明了。太……熟悉了。

但她知道這不是發生在她身上。這是別人的故事。她得振作起來。

法蘭克在說話。

「……太可怕了。我瞭解妳們為什麼要逃。有時候這是唯一的方法。我知道我不該這麼說，我應該要告訴妳們司法系統可以對付他，但可悲的現實是——」

「是的，但是那正是問題所在，不是嗎？」荷麗打斷他。艾瑪睜開眼睛。

她在荷麗臉上看見赤裸裸的憤怒，像是這個女孩要殺人。

「他幾乎把我母親打死了。他殺了我的寶寶。你們這些王八蛋不是不能做什麼，是你們不願意。很好，他丟了工作。但他還是你們的同伴，不是嗎？還是自家人。還是受到保護。他根本沒坐牢。他只得到緩刑。因為不管發生什麼事情，你們都不能送警察去坐牢，對吧？」

「荷麗，」愛莉森臉色慘白。

「他是個警察？」法蘭克說。

「他是個天殺的警察，」荷麗啐道。「我們得躲躲藏藏地過日子。媽咪本來可以經營國際服飾大品牌的，但現在她只能開幾家小店，以免他發現。我不能去上學。他現在還能坦坦蕩蕩地到處走。你們都是混蛋。你們所有人。」

她從椅子上跳下來，衝出房間。

「對不起，」愛莉森說。「抱歉，請給我五分鐘。她不想讓我告訴你們的。因為他是警察。只是……」

「沒問題。」法蘭克說。

他們聽見腳步聲跟隨著女兒憤怒的跺腳聲上樓，他轉向艾瑪。

「妳還好嗎？」他問。「妳臉色好蒼白。」

艾瑪點點頭。她覺得糟透了。她皮膚上都是冷汗，還開始心悸。

「很難受，不是嗎？」法蘭克說。「難以置信。我是說，我見過夠多的家暴，我相信她們說的是實話。但是是我們自己人幹的？簡直畜生。」

艾瑪沉默地點頭。

她面頰上的那道長疤開始發癢。她極力忍住不去撕裂它。她想到他的時候總有這種衝動。

她很幸運。太、太幸運了。

幾分鐘之後愛莉森回來了。

「對不起，」她再度道歉。「她不肯下樓。這對她是非常嚴重的創傷，這一切都是。後來我們離開了，但接下來我生病了。我精神崩潰。她得獨自處理很多事情。」

「我明白，」艾瑪說。「妳現在得去給那個女孩披一張羊毛毯。真的，愛莉森。這很重要。」

愛莉森訝異地望著艾瑪，然後點點頭。

「我知道。」

「所以妳跟奧利芙．柯林斯說了這些，她用來對妳施壓？」法蘭克問。

「沒有。這就是問題所在。我沒把一切都告訴她。我覺得這是我的錯。我要跟她說，但她似乎有一點——我該怎麼說呢——她太急著想知道我的私事了。我顯然必須非常小心。所以我就停下來不再說了。我想這惹毛了她。」

「還是說多了。」法蘭克搖著頭說。

「我知道。昨天晚上我告訴莉莉了。所以我才決定告訴你們。奧利芙好像跟我們幾個都有過不愉快，但我不知道我們誰跟她是好鄰居。我沒有殺她。但我想我還有應該告訴你們的事。」

愛莉森深吸一口氣。

「荷麗去找奧利芙吵了一架。奧利芙說如果她再去，就要報警。話說得很難聽，奧利芙自己也知道。過後不久她去店裡找我，告訴我發生了什麼。我們……有點爭執。」

「原來如此，」法蘭克說。「還有其他的嗎？」

愛莉森搖頭。

「如果他出現，妳們有所準備嗎？」艾瑪問。

愛莉森眨眨眼。她盯著艾瑪，她們之間有某種無言的交流。然後她垂下眼瞼。

「我們家裡跟外面都有警報器。顯然他得進我們家柵門，但假設他進來了，我們家的門窗日夜都上鎖的。我們倆也都學了防身術。」

「妳們可能都知道了，」艾瑪說，「別放任何他可以用來對付妳們的東西。不能有刀槍。準備一些隨手可以使用的，我建議防狼胡椒噴霧之類的。那是說，如果我不是警察的話，我會這樣告訴妳。妳願意跟我說他叫什麼名字，我去查他現在在幹什麼嗎？」

「我……」愛莉森似乎不知道該說什麼。

「考慮一下吧，」艾瑪說，「不要害怕尋求幫助。記住，把自己孤立起來只會讓妳們更容易受傷害。」

愛莉森點頭。

他們喝完咖啡，離開達利家，保證會保持聯繫。

走到花園裡時，法蘭克轉向艾瑪。

「妳對這方面非常瞭解。」他說。

「我不該瞭解嗎？」艾瑪。「我是個女警探，法蘭克。愛爾蘭被謀殺的女人裡有一半是被她們的伴侶殺害的。」

「我知道數字。妳只是顯得……我不知道。」

艾瑪一言不發。

「胡椒噴霧，」他繼續說，「完全不合法的胡椒噴霧。」

她搖搖頭。

「這個故事很長。現在不行，OK？」

法蘭克點點頭。

「當然。」

她沿著小徑走去。

「艾瑪，」他說。

她嘆了一口氣。

「什麼？」

「我只是想說，現在妳知道了我的佛利伍麥克秘密，如果妳想找人傾訴的話，我一直都在。」

她露出微笑。

「我會記住的。等一下，法蘭克。荷麗？」

荷麗打開門，正朝他們跑來。

她跑到他們身邊才開口。

「媽咪沒有殺奧利芙。」她說。

「OK。」法蘭克說。

「我也沒殺她。我知道媽咪說我去找她，但其實更糟。我威脅奧利芙。我跟她說如果她繼續煩我媽咪，我會宰了她。但我不是認真的。只是說說而已。我不會真的做這種事。我沒辦法。」

女孩驚慌萬分。

艾瑪抓住她的肩膀。

「荷麗，沒事的。鎮定。沒有人指控妳們任何罪名。」

荷麗點點頭。

「我知道你們認為有人殺了她。我只是想說，我覺得你們應該再去找喬治．里其蒙。」

法蘭克望向艾瑪。

「為什麼呢，荷麗？」他說。

「他跟奧利芙大吵了一架。我聽到他對她大喊大叫。媽咪覺得我很傻，但喬治聽起來真的像是要殺掉奧利芙。而且那是在你們說的時間段。我不知道是不是剛好在那一天，但反正差不多。二月底，三月初吧。」

「他跟她吵什麼？」法蘭克問。

荷麗搖頭。

「我不知道。但是他好像有什麼毛病。他……我看見他在看我。我不喜歡他看我的樣子。」

「荷麗，」艾瑪說。「這很重要。他們吵架是什麼時候？喬治在哪裡對奧利芙大喊大叫？」

荷麗聳聳肩。

「我不確定。很可能是她家前廊或者是花園裡。我沒有往外看，但我可以聽到他們的聲音。」

「OK，」艾瑪說。「聽著，我們會去找他。妳現在回去陪妳媽咪吧。」

荷麗點頭。

她離開以後艾瑪轉向法蘭克。

「你的宿醉能再撐過一次家訪，還是你需要解藥？」

「我好得不能再好了，」法蘭克說。「但讓我先打個電話。」

喬治

一號

他家電話響的時候，喬治沒有覺得煩躁，反而鬆了一口氣。這就像是上帝再度出手干預，一個想跟喬治說話的人，提醒他他仍舊跟這個宇宙有聯繫。他仍舊是個人類。

亞當保證這個星期會排出時間讓他來諮商，但或許，雖然今天是星期日，他仍舊會打電話來告訴喬治他有空了。喬治可以立刻就去。只要亞當願意他隨時都可以去。要是他能開始傾吐，重新獲得亞當賜與他的魔法力量就好了。那種成為正常人的力量。

但打電話來的不是亞當。是隆。而且他帶來了壞消息。

「她絕對是被謀殺的，伙計，」他告訴喬治。「我只是來提醒你一下。我說過了，他們把我當嫌犯。你知道這些混蛋的德行。你不會——你沒有跟奧利芙衝突過吧？」

喬治大為震驚。

「沒有，」喬治說謊。「我跟奧利芙處得很好。他們說她怎麼了嗎？」

「他們沒說。但他們讓我做了正式的筆錄，說我是最後一個看見她活著的人。之類的廢話。如果是意外死亡的話他們不會這麼幹的。我正在找律師。」

喬治掛了電話，拿出筆記型電腦。

立刻開始自慰。

艾德＆艾米莉雅

六號

艾米莉雅坐在樓上窗邊，往外看著對街。

艾德把茶杯放在她身邊的窗台上。

「他們回來了。」她說，朝那兩個警探點點頭，他們剛剛從達利家的花園出來。

艾德嘆了一口氣。所以他們回來了。

「這不表示什麼。」他說。「她死的那天我們離開了。所以呢？那只是巧合。要是他們覺得不知怎地應該負責的是我們，就不會在外面曬太陽跟鄰居聊天了。」

艾米莉雅怒視著他。

「你不會這麼想的，艾德。我也不會。你知道上次是什麼樣子。」

當然，她說得對。上次，那些警探在跟家裡所有人談過之後，傳喚了艾德跟艾米莉雅接受偵訊。

他的兄弟姊妹們的指控，真是顏面掃地。但艾德跟艾米莉雅說的是實話。

艾德的父親在週末的時候越來越虛弱。他們星期六晚上請來醫生。他替老艾德華診察了一陣子。他離開的時候，堅持艾德的父親必須絕對臥床休息，如果他吃不下東西的話，就要吊點滴。醫生給了艾米莉雅一些嗎啡，抑制他的疼痛。這一切都是當著老艾德華的面說的。

醫生走後艾德發現他父親似乎非常沮喪。即便醫生說他星期一會再來，那時艾德華應該就會好多了。醫院認為艾德華就算不能活一年，也還有好幾個月的時間。他並沒有立刻死亡的危險。

但艾德的父親開始說自己是個累贅，不想困在病床上度過餘生。

他們盡量安慰他，讓艾德華舒服一些。但他們還是很擔心，於是艾德跟艾米莉雅決定那天晚上輪流照顧他。

是的，艾德的弟弟保羅打電話來說他想來看父親。但在那個階段，他們的父親已經陷入他非常需要的平靜睡眠。所以艾德建議保羅星期一再來，那時候父親的狀況應該會改善。保羅跟艾德爭論。他們的父親之前試圖跟保羅聯絡，他想來看父親。

最後保羅同意不應該吵醒父親，等星期一醫生來的時候再來看他。

艾米莉雅告訴警方星期六晚上她值夜的時段睡著了。她醒來後震驚地發現自己睡著了，但看見艾德華仍舊在睡。她注意到他翻了身，背對著她。她拿起書繼續在燈光下閱讀。

又過了一小時，就在天快亮的時候，她決定叫醒艾德華吃點東西，並且檢查一下體徵數據。

艾德在隔壁臥房被尖叫吵醒。他跳下床跑過去，發現妻子跪在父親的床邊。老艾德華手臂上插著一個針筒，上面是一整瓶嗎啡。艾德和艾米莉雅跟警察說，他顯然是趁著艾米莉雅睡著的時候，拿了醫生留下來的藥物，給自己注射。

艾德華一直有糖尿病。沒有人懷疑他會不會用針筒。

更重要的是，他留下一張手寫的字條證明。字條在床另一邊的櫃子上。上面寫著：給我的孩子們，我很抱歉做了這種事。我別無選擇。請原諒我。

艾德立刻叫了救護車，艾米莉雅試著做心肺復甦。已經太遲了。

死因偵查庭上負責照顧老艾德華的醫生說，他發現病人那個週六「非常沮喪」。他認為米勒先生在過去幾個月以來情緒逐漸低落。艾德華表示因為臥病在床失去自主能力而感到抑鬱。

這整件事本來會被當成一個可怕的意外，直到艾德華的遺囑公開。他在死前兩星期更改了遺囑。新遺囑有一條附加說明，表示現在只有艾德跟艾米莉雅照顧他，所以他把房子跟農場都留給他們是正當的。他擔心如果讓大家平分，孩子們會爭奪管理權。他相信艾德能夠好好管理農場，大家都能保住工作。

艾德的弟妹們大為驚駭。

他兩個弟弟決定報警。負責初步調查自殺案的警探原本就有疑心。他跟除了艾德和艾米莉雅之外的所有家庭成員談過，他們全都背後插刀。他們說自從艾德搬回科克之後，他們夫妻就逐漸把父親孤立起來。艾德華越來越自閉，不願意跟家人見面。他同時在艾米莉雅開始當他的護士之後似乎惡化得更快了。

艾德和艾米莉雅反擊，表示他們接手照顧艾德華之後，其他的家人就直接放棄了自己的責任。他的弟弟們和妹妹瑪莉回到自己家，珍甚至在父親死前沒有從紐約回來看過他一次，覺得Skype視訊就可以了。最後只有艾德和艾米莉雅負責經營農場和照顧艾德華。

根據保羅的說法，他父親的自殺遺書，事實上是一封因為更改遺囑所以給其他孩子們道歉信的開頭。他懷疑艾德和艾米莉雅虐待艾德華，強迫他這麼做。然而負責更改遺囑的律師說，他的客戶更改遺囑的時候神智完全清醒，事實上心情還很好。老艾德華說，這是實際的作法。他明白試圖把農場分成七份，會引發混戰。

最後，雖然警方仍舊對這個案子有疑慮，並且開啟了專案調查，但並沒有足夠的證據證明那天晚上艾德華的病房裡發生了任何不當的舉動。

於是艾德繼承了一切。他有了錢，但失去了家庭。

事情不總是這樣嗎？

他和艾米莉雅現在一起坐在窗台上，瞪著外面的警探。

「奧利芙是個蠢女人，」艾米莉雅打破沉默說。「我從來就不喜歡她。」

「妳不喜歡她嗎？我以前覺得有她作伴挺不錯的。曾經覺得。」

艾米莉雅抿起嘴唇。她撫平膝上桃色條紋的裙子。

「她是討好你，艾德。她跟你打情罵俏。但她讓我起雞皮疙瘩。她想加入我們的生活。她說的那些自己一個人旅行，要是有旅伴一起會多好。那全都是要我們開口邀請她。我們沒有責任陪伴她。她沒有自己的家人不是我們的錯。她還胡說八道。」

「妳是什麼意思？」

「她總是掛在嘴上的那個假期。跟其他同事一起去的。她說她們好幾次邀她一起去，但她拒絕了，因為那不是她的菜。如果她說的話有任何可信度的話，那她絕對是個最糟糕的旅伴。你能想像那些女人會再邀她一起去任何地方嗎？我們也從來沒見過她們。」

艾德點點頭。艾米莉雅能看透別人。他父親死的時候她知道他的弟妹們會有什麼反應。她甚至料中了他們什麼時候會說什麼話。

「你跟我說的都是實話，對吧，艾德？」她說。「你過去的時候沒有打她或是做什麼蠢事吧？」

「沒有。我跟她說我們臨時決定出門旅行，但一等我們安定下來就會跟她聯絡。我還告訴她保羅是個惡毒的騙子。」

「你還說這次她可以來加入我們。」

「對，這些我都跟妳說過了，艾米莉雅。」

艾米莉雅搖搖頭。他知道她在想，她本來應該自己過去的，她會比較能看穿奧利芙的心思。

「好吧。我有很多衣服要洗。你把郵箱裡的東西都拿進來了嗎？你得幫我的忙，艾德，我沒辦法自己一個人做全部的事情。」

艾德嘆了一口氣。

「昨天晚上我忙著整理我們買的東西，艾米莉雅。今天我得去把車子搞好。有空我就會去拿郵件的。」

艾米莉雅咋舌。

為什麼她從來就不相信他？

然而艾德覺得自己把奧利芙應付得很好。這只是頭一樁。

他跟奧利芙說保羅來找他，說自己在威克洛的時候跟她聊過了，讓她簡直不知如何是好。

「我可以想像他跟妳說了什麼，」艾德說。「就是他以前一直跟別人說的那一套。這對我而言是個血淋淋的教訓，奧利芙。發現金錢會摧毀親情。我知道我不該抱怨。畢竟我成了非常富有的人。但我卻失去了手足。我實在無法理解，你愛的那些人能這麼恨你。」

她對他微笑，他以為自己說服她了。

然後她帶著那個有點傻氣的友善笑容，對他說了非常尖刻的話。

「但是艾德，你把農場賣掉的時候，有沒有想過要把利潤分給你的弟妹們呢？」

他試著維持不動聲色的樣子。

「一開始我覺得，就是因為這樣爸爸才把一切都留給我的。因為大家會爭遺產。他們吵起來的時候我確實想過要分，但那時我們的關係已經很壞了。太多傷人的話。無法挽回。」

「喔，當然，我瞭解。」

她不瞭解。

艾德和艾米莉雅離開凋零谷地正是時候。

他並不覺得警方會重新開始調查什麼的。他父親的案子已經結束了。

但是艾德不希望那些謠言跟著他們來威克洛。他們在這裡平靜地住了好幾年，無人打攪。他不知道保羅怎麼找上門來的，但他上次出現在都柏林的時候，惹起一片腥風血雨，艾德不得不給他好幾千英鎊打發他。

艾德知道勒索者的做法。你得不停地付出。他們永遠都不滿足。奧利芙也一樣。

艾德做了所有艾米莉雅建議他做的事。只除了一件。

他不能告訴妻子。

她會宰了他。

法蘭克

「我不想說明顯得閃瞎人的話，因為你是個警探，但你可知道今天是星期日吧？」

「我知道，雅米拉。我同時也知道如果這是其他任何實驗室，就不會有人接電話。妳是萬中選一，知道嗎？」

法蘭克隔著電話都能感覺到雅米拉臉紅了。

「如果你這麼忙著稱讚我，那一定是有所求。我能怎麼做你？」

「凋零谷地的DNA，妳比對出那些鄰居的了嗎？」

「我很想大喊大叫，告訴你我有多忙，等結果出來我會打電話給你，但事實上我已經比對出來了。我做了一小時。」

法蘭克對艾瑪微笑，她正無聊地站在瑟蘭凱家外面，等他講完電話。

「結果呢？」

「所有人幾乎都曾經去過她家。莉莉・瑟蘭凱、大衛・瑟蘭凱、愛莉森・達利、荷麗・達利、艾德・米勒、艾米莉雅・米勒、隆・萊恩——對了，精液是他的——喬治・里其蒙，還有……好吧，沒有亨尼士家的，但那並不代表什麼。還有些DNA無法辨識。可能是朋友的，或是快遞之類的人。你有新的樣本讓我測試的時候說一聲就好。我會放下一切立刻動手。」

「聽起來妳面面俱到啊，雅米拉。真厲害。所以這是屋裡所有的DNA，是吧？」

「要從花園裡採集會有點困難，法蘭克。」

「妳知道我的意思。不是從前門、窗框之類的地方吧？」

「不是，這些全都是屋內的樣本。我現在要開始比對指紋了，所以可能會有更多的訊息。我想我有些有意思的發現，但我要等確定了再說。」

「妳真會逗弄人。」

法蘭克謝過她，掛了電話。他扯扯鬍鬚，思索著新的資訊。

「怎樣？」艾瑪說。

「喬治．里其蒙說了謊。他說他從沒進過她家，雖然他有鑰匙。結果她家裡有他的DNA。」

艾瑪拍手。

「太好了，我們走。」

✦

喬治．里其蒙在家。

他小心翼翼地在門口迎接他們。

「呃，隆打過電話來，」他說。「他說你們覺得奧利芙可能出了什麼事。她不是自然死亡嗎？我是說，她真的是被謀殺的嗎？」

「她死於心臟病。」法蘭克說。「但是我們不知道是不是有問題。」

喬治眨眨眼，試圖釐清這是什麼意思。

「我們想跟你談談，喬治。因為你跟我們說你從沒去過奧利芙・柯林斯家裡。關於這點你想澄清嗎？從昨天你跟我們談過之後，是不是有想起什麼別的事情？」

「我……呃……」

「因為讓我們知道全部的事實永遠不會太晚，這並不會自動讓你變成嫌犯。然而騙我們的話——」

「我不是騙子。」

「你是不是忘記自己進過她家裡了？」

喬治臉紅了。

他坐在沙發上。法蘭克和艾瑪也坐下。

告解時間到。

「我不想跟你們說的。」

法蘭克傾身向前。

「告訴我們什麼？是不是你在三月三號見過她？」

「老天，不是。那是——我想是在那幾星期之前。我去找她。我只站在玄關，沒有直接進去。前門是開著的。」

「喔，這樣啊。所以現在你去過她家了。為什麼不告訴我們？」

「我……聽著，我過去跟她把話講清楚。她指責我——事實上做了錯事的人是她——我想跟她說清楚。」

法蘭克嘆氣。

「什麼事，喬治？你做了什麼，還是她做了什麼？她指責你什麼？」

喬治深吸一口氣。

「她在我不在家的時候擅自闖進我家，到處亂翻。她看到了一些東西，一些我羞於見人的東西。我有……我有種問題。我在看醫生，但是那些東西還在家裡。」

「怎樣的問題？」

喬治瞪著地板。

法蘭克突然之間就明白了。

喬治的父親是音樂界的大亨。性、毒品和搖滾樂。

奧利芙一定是找到了毒品。這就能解釋喬治為什麼一直都坐立不安。

「我明白你不願意承認某些非法的東西，」法蘭克說，「但我們不是來抓你的。假設，如果奧利芙看見一點大麻或者是……好吧，除非你在地下室搞海洛因實驗室，否則我們並不怎麼在乎。你明白我在說什麼嗎，喬治？我們不會因為你用毒品而逮捕你。我們唯一關心的是你是不是因此跟奧利芙起了爭執。」

喬治驚駭地望著他。

「並不違法。我不吸毒。老天，我希望我的問題是毒品就好了。」

法蘭克摸不著頭腦。還有什麼比吸毒更糟的？

喬治一直緊張地瞥著艾瑪。

法蘭克很快做了決定。她可以晚點把他的耳朵咬掉。

「不好意思，艾瑪，我快渴死了。妳能不能去廚房燒個開水？」

艾瑪皺起眉頭。他回瞪著她，帶著歉意但很堅定。

「好吧。」她說。她以最惡劣的態度離開了房間。

「謝了，」喬治說。「在女人面前提這個——她們不會明白的。」

「我並沒有比較明白你要說什麼，小伙子。」

喬治直直望著法蘭克的眼睛。

「我對色情上癮。」

法蘭克試著不笑出來。

「就這樣?難道我們不都是嗎?」

喬治搖頭。

「不是的,我是說,真的成癮。我可以坐在電腦前面十二個小時,自慰二十次。我自慰到那個都痛了。這表示我生活的其他方面全都一團糟。我不能工作。好吧,不能做跟電腦沾邊的工作,現在還不行。我不能交女朋友。有時候我甚至不能離開家裡。並不是只有我這樣。有很多男人跟我一樣。我發誓,我不是在開玩笑。」

法蘭克靠向椅背,揉揉下巴。喬治神色凝重。不管法蘭克怎麼想,他相信自己對色情上癮。

「所以奧利芙·柯林斯闖進你家,翻你的——什麼,雜誌嗎?——然後她自己清高無比,是吧?她跟你說了什麼讓你這麼生氣?」

「她……完全不是這樣的,但是——她指責我有戀童癖。」

法蘭克緊張地動了一下,身體往前傾。

「喬治,別跟我說謊。這很容易查證的。你家裡或者電腦上有未成年的女孩或者男孩的照片嗎?」

喬治呻吟出聲,把頭埋進手裡。

「沒有,我當然沒有。都是她自己想像出來的。」

「她為什麼要捏造事實？」

「我不知道。所以我才過去跟她講清楚。我告訴她如果她再闖進我家，我就要報警。」

「你只跟她說了這些？」

喬治咬住嘴唇。

「喬治？」

「不止。我有點失態。我威脅她。」

「威脅她什麼？」法蘭克問道。

「我說如果她跟鄰居提我的事……她就，呃，她就會後悔的。」

「唔。這一切都只是為了幾張色情圖片？」

喬治站起來。

「你要去哪裡？」法蘭克說。

「我得讓你看一些東西。」

法蘭克跟著喬治上樓。他聽見艾瑪在廚房裡不悅地敲鍋砸碗。她可能正在茶裡吐口水。

樓梯有兩段，通往一處寬闊的空間，地上鋪著奶油色的地毯，牆上有巨大的玻璃窗，兩端都有房間。

「我已經開始清理這些玩意，」喬治說，在其中一個房間前停下。「本來還有更多的。我花了一點時間才丟掉，因為，呃，你不會希望清潔隊員發現。」

他打開門。

法蘭克走進去。

法蘭克的弟弟是批頭四的鐵粉。他也有這樣一個房間——從地板到天花板的架子上塞滿了這個樂團所有的唱片、書籍、雜誌和蒐集品。一座獻給這四個人的博物館。

喬治有一座色情博物館。花花公子豪宅的儲藏室看起來可能就像這樣，法蘭克心想。一排又一排的成人DVD和雜誌。全部都整齊地排放收藏。甚至看起來還有某種規律。

「這只是有實體的部分，」喬治說，「現在有網路，甚至不需要這些玩意了。我好幾年沒有在網路上買過任何東西了。妳知道，他們說大部分青春期的男孩子甚至不知道女人有陰毛。他們覺得肛交完全正常。這就是現在色情資訊大量生產和標準化的結果。現實和幻想的界限模糊了。我們的腦子都受了影響。」

法蘭克說不出話來。他站在那裡，像條魚一樣張開嘴又閉上。

最後他振作起來。

「呃，對。好吧。我明白你為什麼不願意讓奧利芙·柯林斯看到這些。」

喬治鬱悶地點點頭。

「你有更進一步嗎，小伙子？」

「什麼？」

「除了威脅她之外？」

喬治搖頭。

「沒有。我發誓。我不會傷害女人。我知道色情片可能很暴力。讓你麻木。我想這就是我對她吼叫的原因。我覺得嚇唬她是OK的。但我看見她非常害怕，我就停止了。我發誓。」

喬治的眼神往旁邊瞟。法蘭克注意到了，試著評估這是什麼意思。喬治看見奧利芙害怕是不是很高興？他有沒有更進一步？

「OK，」法蘭克說。「你說你在接受這種——癮症的治療？怎樣的治療？」

「主要是心理諮商。顯然還有丟掉這所有東西。我正在努力。之前是有效的——在我跟奧利芙發生衝突之前。然後我又回到原點。但我要重新開始。」

「我明白了。那祝你好運。好了，我們最好在我搭檔跟人事部門告發我之前下樓去。」

法蘭克關上這間房間的門。他得克制自己不跟喬治提議他可以替他處理一些DVD。他覺得這不是個好主意。

他們走下樓梯，望著年輕人的後腦勺。看他的外表，你永遠想不到他在想些什麼。他看起來如此……和善。

喬治．里其蒙非常善於隱藏。

艾瑪

艾瑪對法蘭克不滿。

他甚至沒有假裝喝他藉口支開她去泡的茶。

她憤怒地在他前面走下花園小徑，一路不停一直走到自己的車子旁邊。

「真的嗎，法蘭克？」他在她身邊停下時她怒道。「茶？你知道嗎，我本來開始喜歡你了。」

「開始喜歡我？我以為我是妳的英雄。」

「非常好笑。是的，開始。我想這叫做斯德哥爾摩症候群。」

「妳對我有什麼毛病？」法蘭克問。

「我對你有什麼毛病？有毛病的難道不是你嗎？你知道嗎，我們把話攤開來說，法蘭克。妳覺得我能有今天的職位是因為我是個漂亮的年輕女子，我符合所有政治正確的選項，是不是？我是說，如果你把我當成同輩尊重，就不會在嫌犯面前叫我去泡茶。但你完全不知道，法蘭克。你完全不知道我經歷了什麼，我得多努力。我在這次調查中注意到你忽略的線索，這是你自己說的。」

「艾瑪，我能有機會說句話嗎？妳可以先上車嗎？」

「我會上車，這是因為我自己想上車，不是你叫我上車我才上。」

法蘭克聳聳肩，繞過去到另一邊上車。她聽見他嘟噥著：「只要妳上這該天殺的車就行了。」這並沒有讓她的心情比較好。

「現在。」他關上副駕駛座的門，她砰然關上她那邊的門時他說。

艾瑪瞪著擋風玻璃前方，拒絕看他。

法蘭克嘆了一口氣。

「艾瑪，別跟我說妳沒發現在那裡的時候他想單獨跟我說話。他說他是色情上癮的患者。他不好意思在妳面前說。妳是個年輕漂亮的女人。而且說老實話，妳確實有說話不經過大腦的傾向。很可能只要一提到他的老二，妳就會用公然猥褻罪逮捕他。」

艾瑪臉紅了。

「我說話有經過大腦。」

「我不覺得妳是故意的。但我的確認為有時候妳不真的明白自己說話是什麼腔調。」

「這太誇張了，新時代好男人。你覺得自己是極度有自覺的代表人物嗎？我說的每一句話你都誤會了意思。」

法蘭克嘆氣。

「或許我們倆都有一點吧。重點是，我剛才並不是要讓妳難堪。如果那是敏感的女性話題，我會自己迴避，用不著人家請我出去。」

艾瑪沉默了一分鐘。這倒是真的。

「他是嗎？」她問。

「色情上癮的患者？」

「他家裡的收藏真的不少。我不知道有色情上癮這種病，如果這真的存在的話，我想喬治的確是的。」

「這很流行呢。他們說這是現在尋求諮商治療的人裡面最嚴重的癮症。我不相信你不知道。我也不相信我沒從他身上看出來。」

他們倆都沉默了一會兒。然後法蘭克吐出一口氣。

「如果我對妳不公平，我道歉。」他說。

「沒有如果，」她怒道。「下次要茶你自己去泡。」

「不只是在他家。是總的來說。艾瑪，妳一定已經知道我差不多要完蛋了。我很累。我想退出。妳是新浪潮。妳有旺盛精力。我只想把工作做完，拍拍屁股回家。妳想要升遷、讚美和獎勵。我們不適合搭檔。我知道我是個惹人厭的老頭子，但不是針對妳個人的。」

「你怎麼知道我想要那些？」

「什麼？」

「升遷、讚美和獎勵。」

「這個嘛，看妳來上班的樣子就知道。化妝之類的。」

艾瑪嗤之以鼻。

「你以為我費力化的妝是因為我想升官？因為我是胸大無腦的辣妹？」

「我沒有說妳胸大無腦。」

艾瑪伸手越過他打開前座的置物箱。她拿出一包濕紙巾，拉出最上面那張。

她用力擦拭，扔了一張又一張，在腿上堆成一個棕色的小丘。

然後她轉頭面對法蘭克。

他看見那道從她的面頰延伸到下巴底下的傷痕，震驚得無以名狀。

「老天，艾瑪，我從來沒注意到。」

「你本來就不應該注意到，所以我才這麼費功夫。當然，我想升官。你知道我一個月要用掉多少遮瑕粉底嗎？我在化妝品上花的錢快等於第二份房屋貸款了。」

法蘭克搖頭。

「發生了什麼事？是不是……我們在聽達利家的經歷時……」

艾瑪嘆了一口氣。

她拉下遮陽板，掀起鏡子，把手伸進包裡拿粉底。她只擦了臉頰，並不需要重新上眼妝或唇彩。當然，改變膚色的問題在於你必須同時增加其他所有化妝品，否則看起來就像沒有眉毛、睫毛或嘴唇一樣。這是一個惡性循環。

她感覺到法蘭克的手放在她手臂上，停下了動作。

「妳不用塗這些玩意。」

艾瑪轉過頭，不讓他看見自己眼中浮現的淚光。

「拜託，法蘭克，」她說，「別這麼好心。不要在我生你的氣的時候。」

她轉回望向鏡子，一面說話一面把粉底以畫圈的方式按摩到臉上。

「是我前男友。我發現他的佔有欲太強之後，就跟他分手了。是我自己笨。看在老天的份上，那時候我已經在上警察學校了——你會覺得就算別人看不出來，我也早該看出徵兆。他從來不願意跟我的朋友們一起出去；就算一起去了他也悶悶不樂一言不發。但我們兩個在一起的時候，他非常有趣，對我非常照顧非常好。一開始我覺得他是害羞吧。他很聰明的。但後來越來越嚴重。他開始抱怨我自己出門。然後質問我在做什麼，跟誰在一起。然後——媽的，你不用聽這些。你知道會怎麼發展。」

「還是告訴我吧。」法蘭克說。

她斜瞥了他一眼。

「我簡單說說。我們當情侶過的最後一個週末，吵了一架，我不肯跟他說話自己去睡覺了。我知道我要跟他分手。我猜他睡在沙發上吧。但他半夜進來了。我醒來，他試著……你知道啦。

我能對付他。我踢他的要害。他咒罵抓狂，特別是我說嚴格來說他的作為是強姦未遂。然後我說我們結束了，他就哭起來。我把他趕出去。他走了我鬆了一口氣。我只想把這一切拋到腦後。」

「但是他並沒有走，對吧？」

「沒有。那個時候我們住在西邊，那是我第一個派遣的地方。他開始成天到我家來，拚命敲門按鈴。

「長官們人非常好。他們讓我調職回家，我回去跟爸媽一起住。我想他不會跟我到那裡去。我猜對了，至少對了一陣子。我甚至開始跟別人交往。一個叫做葛雷姆的傢伙。我們開始同居。最後發現他是個徹頭徹尾的蠢貨，但你知道，我能重新開始是件好事。總之最後發現那個混蛋在跟蹤我。我完全沒發覺。有天晚上他跟蹤我回我爸媽家。他們不在，所以他知道我自己一個人。他闖進來，用刀劃我的臉，跟我說他要殺了我。他打到我失去知覺。」

她非常實事求是地敘述。諮商給了她力量這麼做。並不是說她不受影響。她只是不需要每次告訴一個人就開始滔滔不絕。她把淚水留到晚上自己一個人的時候——當她渾身冷汗地縮在床上驚醒，然後必須起來檢查所有門窗是否鎖好的時候。雖然她的公寓在六樓。

「我爸媽在那之後必須賣掉房子。他們說知道我在自己房間裡發生這種事，他們沒辦法再住在那裡了。那是我們的老家，他們結婚之後一直住在那裡。他毀掉的不只是我的臉而已。」

車裡一片沉寂。

艾瑪等了一分鐘，然後轉向法蘭克。

他抓著儀表板，臉色鐵青。

「所以沒錯，我瞭解達利家的人經歷過什麼。」

法蘭克搖搖頭。

「對不起，我不知道。」

艾瑪聳聳肩。

「幹嘛要昭告天下？這並不會讓我變成一個比較好的員警。反而可能讓我顯得有點差勁。誰會信任一個甚至不能保護自己的人？」

「他現在在哪裡？」

「監牢裡。我有時候會去。」

「妳去看他？」

「你瘋了嗎？我去看獄警。並且不化妝。」

法蘭克臉上的血色恢復了一些。

「好女孩。」他說。「有什麼我能……？」

艾瑪舉起手。

「我真的不能再說下去了，法蘭克。那已經過去了。我每天都遮掩住傷痕以免想起來。或許有一天我會覺得不需要遮掩，但現在還需要。嘿，那邊在幹什麼？」

她側過身讓法蘭克看向車窗外面。

麥特．亨尼士走上隆．萊恩的車道，正像屋子著火似地猛敲門。

兩個警探在隆開門時下車。他們過街時兩人開始大吼大叫，走進花園的時候麥特揮出了第一拳。

「哇！」法蘭克叫道，快步跑過去。麥特勒住隆的頸子，正試圖再揍他的臉一拳。隆則想掙脫麥特，伸手亂抓——剛好抓到麥特的褲子。他的褲子快被扯下來了。

艾瑪在花園中停下腳步。這讓法蘭克解決。她絕對不會參與這場肢體衝突。她不擔心麥特跟隆的人身安全。一開始那一拳或許會痛，但現在這是兩個中年男人打架。他們倆對自己造成的傷害比對彼此的傷害多。隆的臉紅得像是得了疝氣。

克莉絲．亨尼士出現在艾瑪身邊。她還穿著拖鞋，就驚慌地從家裡跑出來，但她停下來讓雙手垂在身側。

「老天爺，」她說，「看看他們。」

艾瑪試著保持嚴肅不笑出來。

法蘭克設法把麥特從隆身上拉開。後者掙脫束縛之後握著拳頭在原地蹦跳。

「到我家來找我麻煩，」他大叫，「我要讓你好看。」

「在我家裡追我老婆，無恥的畜生，我要幹掉你。」

艾瑪挑起一邊眉毛轉向克莉絲。

「我真他媽的丟死人了。」克莉絲喃喃道。

「喂！」法蘭克大叫。他戳著麥特的胸口。「走吧。如果你不走，我就得逮捕你。別讓他得意。」

「我要你逮捕他！他攻擊我！」

現在法蘭克把手放在隆胸前。

「在我看來，你們兩個互相攻擊。到此為止，好嗎？一個已經在謀殺案調查作過證的人突然又跟鄰居起衝突，事情會有點難辦——不管是誰先動手都一樣。」

隆瞪著法蘭克。

「如果他再來敲我的門……」

「我就會帶逮捕令去找他。」

「很好。你聽見了嗎，矮冬瓜？逮捕令。」

麥特試圖繞過法蘭克。

「進屋去！」法蘭克對隆吼道。

後者聽話進去，用力甩上門。

克莉絲走向丈夫。艾瑪屏住氣息，看著那個女人握住丈夫的手，檢查他瘀傷的指節。

「我建議妳帶著白馬王子回家。」法蘭克說。

「謝謝你，警探。」克莉絲說，拉著丈夫的手臂。

「對不起，我非這麼幹不可，克莉絲，」麥特挺起胸膛。「我要把他揍扁的。警察來了是碰巧。下次他就沒有這麼走運了。」

艾瑪和法蘭克望著他們走開。

「凋零谷地之戰，」法蘭克說。「麥特．亨尼士發現妻子名節受損，得動員十個人才能制止他。」

艾瑪微笑。

「我從來不知道你是個這麼惡劣的警察，」她說，「你最好希望隆不要改變主意，告他人身攻擊。」

「是啦，是啦，我確信麥特可以反告隆損毀他的褲子。妳知道可笑的地方是什麼嗎？」

「什麼？」

「妳剛剛才告訴我有一個暴力的跟蹤者跟了妳好幾年；而我太太淹死在水溝裡——但我相信我們都並不想跟這裡的任何人交換位置。這不就很清楚了嗎？金錢並不能買到一切。」

「沒錯。」艾瑪把頭傾向一邊。

「等一下，是誰啊？」

法蘭克抽出手機。

「雅米拉？」他接起電話。「嗯。是嗎？不，我不覺得。荷麗，是啦，但是她十七歲了。好。我們會的。我會讓員警現在過去。謝啦。」

艾瑪等他掛掉電話。

「怎樣？」

「是雅米拉。」

「我猜到了。」

「她在比對指紋。連接熱水器的管子被擦乾淨了，但是她在前方採集到指紋。其中一個是奧利芙的。」法蘭克吞嚥了一下。

「然後呢？」艾瑪看得出這很重要。

「她還找到另外一個部分指紋。她本來認為可能也是奧利芙的，但現在說不是。」

「那是誰的？」

「她不知道。但是她說指紋很小。」

「那是什麼……？喔。」

他們正站在瑟蘭凱家對面。

他們倆都沉默了一會兒。

「或許是肯姆的？」法蘭克說。

艾瑪點點頭。然而她不這麼認為。他們應該已經採取過肯姆的指紋，跟信箱上面的比對。要是屋裡有小孩的指紋——那很有可能是小狼的。

莉莉＆大衛

二號

「警察在門口。」

大衛不理她。他坐在後門台階上，瞪著遠方。莉莉今天早上起床時就發現他在這裡，而他似乎沒有動彈過。他已經跟台階成為一體了。

「大衛，我說警察在門口。」

「我聽見了。妳想要我怎樣？妳揍了別人嗎？」

「你知道嗎，大衛，你可能覺得自己很了不起，因為你跟那兩位警探說奧利芙可能死掉的那天晚上我跟你在一起，但是別忘了，我知道我自己在家。這樣問題就來了——你在哪裡？或許門口的警察想問你這個。」

大衛緊張地瞥向她。莉莉嘆了一口氣。

「他想採集孩子們的指紋。」

大衛跳起來。「妳說什麼？」

她跟著他沿著走廊來到前門。

「這是要幹什麼，警察先生？」大衛問。

「只是例行公事，」那個年輕人說。他穿著制服，一手拿著警帽，另一隻手臂腋下夾著一個大盒子。「我們採了你們和你們鄰居的DNA樣本和指紋，但我們也想採集孩子們的資料。這樣就可以排除他們。我這裡有工具，他們不用去警察局。」

「排除他們什麼？我們告訴過你們小狼和莉莉·梅去過奧利芙·柯林斯家。」

警員面無表情地看著大衛。

「是的，我們知道。所以我們才需要排除他們。」

「或許我們應該……」莉莉開言道。

大衛舉手制止她。莉莉扭過頭。這實在太粗魯了。

突然之間，烏雲盡散。一切都非常清晰，恍若白晝。

沒錯，最近她確實經歷了某種自我認知危機。甚至可以稱之為精神崩潰。但她難道不應該跟大衛坦白嗎？告訴他她覺得自己要發瘋了？

然而她卻像個青少年一樣偷偷摸摸鬼鬼祟祟。

為什麼呢？

她不想跟大衛坦白，會不會是因為覺得，就有一點點覺得，他太該死地假正經了？他們認識的時候她並沒有批評他的生活方式。她很喜歡他們之間的差異。要變得更像她——那是他的主意，不是莉莉的。

他套用了她的生活方式，將之轉變成讓他覺得自己高所有人一等的東西。他並不是嬉皮。他跟嬉皮八竿子打不著，簡直可笑。這只是他的嗜好，他要做得比任何人都好，因為這就是他的本事。這個嗜好他們倆都必須非常擅長，因為他已經讓她加入了自己的隊伍，而他的隊伍永遠都是贏家。沒有人能跟他們挑戰。

大衛有非常敏銳的直覺。

莉莉往前走去。

「請原諒我先生無禮，」她說，「警員，請進。我叫雙胞胎下來。」

荷麗＆愛莉森

三號

她拒絕跟母親說話。

荷麗確信她們要完蛋了。那個女警探，她——荷麗不太確定到底是怎樣，但她似乎理解她們的處境——但那個老男人是隻恐龍。他或許不會故意洩漏她們的秘密，但她可以想像他在酒館裡跟同事們說他如何碰到兩個在躲警察的瘋女人。

這樣就夠了。她父親有本事聽到別的大陸上的閒話，更別說郡裡了。至少感覺起來是這樣。

那天荷麗走出學校，看見他在等她。她母親不在場。他試圖躲在來接小朋友的家長中間；他看起來跟以前不一樣了。他留了鬍子，頭髮也長了，還比較捲。她爸爸一直都很帥，高大強壯，乾淨清爽。但現在他看起來像個……逃犯。很有趣，分明逃亡隱藏的是她們。

但她還是看到他了。她很會認他的臉。

他一直跟蹤她到港口。荷麗不停地走著，知道他就跟在後面。她很小心不靠近城裡，以免有人認出她，叫她荷麗。她在學校註冊用的是真名：伊娃．貝克，雖然愛莉森簡述了她們的遭遇之後，老師們都同意叫她荷麗。他只知道她叫伊娃。如果他發現達利這個名字，就可能發現她們的店，然後找到家裡來。荷麗知道他或許也可能跟蹤她回家，但她覺得應該還不到那一步，要不然他就會在家外面埋伏，而不是等在校門口了。

她一直走到海邊僻靜的地方才停下。

然後她轉身望著他。他別無選擇只能繼續朝她走來。

荷麗並不怕他。她從沒真正害怕過他。初生之犢不畏虎。她所有的恐懼都留給母親了。都給她的孩子了。她從來不為自己害怕。

但她的母親那天不在場，她也失去了孩子。

「伊娃，」他說，「妳好嗎？」

「你覺得我好不好？」

他望著地面。

「我……」

「你想幹什麼？」

「我想跟妳說我有多抱歉，寶貝。我為發生的事情感到抱歉。我知道我有問題。是工作的緣故。妳不會明白的。我一直都經歷了太多暴力。這會腐蝕人心。讓你免疫。我那時壓力很大。我覺得我應該是精神崩潰了。要不然我絕對不會傷害妳。妳知道的。」

「精神崩潰？」荷麗重複，「崩潰了十年，是嗎？你打我媽不是打了這麼久嗎？」

「那不一樣。大人——大人會吵架。我們倆都愛妳。從來都跟妳沒關係。」

「你踢我肚子的時候就跟我有關係了。」

「我那時候腦筋不清楚。別這樣，甜心。妳告訴我做父親的聽到十四歲的女兒懷孕了會有什麼反應？我想宰掉的是那個害妳變成這樣的小混蛋。我氣昏了頭。」

「喔，我明白了。但是現在你已經好了？」

「我當然好了。要不然我也不會在這裡。自從她把妳帶走之後我一直都在找妳。」

「她？」

「我是說妳媽媽。」

「她帶我走讓你很生氣？」

他深吸一口氣。他極力不想讓她看出他心裡在想什麼。

「妳是我女兒，伊娃。我以前很生氣，但是現在不了。現在我只是很難過。」

荷麗笑起來，聲音尖銳可怕。

「我幾乎要相信你了，」她說，「你聽起來很有說服力。但我不相信你知道難過是什麼意思。」

「我知道……」

「不。你唯一知道的感情就是恨。憤怒。抓狂。如果你覺得難過，你就不會接近我們。你就會理解。你謀殺你孫子的時候有什麼感覺？你知道那是個女孩嗎？我叫她蘿絲。我知道我很年輕，不知道自己怎麼會這樣，並不真的知道，但最後一次照超音波的時候，我聽見她的小心臟在跳動。我看見她在吃大拇指。他們告訴我她很完美。很健康，發育良好。她會是一個漂亮的孩子。她很漂亮。她出生之後我抱了她。她好小，幾乎跟我的手一樣大。你剝奪了這一切。」

他畏縮了一下。她以為他眼裡出現了淚水，但那可能是風吹的。她想像他可以告訴自己沒有什麼小孩。只是她女兒大了肚子，意思是說，爸，你看，我讓男生上了我。

「反正現在都無所謂了，」她說。「一切都無所謂了。你做了什麼，或是不是故意做了什麼都無所謂。我很高興你來了。我一直都知道你一定會來的。」

他遲疑著。

「是嗎？」

她看見他臉上的困惑，感到很滿意。

「是的。我有話要跟你說。」

他朝她走近一步，充滿希望。

「我想告訴你如果你再靠近我或者我媽，你最好乾脆把我們殺了。上次你可能逃過一劫，這次不會了。這次我會告訴所有人。」

「告訴他們什麼？」他的臉開始扭曲。她認得這個表情，非常熟悉的壓抑的怒火。她花了將近十四年的時間試圖不要引發的表情。荷麗不肯陪他演這場父女重逢的大戲，這惹毛了他。

「我會告訴他們你讓我懷孕。你強迫我然後把我打到流產，你沒有證據可以證明不是。我從來沒有說孩子的父親是誰。現在我準備好要說了。」

她父親張大了嘴。他驚駭萬分。

「我從來沒有碰過妳，」他說。「伊娃，妳怎麼能說這種話？」

「很簡單，」她說，「我只要張開嘴話就說出來了。我甚至可以哭。你看。」她閉了閉眼睛，張開時眼淚就簌簌地流下來。

「我知道如果我叫喊他就會傷害我媽咪。所以我就照他的話去做了。」

「妳……妳！」他驚恐地睜大了眼睛。「在那天晚上之前我甚至沒有碰過妳一根手指。妳瘋了！完全瘋了！」

「我知道這都是謊話，你也知道。但是你覺得別人會相信嗎？人家是會相信把妻子女兒打到進醫院的男人，還是我這個漂亮的少女，剛好是蕾絲邊，但是卻在十三歲的時候懷孕了？」

她以為當場他就要殺了她。她不在乎。這是他活該，這樣至少她母親就安全了。反正荷麗自從他們把蘿絲從她懷裡抱走之後，她就想死了。然而她父親卻往後退，盯著她的樣子像她是個外星人一樣。他沒法承受她說的話。

那天她志得意滿，但滿足感很快變成了恐懼。這就像是她發出了挑戰信。他知道他不能讓她們回來了。所以要是他決定接受她的建議，把她們都殺了呢？

荷麗沒有想那麼遠。

「荷麗？我能進來嗎？」

「不能。」

她母親還是進來了。

荷麗假裝在看她過去一小時一直拿在手上的書。

「我剛打了兩通最奇怪的電話。」愛莉森說。

荷麗不理她。

「莉莉先打來。她說警察剛剛去她家採取了雙胞胎的指紋。所以我打給克莉絲，她說他們已經採過肯姆的指紋了。麥特建議我們今晚舉行社區集會。」

荷麗揚起眉毛。

「哪裡？在想像中的社區會堂嗎？還是亨尼士家的樹屋？」

「我建議我們家。」

「什麼？」

荷麗坐起來。

「妳瘋了嗎？是這樣嗎？妳又崩潰了嗎？我們搬到這裡的重點不就是可以不被打攪嗎？現在妳跟鄰居攪和在一起，還提供我們家當神經病的總部。」

愛莉森笑起來。

她在笑她

荷麗抓住母親的肩膀。

「媽咪，我是說真的。」

荷麗哭起來。她忍不住。大聲地抽泣。她沒辦法掩飾。她甚至沒有時間思考這會對她母親造成什麼影響，會不會也讓她失控。就像是過去幾天以來的壓力把她腦袋裡的泡泡擠破了一樣。

淚水讓荷麗視線模糊。但她感覺到母親把她抱緊了。

「喔，甜心，」她母親說，「我在這兒。我在呢。妳哭吧。盡量哭。」

愛莉森摟著她，直到哭泣聲停止，荷麗能夠呼吸，喉嚨深處的哽咽讓她全身發顫。

她平靜下來之後，愛莉森放開她，望著她的眼睛。

「我們不能這樣下去。妳快撐不住了。我不能讓妳揹著這個重擔，妳明白嗎？所以我才告訴警察。所以我們必須告訴更多人。大家必須知道他是個怎樣的人。他對我們做了什麼事。如果大家都知道的話，像奧利芙．柯林斯那樣的人就沒有辦法控制我們。」

荷麗點點頭。

「我知道。但是我好害怕。在學校那次之後。」

「但是他再也沒接近我們了。已經一年多了。」

「媽咪，我得告訴妳。我得告訴妳他找到我那天我跟他說了什麼。」

她母親皺起眉頭。然後她聽了。荷麗說完之後，她驚愕地瞪著她，然後再度把她拉進懷裡。

「是他活該，」愛莉森對著荷麗頭頂的空氣說。她的聲音很冷靜，很堅決。「我不知道妳怎麼想出這個主意的，但還真他媽的有效。」

「妳不生我的氣？」

「生妳的氣？」愛莉森斥責道。「我絕對不會生妳的氣的，親愛的。有時候我們得運用一下想像力。他不會找來殺掉我們的。我跟妳保證。妳相信我嗎？妳相信我會保護妳嗎？」

荷麗沉默了一會兒。然後她說：

「我相信。」

她聽見母親的聲音跟以前不一樣了。膽怯消失了。愛莉森的話中有鋼鐵般的意志。透露出如果有必要的話，她會為了保護女兒殺人。

荷麗也一樣。

她知道她們會保護彼此。

隆

七號

隆有個黑眼圈。一個又大又腫的黑眼圈，他確定用冷凍的青豆冰敷完全是誇大的神話。這除了讓他半邊臉麻木之外，對紅腫毫無作用。

麥特．亨尼士。隆作夢也沒想到。

他會用來形容麥特．亨尼士的詞是軟弱。從隆開始跟那個人的老婆上床之後，這就是他對鄰居的想法。克莉絲非常漂亮，但他從沒見過這麼悲哀的女人。怎樣的男人能娶到這樣的美女，然後讓她這麼悲慘？要是隆能走運一點，如果他沒有花那麼多年把丹恩放在第一位，他或許也能跟克莉絲這樣的女人在一起。某個能讓他幸福的人。

麥特．亨尼士不知道自己有多幸運。

隆花一百萬年也沒料到他會動手。

克莉絲就站在那裡看著——在她說了那麼多關於麥特的壞話，她跟隆說她丈夫對她多壞，總是在她需要時拋棄她。她顯然跟麥特說了他們的事。她怎麼能這樣！

隆快氣死了。他被羞辱了，被激怒了。

在另一個世界裡，他會直接去找奧利芙。因為不管別人怎麼說，奧利芙（至少在她跟他的前任們告發他之前）通常都站在隆這一邊的。

隆瞪著鏡中的自己。他無法否認。他真的自怨自艾。更有甚者，他替奧利芙感到悲哀。無論她做了什麼，都不該死。

她為什麼一定要毀掉一切呢？

這麼久以來，甚至在不自覺的情況下，他很滿意自己生命中只有兩個人。奧利芙和丹恩。現在她走了，而丹恩……

隆忍住啜泣。

丹恩曾經在過嗎？

媽的，他想念奧利芙。

莉莉

二號

莉莉購物回來時，大衛正在等她。

他坐在廚房桌旁，面前放著一杯咖啡。

這次不一樣，她心想。

她注意到他換了衣服。穿上了襯衫，看起來像是要去上班。

「荷麗．達利在樓上跟雙胞胎在一起，」他說。莉莉把購物袋放下。「如果可以的話，我想跟妳一起去參加這次社區聚會。」

「完全沒問題，大衛。」她伸手到購物袋裡拿出兩瓶葡萄酒。「我買了補給品。我看見你已經開始喝夠力的東西了。」

「我猜我們都有弱點。」大衛瞇起眼睛。

「的確。」莉莉說。「你的似乎是避免說實話。你可能想告訴警方奧利芙死的那晚你在做什麼。」

「那沒有關係。」

「你不在這裡就有關係。」莉莉怒道。

「我只是出去散步。妳知道的。要是妳不是在搞那個該死的復活節蛋活動，就會跟我一起去。」

「但我沒跟你一起，大衛。不管從哪方面看你也算不上奧利芙的好朋友。你知道她總是嘲笑你。我瞭解你，這會讓你非常憤怒。更重要的是，我從她家回來時心情非常壞，你很生氣。」

「沒錯，莉莉。因為她以前總是嘲笑我，所以我決定殺了她。我們真的淪落到這個地步了嗎？」

她把酒放進冰箱裡冰，然後拿出披薩和薯片，注意到他閃避了她後半部的重點。

「我明白了。我們要把嬰兒連洗澡水一起潑出去是吧？從素食者搖身變成冷凍垃圾食品者。」

「我們什麼都沒做。我是替自己跟孩子們買的東西。你可以繼續吃你的藜麥和蕎麥到你滿意為止。這就是當大人的好處。你可以替自己做決定，不用真的在乎別人怎麼想。而且那是乳酪披薩，行嗎？完全沒有半點火腿。」

「妳在替孩子們選擇。」

「我們會讓他們自己決定，」她說，「小狼不就已經這麼做了嗎？如果我們相信奧利芙說的話，到耶誕節他就會啃上生蝙蝠了。」

「我不明白我們到底是怎麼了。」大衛的聲音哽咽了。

莉莉在流理台邊停下來，背對著丈夫。

「大衛，是這樣的。我很清楚我們的婚姻有基本上的問題，不解決的話無法繼續下去。」

「但我跟本不知道有什麼問題！」

「真的？」莉莉嘆了一口氣。「你控制我們。我和孩子們。幾年前我想帶小狼去看醫生——你堅持我們不要去。但那不是你一個人可以決定的事情。你為什麼要做一切我做的事情——吃素、種花？我們認識的時候你並不是這樣。」

「老天，一個男人想跟妻子共享生活也成了罪過嗎？」

「不，」她舉起手。「不要這樣。我一直這樣跟我自己說。我因為恨你跟我一樣而覺得難受。但事情不是這樣的，大衛。你扭曲了事實讓它看起來像是那樣。你想像出我為自己創造的生活方式，然後據為己有。這使你感受到你需要感受的東西吧，我不知道。別對我翻白眼。」

「我並沒有這樣。妳知道嗎，莉莉，妳聽起來像個瘋子，真的。」

「沒關係，你可以這麼說。或許我是有點瘋了。但聽清楚——如果你堅持你是完美丈夫，問題全在我身上的話，一切會變得很糟糕。喔對了，」她轉身面對他。「過去幾天我想了很多。我很清楚地記得告訴過你我不想給我的兒子取名叫小狼。」

「什麼？」

「對，我記得。雙胞胎出生的時候，你說，喔莉莉，看，是一男一女。小狼和莉莉·梅。我說，小狼？告訴我，大衛。在我去接受產後手術然後回到病房之間發生了什麼事，讓你覺得我改變了主意？」

大衛笑起來。

「妳是認真的嗎？妳打了止痛劑。剛剛才剖腹生產過。妳連自己的名字都不清楚，怎麼會記得。我都不記得了。」

「喔，我記得的。問題就在這裡。我記得那就是讓我非常沮喪的開端。護士抱來兩個從我肚子裡掏出來的嬰兒，我還沒給他們起名字，還要照顧他們。我甚至不覺得他們是我的孩子。」

莉莉一掌拍在檯面上。

「我剛剛生完孩子。你卻只沉浸於成功地當上了爸爸，完全不在乎我。」

「妳是產後憂鬱，」大衛說。「那很正常。妳生產之後並沒有問題。妳填了護士給妳的卡片，還說妳沒事。妳為什麼這麼堅持要給每件事都安上一個名頭？哀傷一定是憂鬱症。一個特別的孩子就是自閉。奈及利亞沒有憂鬱症。小狼會是個天才。」

莉莉走到桌邊。他畏縮了一下。

「你知道自己是做什麼的嗎，大衛？把死的說成活的，黑的說成白的。用謊言創造新的現實。套利基金經理人就做這種事。你得停止操控我。」

麥特
五號

麥特當會計師主持過很多會議。有時候參加的合夥人會很亂，他得維持秩序。基本上來說，他都能控制局面。

愛莉森・達利家的聚會比他董事會的任何會議都要難搞。

他邀請了除了隆・萊恩之外的所有人，原因很明顯。他跟鄰居們說他跟隆起了爭執。似乎沒人在乎。雖然表面上看起來隆跟大家都處得很好，但在谷地裡似乎並沒什麼人緣。

麥特考慮過不要邀請米勒家。雖然他跟艾德有生意上的往來，但以鄰居來說他並不喜歡他。

麥特一開始並不想接艾德這個客戶的。他知道艾德離開的那家科克的公司，事實上他跟那裡的一個高層人員是朋友。如果你有認識的人，就不會去搶生意。餅夠大家分的。

但是科克那家公司似乎很樂意讓艾德離開，然後錢畢竟是錢。麥特當時覺得有點奇怪，過了幾星期，他在會議上碰到那位舊相識，就請他喝了一杯。他在喝酒的時候提起米勒家，那個人就告訴他關於艾德和艾米莉雅的謠言，以及他們那麼多錢是從哪來的。

管理艾德的帳戶只是一份工作，麥特這麼告訴自己。但是，老實說，麥特並不想讓這個人來自己家裡。

最後他還是通知了米勒家那天晚上他們要聚會，但他們決定不過來。麥特開始懷疑不來這件事本身是不是代表了什麼。

喬治・里其蒙帶著一大捧花給愛莉森。看起來像是他要道歉一樣。然而就算要了麥特——和愛莉森的命——也不知道他是要為了什麼道歉。

瑟蘭凱家來的時候感覺就是剛吵過架的夫妻。麥特看得出徵兆。而且莉莉已經開始借酒澆愁了。

事實上他們到齊之後，愛莉森就開了一瓶酒。麥特注意到她的手在發抖。似乎所有人都有點緊張。

「我不敢相信在我們要搬家的時候，才開始組織社區活動。」克莉絲說。

「什麼？」愛莉森說，「你們要搬家了？」

「可能不是立刻，但是我們要搬家。我想重新開始工作，而且……」麥特沒有聽到接下來的話，但從大家看他的憐憫眼神，他知道克莉絲一定說溜了嘴。可能他既然早先公開和隆起衝突，她覺得他應該已經不介意別人知道了。

他要宰了她。

「女人真是！」大衛．瑟蘭凱走到麥特身邊。他的心情非常惡劣。

「我不知道耶，」喬治插進來說。他為什麼來啊？麥特想知道。他從來沒見過喬治跟奧利芙說超過兩句的話。「我覺得你們很幸運。莉莉和克莉絲都太好了。」

麥特不知道該謝謝他還是用全新的眼光審視他。喬治．里其蒙是不是也在打他老婆的主意？或許現在他得注意他了。

麥特望向克莉絲。她似乎是在場人中最無憂無慮的。今夜她看起來很美。她的頭髮綁成漂亮的馬尾，眼中的神彩也回來了。他無法否認最近她看起來非常不快樂。他半夜睡不著，看著她的睡臉時發現的。她似乎並不怎麼享受出軌的生活。他告訴自己這或許表示他們的婚姻還有希望。而他是對的。

他沒有跟她說他和奧利芙吵過架，讓她很不高興，然而卻似乎有點興奮。他跟隆打架的時候也是。

「呃，或許我們可以開始了？」他在嘈雜聲中叫道。

「喔喔，」克莉絲說，「我們最好乖一點。」

大家坐在露台籐椅上，愛莉森請他們不要拘束，並且替所有人倒酒。

「在你說話前，我能說幾句嗎，麥特？」她說。

「妳不用徵求主席的同意。」克莉絲笑道。

「別理她，」麥特說，「請便，愛莉森。」

「我只是想讓大家知道，我很高興你們今晚能過來，雖然原因可能不是太好。這是我們第一次在自己家舉行聚會，但我真的希望不會是最後一次。荷麗和我過去幾年以來過得很糟糕——不對，這不是真的——我有記憶以來，我們就過得很糟糕。來這裡改善了一點，但我們不跟大家來往是有理由的。等我解釋你們就明白了。重點是，我們一直很孤單，但現在我明白我們需要鄰居。我們需要**好鄰居**。如果奧利芙的死有任何正面意義的話，那可能就是我們都明白了這一點。」

「說得好。」莉莉說。

喬治附在麥特耳邊。

「我以為正面意義是她真他媽的死了。」

麥特皺起眉頭。

「什麼明顯的原因？」大衛問，他注意到愛莉森的重點。

愛莉森低頭瞪著手上的酒杯。她遲疑著深吸了一口氣，然後準備好開口。

「我的前夫是一個非常暴力的人。幾年前他把我們兩個都打進醫院之後，我帶著荷麗逃離他，那時她才十四歲。」

「喔，老天。」克莉絲說。

莉莉傾身向前，握住愛莉森的手。

「愛莉森，我非常抱歉。」麥特說，「我完全沒想到。我們能幫上什麼忙嗎？」

「這個，我希望要是你們看見有陌生男人在柵門外徘徊……」愛莉森勉強笑了一下，但其他人都沒有笑。

很神奇的是，第一個開口的是喬治。

「如果我看見陌生男人在大門外徘徊，我會把他打個半死。」他說。

「謝謝你，喬治。」愛莉森舉起酒杯。

「呃，我也是，」麥特加上一句。「妳的前夫很高大嗎？」

「別跟我說你害怕了，」克莉絲嗤之以鼻。「在你今天揍了隆之後。」

「什麼？」喬治說。

「沒什麼。」麥特在克莉絲插嘴前急忙說。

「他身材高不高大並沒有關係，」大衛打斷道，「我們制服他的策略才重要。我們有三個人，他是一個人。他毫無機會。團結就是力量。如果他對太太出手，那他就是個軟弱的男人。」

每個人都望向大衛。

「嗯，這很讓人安心。」麥特說。「至少你沒有建議我們用有機蔬菜扔他。我想我比較喜歡套利基金經理大衛在我們這邊，而不是園藝師大衛。」

莉莉臉紅了。她和大衛交換了視線。只有一瞬，但麥特看到了。或許冰層稍微融化了一些。

「總之，這次聚會的目的，並不是計畫處理一件或許不會發生的事——對不起愛莉森，我保證我們會再研究——而是討論現在發生的事。」麥特說。

「我們會列進下一次會議紀錄裡。」克莉絲說，對麥特眨眨眼。他感覺到她已經下定了決心關於他，和他們的婚姻。她希望一切順利，無論如何，她都會支持他。

「正如我所說，」麥特道，「今晚的重點是討論某件已經發生的事情。我們知道今天警察來採了瑟蘭凱家孩子們的指紋。他們已經有肯姆和荷麗的了。現在我們可以猜測這是為什麼。昨天我跟那個警探，法蘭克．巴西談過，他來我這裡要塑膠袋。他說奧利芙死於心臟病，但他還說他們相信那是一氧化碳中毒引起的，她的熱水器可能被人動過手腳。」

「他們只找到這些？」愛莉森問。

「媽的，那還不夠嗎？」喬治說。

「他們沒有說是我們之間的誰幹的，」麥特繼續道，「但我們都知道從來沒有客人來凋零谷地找奧利芙。我讓很多人從大門進來……找你們。」麥特打量喬治，他也不是什麼受歡迎的好好先生。

「但是奧利芙沒有朋友，」他繼續說，「也沒有親人。正如妳說的，愛莉森，兩個警探整個週末都在盤問我們，這讓我腦袋裡警鈴大作。警察在我們這個小國家裡搞砸過多少事情？每隔一星期就有某種形式的警方腐敗調查。我們知道他們怎麼辦事。抓不到犯人的時候——他們就找個代罪羔羊。」

「我擔心他們會栽贓給小狼。」莉莉衝口而出。接著是一聲啜泣。「我揍了奧利芙的臉一拳，被小狼看見了。他常常去她家。我覺得他們會說他看見我使用暴力，所以覺得自己也能這麼做。但小狼不是這樣的人。他不會計畫這種事。他根本不可能。他只有八歲。」

「沒有小孩能做這種事，」克莉絲說，繞過愛莉森拍拍莉莉的手臂。「我知道肯姆是個小混蛋，但他也不容易。正如妳說的，小狼只有八歲。就算警察也不會蠢到以為他能殺人。喔，我要對擺了奧利芙一道的人致敬，只能說她活該。」

「我……我不知道，」愛莉森打斷她。「我覺得麥特說得有道理。我們不知道警方有多愚蠢。我覺得那兩個問問題的似乎還不錯，但我們不能只因為他們戴著警徽，就假設他們都是講理的人。對不起……或許我說得過分了些。我只是……跟警察有過不好的經驗。」

她的鄰居們聳聳肩。他們沒有任何人能真心信任警方。

「聽著，我們坦白一點，」喬治說，「自從那個女人死後，我們顯然都擔心得要抓狂了。好。既然是坦白時間，我承認我也跟她鬧翻了。她是個愚蠢又惡毒的女人。但她已經死了。或許我們應該不要總想著那個老巫婆，多關心一下彼此。」

「喬治說得對，」麥特說，「所以我們現在該怎麼辦？因為我看得出警方的打算。他們正試著要我們告發對方。在我們自己家裡，跟我們這個社區裡。老實說，莉莉，我也很介意他們採了孩子們的指紋。我不確定他們認為小狼有能力殺了奧利芙——但要是他們指控他對熱水器動了手腳什麼的呢？我甚至不知道熱水器在哪裡——她家的裝在哪裡？」

「在廚房的櫃子裡。」愛莉森說。

每個人都瞪著她。她滿臉通紅。

「她跟我說她的熱水器有問題，要換新的。隆要幫她修。老天爺！」

「看吧——又來了。」麥特說。「聽著，我們得確定不要不小心說溜嘴，讓警方抓住把柄。雖然隆要幫她修熱水器可真是太有意思了。」

愛莉森望向他。他們都慢慢地點頭，意見相同。

「不，我覺得她的熱水器最後修好了，」莉莉說。「記得那輛開進來的貨車嗎？他們敲門問我要不要順便維修一下。」

麥特聳聳肩。

「所以計畫是怎樣？」喬治說。「我們得有個計畫。特別是要保護孩子們。這可不只是裝裝硬漢而已。」

「正是。」麥特說。「我們要保護孩子們。」

麥特以為自己有個計畫。他打算提出來，讓大家都同意。在他忙著讚嘆自己有多聰明的時候，完全沒有注意到有一個鄰居正仔細盯著他；一個早就仔細考慮過這天晚上的一切的鄰居。

這個鄰居知道如果你坦承了某件大事，就不會有人注意到你在小事上撒謊。

奧利芙

四號

我生命中的最後幾個月，過得非常、非常不幸。

但並不是一直都是這樣的。我在凋零谷地也有些美好的回憶。

其中我最喜歡的就是跟小狼玩牌。我們會打撲克，他會慢慢搾乾我所有的零錢。那孩子是個數字天才。

「你上大學之後想做什麼，小狼？」有一天我問他。「我希望是跟數字有關的，像是寫程式，現在這是很了不起的行業，不是嗎？」

「我想製作東西。」他說。

「這個嗎，寫電腦遊戲也是製作東西。我敢打賭那很賺錢。」

「不，我想做有用的東西。」

他繼續贏，我往後靠向椅背，心想，小狼，你想做什麼都可以，你會成功的。

有一次我們玩遊戲玩得比較久，我教他怎麼做熱狗。在許多方面那麼聰明，而在其他方面猶如白紙。

「香腸可以用水煮嗎？」他問，好像這是他這輩子聽過最奇怪的事。

「是的。」

「用水煮？妳確定嗎？因為香腸通常都是炸的或是烤的。為什麼這些不是？」

「這些是法蘭克福腸，不是你吃習慣的那種香腸。你得相信我，小狼！現在看見香腸皮裂開了嗎？這就表示煮好了。你幫我看著，要是皮裂開了就叫我。我馬上去拿麵包，還有蕃茄醬。你要芥末嗎？」

「為什麼不要？」他微微地聳聳肩，表示任何事他都願意嘗試一次。

我愛那個孩子。

我走出去到客廳窗口傾聽，確保莉莉沒有在叫他。莉莉不在，但我注意到莉莉．梅鬼鬼祟祟地在我花園裡。好吧，今天她可不會進屋來逮到她哥哥。

我回到廚房的時候，小狼打開了所有櫥櫃的門，要找調味料。

「我可以多要點蕃茄醬，只要一點芥末嗎？爸爸說，芥末很刺激，可能會燙到我的嘴。第一次這樣就好。」

「你想要怎樣都可以，小狼，」我說，「但你在那裡找不到什麼的。那是熱水器。」

他碰了一下。只一下，在底部，他搆得到的地方。

「非常閃亮，」他說，「喔——好燙。」

「那是新的，小心點，小狼。熱水器很危險的。蕃茄醬在這裡。」

我們把茶點放在桌上。

他咬了一口，做了個鬼臉。

「這吃起來不像香腸。」

「吃起來味道不一樣。給它一個機會。你習慣了就會覺得很好吃的。」

「唔，」他又咬了一口。「我覺得我喜歡。」

「很好。」

「我們明天要吃什麼？」

「小狼！我不能天天給你吃這些。明天我得進城去。」

「我能自己進來嗎？我夠大了，可以自己用爐子了。」

我笑起來。

「你當然不可以，親愛的。答應我除非有大人在場，否則你不可以接近鍋爐。」

「我保證。」

這是我在家裡跟小狼度過的許多愉快的下午之一。

許多愉快的下午，直到他爸媽傷透了我的心，我再也不能跟他見面了。

孩子們就是這樣。你可以愛他們。但除非他們是你的孩子，否則到頭來最重要的人，永遠是媽咪。

愛莉森

三號

她的鄰居們都回家了，荷麗從瑟蘭凱家回來，直接上床睡覺。但愛莉森沒有立刻開始收拾。她又從冰箱裡拿出另一瓶酒，回到外面，圍上放在椅子上的披肩坐下來，一手拿著酒杯，望向對街奧利芙的小屋。

會議進行得很順利，她心想。讓別人多瞭解她和荷麗一點是個好主意。她發現隨著時間過去，和奧利芙不愉快的經驗並沒有演變成鄰居們來找她們麻煩。現在他們凋零谷地是一個團體了。他們會彼此幫助——面對警方和其他人。知道要是她前夫出現在這裡的話，她可以找大衛、麥特和喬治幫忙。這很有用。

並不是說他會找來，這點她滿確定的。

她懷疑過為什麼那天在學校接近荷麗之後，她的前夫沒有找到她們家來。愛莉森完全不知道荷麗跟他說了什麼。她不知道女兒可以如此堅強。如此……無情。

愛莉森本來堅信李會在一天之內就出現在大門口。

不是因為他跟蹤了荷麗，或是走運。

不。

她擔心奧利芙．柯林斯會把她們的地址給李．貝克。

愛莉森愚蠢又不可理喻地告訴了奧利芙她前夫叫什麼名字。名字，加上他曾經是個警察，奧利芙要找到他是很容易的。

奧利芙在荷麗威脅她後的第二天，到店裡去時就是這麼說的。我可以跟他聯絡。我可以告訴他妳們住在哪裡。

愛莉森沒有跟女兒說。她說不出口。荷麗會立刻收拾行李閃人，但她會先去奧利芙家，做出愚蠢的事來。

愛莉森答應荷麗，也答應自己，絕對不讓她的女兒再度逃亡。她不用再度擔驚受怕。

接下來那些天，奧利芙的威脅一直在愛莉森的心裡滋長。

她花了所有的意志力才忍住不去勒死那個女人。如果愛莉森這麼做了，就會被關進監獄，未成年的荷麗就會落在李的手中。荷麗不可能等到審判或是家事法庭或不管哪一方下決定——她會拔腿就跑。愛莉森很瞭解女兒。

所以愛莉森有兩件事要做。

確保奧利芙．柯林斯永遠不會跟李聯絡上，並確保如果她前夫出現，就會躺在棺材裡離開。

那個女警探問她是否準備好應對李可能出現時，她幾乎死了。從她看她的神情，愛莉森就確信艾瑪．查爾德知道她有槍。

自從她把槍帶回家之後，愛莉森就有種既恐懼又有恃無恐的奇特快感，一種充滿腎上腺素的焦慮，讓她覺得自己安全又有力。

對付奧利芙比較困難。

她曾經把奧利芙當朋友。最愚蠢、最自私、有趣又嚇人的奧利芙；愛莉森從來沒有碰到過這樣的人。

愛莉森對警方說了謊。她甚至對荷麗說了謊，但那只是為了保護她。

愛莉森在出發去機場前，曾經去過奧利芙家。她拿著奧利芙堅持要給她的鑰匙進了門。

愛莉森從第一天開始，就確定警方要來抓她。她一定留下了指紋或是其他罪證。但是並沒有。她似乎沒事。

愛莉森朝奧利芙的小屋舉起酒杯。

「妳罪有應得。」她低聲說。

法蘭克

「就是沒辦法，是不是？」艾瑪打開法蘭克的車門上了車，困惑地拋出一個問題。

他早上發簡訊過來，說他來接她。她自己有車，他也開車，根本沒必要。但法蘭克有種感覺，這個模式將會持續到他退休。

他同時也有種奇特的感覺，在他這麼多年共事過，時間更長更親近的人之中，艾瑪・查爾德會是他收工之前最常見的一個。

生命就是這麼奇特。

「一切都有可能。」他說。「繫上安全帶。總之，雅米拉非常堅決。指紋是孩子們的。沒有肯姆的，電視遙控器上有一枚莉莉．梅的指紋。這說得通，跟她爸媽說的符合。她很早就不去她家了，但是小狼仍舊一直去。」

「所以他摸了熱水器。這不表示他用膠帶封住了通風口，鬆開蓋子，堵住排氣管。大家都說他喜歡那個女人，她也喜歡他。」

「她喜歡嗎？」法蘭克說。「還是他只是她用來跟他媽媽作戰的武器？我的意思是，我沒有小孩，艾瑪，我甚至不確定我願意讓小孩每天在我家裡看電視，吃我的東西。特別是小孩的媽已經表示不樂意的時候。」

「對，但是你不一樣，法蘭克。你是個冥頑不靈的老古板。從各方面看來奧利芙都是個非常寂寞的女人。或許她只是喜歡有人陪伴。這跟一個八歲小孩知道如何給別人下毒一樣可能。」

「現在的小孩。他們甚至不知道女人有陰毛。」

「**什麼？**」

「這是我聽人說的，」法蘭克做了個鬼臉。「重點是，網路上什麼都有。妳去過他的樹屋。他有任何精神不正常的傾向嗎？」

艾瑪搖頭。

「老天，他只是個小男孩。他沒辦法謀殺任何人的。」

「妳知道這不是真的，艾瑪。小孩能殺人。而且，如果他不是蓄意要殺她呢？如果是意外呢？」

「呃，膠帶是意外？」

「一個玩過頭的遊戲？」

「我還是不相信。你也不相信。我們是走投無路了，法蘭克。」

他們到了。法蘭克輸入社區大柵門的密碼，門打開了。

鄰居們都在等他們。看起來似乎是這樣。

凋零谷地的一小群居民聚集在瑟蘭凱家外面。大部分人都在。瑟蘭凱家、達利家、亨尼士家和喬治・里其蒙。大人們在談話。孩子們在路上玩。小狼和肯姆踢球，莉莉・梅賴在哥哥旁邊。到處都沒有大情聖隆或是米勒家人的身影。

「有意思。」法蘭克說，把車停在街邊。

「非常。」艾瑪同意。

他們下車走近那一小群人。

「情況怎麼樣了，警探？」

顯然麥特．亨尼士被指派為發言人。

他是個奇怪的選擇，法蘭克心想。但他昨天也沒料到會看見這個人揍他的鄰居。

「早安，亨尼士先生，大家好。我們今天是來跟瑟蘭凱先生和太太聊一聊的。他對莉莉和大衛點點頭。

「喔，我們知道，」麥特說。「我們猜想你們在奧利芙家裡找到很多小狼的指紋。」

法蘭克和艾瑪互望一眼。

「亨尼士先生，這是我們和莉莉及大衛之間的事，而且不適合在人行道上討論。」

「不，沒關係，」莉莉說，「我們覺得可以節省你們的時間。今天早上我們跟小狼談過了。我們知道他去過奧利芙家裡，這我們跟你說過了。但是麥特說，你們認為奧利芙的熱水器可能被動過手腳。小狼說他知道熱水器在哪裡，他還摸過一次。所以如果你們在熱水器上找到他的指紋，這就是原因。」

「好，」法蘭克說，「但是我們還是要跟他談談。」

「重點是，」麥特插進來，「那天孩子們都沒有靠近奧利芙家。莉莉．梅跟她媽媽在一起，小狼在我們家。他在樹屋裡跟肯姆玩。放學以後。」

「三月三號嗎？」法蘭克說，「你記得確切的日期？」

「是的，」克莉絲回答，「那天很冷，我替男孩們準備了熱巧克力，端到樹屋去。我記得。

我一直注意他們。然後小狼進屋來，他們玩了一下電腦。後來莉莉就來接他回家了。」

法蘭克望著聚集在他面前的大人們。他們組成了一道防禦線。他不知道他們說的是不是實話。而且他覺得自己想跟小狼談談簡直荒謬透頂。

但如果他不問問題，就不盡職了。

「小狼、肯姆。」他叫道。

兩個孩子放下球走過來。

「小狼，你常常去亨尼士家的樹屋嗎？」

孩子抬頭看著他。

「常常去。」

「跟肯姆一起嗎？」

現在他比較不確定了。

「有時候吧。」

「有人教你這麼說嗎？」

「沒有。」

法蘭克轉向肯姆。

「還有你，先生，你記得幾個月前跟小狼一起玩過嗎？三月三號的時候？你媽媽說那天她準備了熱巧克力給你，然後小狼去你家，你們一起打電腦遊戲。」

肯姆望向爸媽，然後看向法蘭克。

「對，當然，我記得，那天很冷。後來開始下雨了。冷得要命的那種雨，你知道啦。小狼說他很餓，我說我去問媽咪有沒有東西吃。我們在樹屋裡待了很久。我猜她大概覺得不好意思吧。她通常都把我扔在那裡不管我的。特別是她在喝琴酒的時候。然後我們就開始聊摔角賽。我說我覺得約翰．西南最棒，但是小狼喜歡凱文．歐文斯。我跟他說約翰．西南可以把歐文斯的腦袋扭下來，塞進他脖子裡去；然後小狼說，要是歐文斯有一把卡拉希尼柯夫自動步槍，那——」

「肯姆，」麥特叫道，「我想警探知道的已經夠多了。克莉絲並不喝琴酒。」他緊張地笑了一下。孩子顯然偏離了劇本。他寫了自己的回憶錄。

法蘭克深吸了一口氣。他憐憫這些傢伙，但他也不喜歡被當成傻瓜。

艾瑪把手放在他手臂上。

「我們知道了，」她說。「謝謝你們整理好資訊告訴我們。」

鄰居們面面相覷，不確定該如何自處。在光天化日之下，他們的小計畫聽起來沒有謀畫時那麼有說服力了。法蘭克懷疑當時酒精可能起了某些作用。

「呃，太好了，」麥特說，「那個，在你們離開前，我能跟你們說幾句話嗎？」

法蘭克咬住面頰內側。

「有何不可，我們來都來了。我寧可不完全白跑一趟。」

他們跟著麥特進屋，他帶他們走進七〇年代裝潢的客廳。

「今天不用上班嗎？」法蘭克問。他們坐下來。

「我請了幾天假。陪陪家人。」

「原來如此。這很重要。」

「是的。」

「你有事情要告訴我們？」

「對。聽著，你們知道我是艾德的會計師嗎？隔壁的艾德？」

「知道。」

「只是——你跟我說你們懷疑奧利芙的死因時，我就開始想，我覺得你們應該知道艾德是怎麼得到這麼多錢的。這可能有點關聯。他父親的自殺就有爭議。」

法蘭克瞪著麥特。他上唇有一層薄汗，他的眼皮在抽動。他不會笨到對他們說謊——麥特知道他說的任何關於艾德的事情都可以輕易被查證。但這裡是不是有其他原因？某種聲東擊西法的策略？

麥特是不是要把他的鄰居推出來背鍋，以保護別的人？跟他親近的人？還是保護他自己？

法蘭克拿出他的筆記本。

「請說。」他說。

奧利芙

四號

艾德三號來找我的時候，我就知道大事不妙。

那天早上我就覺得非常不安。我還沒從隆前一天晚上做的事情中恢復過來。但是我已經有所警覺，把我的數位錄影機放在壁爐台上，我聽見有人敲門，就開始錄影。我想如果隆再來威脅我的話，我就有證據了。這次我會去報警。我會把他喝香檳開豪車的照片發給他的前任們。這並不違法。但他對我做的事絕對可恥。我需要證據。

艾德走進來坐下，攝影機正在運轉。

他告訴我他弟弟保羅跟他聯絡過了，他跟我談過。然後艾德講了一大套他弟弟如何是個大騙子。

他不知道的是保羅也跟我聯絡過了。他寫信給我，提供了更多的證據證明他的說詞。這沒有必要。我們第一次見面時我就相信他。我已經同意站在他那邊，注意米勒家的一舉一動。但是保羅想進一步說服我。他說替艾德的父親改遺囑的律師宣稱，他曾經試圖跟老艾德華聯絡，但艾德和艾米莉雅阻止了他。當某人在生命末期改變遺囑的時候，標準做法是再度打電話確認這個決定。他在死因調查庭上沒有提這件事，因為驗屍官沒有問。

然後保羅說他找到了真正的關鍵——他開始挖掘艾米莉雅和艾德在都柏林的歷史。原來艾德經營的生意在他父親病倒之前不久就失敗了，這他從來沒跟弟妹們說過。但真正令人大開眼界的是艾米莉雅。她照顧過一連串自殺而死的病人。她當過都柏林一位老太太的私人護士，老人在艾德和艾米莉雅結婚前幾個月，因為藥物過量而死亡。老太太的遺囑並沒有改變，但老人的親戚發現死者放在家中的存款少了一大筆錢。

老艾德華死的時候警方並不知道這些。保羅甚至不確定他哥哥是不是知道。

這可非常嚴重。

我完全沒有跟艾德提這件事。保羅的信在我衣櫃頂上的一個盒子裡。一個仍舊放在警方的證物室，無人查驗的盒子。

那天，我聽著艾德說話，只提醒了他一次我並不相信他。我忍不住。

你為什麼不把遺產平分呢？我用最天真無邪的聲音說。

他幾乎嗆住了。他知道我知道了。

但接著他做了最愚蠢的事。我一直都把艾德跟艾米莉雅當作朋友。上帝饒恕我，我真的有那麼蠢。我本來希望我們能成為最好的朋友，甚至是家人。我非常樂意跟他們一起出門，多跟他們相處。

我對艾德完全沒有那種意思。

他誤會了。當然，他們不知道我跟隆的事。

「我本來希望妳能加入我們的，奧利芙。」他說。「等我們安頓下來之後。我們可以一起度假，而且公寓裡一定會有空房。」

幾個月前，這個提議會讓我雀躍萬分。

艾德在沙發上朝我移過來。

「其實我在想，奧利芙，妳願不願意跟我一起出去。艾米莉雅有點……我跟艾米莉雅聊的話題和跟妳聊的不一樣。」他伸手撫摸我的面頰。「她沒有妳的聰明才智。我認為如果只有我們兩個一起出遊，會相處得非常好。我會把妳寵上天的。我可以帶妳看世界。」

然後他傾身要吻我。

他呼吸有洋蔥和菸草的味道，讓我想吐。我把他推開。

「喔，不要，艾德。」我說，「我想你誤會了。我對你沒有那種感覺。我太關心艾米莉雅了，不能做這種事。老實說，你這樣看不起我和你自己的太太讓我非常震驚，你竟然會以為我願意跟你一起週末去偷情，把她一個人留在家裡。」

他試著後退，眼睛幾乎要從腦殼裡爆出來了。我看見攝影機的紅光在他肩膀後面亮著。一切都被拍了下來。

「還是你的意思是你要徹底離開她？」我繼續說道。「是這樣嗎，艾德？你會為了我拋棄你的妻子嗎？這太糟糕了。可憐的艾米莉雅會怎麼說？我想你該離開了。拜託，請你走吧。」

他站起來，臉漲成紫色。

她一離開，我就坐下來寫電子郵件給他弟弟。我說我嚇壞了，艾德過來試著威脅我，要我不能洩漏他對他父親做的事。我說他邀請我跟他和艾米莉雅一起去旅行，我有種可怕的感覺，自己僥倖逃過一劫。他們可能會在哪裡把我推下懸崖之類的。

他立刻回信，我跟他保證我沒事。

顯然在那之後三個月，我都沒有回信給他。六封未讀郵件，一位非常擔心的寄件人。

我寄信給保羅之後，把攝影機裡的記憶卡拿出來，放進一個信封裡。我溜到米勒家去，把信封塞進他們信箱裡，收信人是艾米莉雅。

我總是非常善於報復那些傷害我的人。

我才離開屋子幾分鐘而已。

但已經夠讓愛莉森·達利進來我家了。

我並沒看見她啦。

我看見的最後一個凋零谷地的居民是莉莉．梅。

我猜那天晚上她是來找她哥哥的。她不知道他在哪裡。他並不在肯姆的樹屋裡。他八成躲在自己房間的床底下，讓她找不到他。

然而她並沒有想到。她以為他又跑到我家來了，所以她在爸媽送她上床前跑了出來。

雖然外面很黑，她還是走進了花園。她敲我的門，沒人應門，但那並沒有阻止她。

她看見我拉上了百葉簾，就走到窗邊，踩著我窗台下的花壇，攀在窗緣看進來。如果我叫的警察做了同樣的事，就能早點發現我。至少我還能保有原樣。

我坐在那裡，正因突發的心臟病渾身麻痺，痛苦萬分。我的視線和她相接。我無聲地朝正窺視著我窗戶的小女孩懇求。

或許她不明白發生了什麼事。或許她明白。

她走開了。

小莉莉．梅不怎麼喜歡我。可能是我活該。

法蘭克

六個月後。

首都的道路上空空蕩蕩，一場小暴風雪迫使居民都躲在溫暖的家中，或是在明亮舒適的酒吧或餐廳中躲避風雨。

法蘭克喜歡獨處。他喜歡在寒冷的冬天晚上擁有這個城市般的感覺。

他在主幹道上非法右轉。繼續往前開，他左轉開進都柏林最大的監獄停車場。

獄方正在等他。法蘭克九月退休了，他的退休儀式確實比一般人來得盛大。即便法蘭克古怪、固執，有時候還厭世，但大家仍舊非常尊敬他。他是本國在職最久最優秀的警探之一，這個名聲他還可以保持好幾年——至少直到大家忘記他的名字為止。

「我們會把他帶到會客室，」讓他進監獄的年輕男警衛告訴他，「他不知道誰來看他。我會帶你進去。」

「很好。這天氣還真糟，是不是？」

「太驚人了。我們的輪班一小時內就結束了。我們都要去達比酒館。歡迎你加入我們。」

「抱歉。我晚點有約了。」

警衛臉紅起來。

他們沿著安靜的牢房走廊前進，通過處理區，走向會客室所在的公眾區域。

他坐在一張藍色塑膠桌旁，耷拉著肩膀，腦袋低垂。灰色的連身裝緊緊包裹住他寬大的身軀，彷彿在說，我在這裡的時間可都沒有浪費。

門打開時他抬起頭，法蘭克走進去。警衛也跟著進來，但她只站在牆邊。

「嗨，哈囉。」法蘭克說，在桌子對面的椅子上坐下。

那個男人望著他。

「你是誰？」他問。

「喔，我是法蘭克。前任重案組探長法蘭克．巴西。現在只是法蘭克了。」

那個人把頭傾向一邊，並沒有比較明白。

「你為什麼要來看我？我什麼也沒有做。我的刑期就快結束了。」

「我聽說了。真的很神奇，是不是，安東尼？跟蹤、擅闖民宅和重傷害只坐五年牢。攻擊的對象還是女警。這讓我懷疑司法系統。當然啦，知道能起訴你都很了不起了。我們對於暴力侵害婦女的定罪案本就很少；你還是受害者的前男友。我想是因為你用刀毀了她的容。要是你稍微克制一下自己，八成就能避免吃牢飯。」

那人瞇眼看著法蘭克，在椅子上動彈了一下。安東尼．霍爾身為謀殺未遂犯，在監獄裡過了這些年，並沒有對他造成什麼影響。他依舊不肯屈服。依舊很英俊，牙齒都沒掉一顆。仍舊是個難纏的傢伙。法蘭克可以從他臉上看出來。

「啊，你是她的朋友。我知道我的權利。我服了刑。我已經改過自新了。你們這些混蛋不能騷擾我。這裡的傢伙這些年來已經做夠了。我的律師認為我應該對政府提出控訴。說我能獲得一大筆錢。」

「抱歉，哪些混蛋不能騷擾你？」

「你們這些人。警察。」

「我重複一下我進來的時候說過的話，安東尼。我以前是警察。已經退休了。不再擔任公職。」

艾瑪的攻擊者考慮了這一點。他往後靠向椅背，把一隻手臂搭在椅子上。

「那你想怎麼樣？」

「我是來警告你的。警告你出獄之後，遠離那個女孩。你知道嗎，離開警察單位讓我自由了。我愛做什麼都可以。我不會拖警方下水。要是你以為我在唬你，讓我澄清幾件事。我自己一個人住。我有幾個對我很重要的親友。我是個老派人士——友誼意味著忠誠，意味著他們的戰役就是我的戰役。艾瑪．查爾德的戰鬥就是我的戰鬥。」

「你不能碰我一根汗毛，」安東尼嗤之以鼻。「前任探長？你不會冒著自己坐牢的險，去揍一個已經服過刑的人。常理不是這麼運作的。」

法蘭克笑起來。

「自己坐牢？你蠢嗎？你在這個體制裡工作了三十幾年，不可能不知道怎樣鑽漏洞。小子，不管我對你做什麼，都不會讓我去坐牢。退休方便的地方就在於你有非常多的時間發展創意。沒有人比獵場管理員而變成偷獵者更有創意了。」

安東尼瞪著法蘭克，他沉默了一會兒。然後微笑起來。

「好吧，老頭子。你嚇不倒我。滾，你回去告訴她你來把我嚇得尿褲子了，她安全得很。我沒有接近艾瑪．查爾德的打算。她已經剝奪了我好幾年的生命，我離開這裡之後，要重新開始。」

法蘭克站起來。他把椅子推回去，然後傾身到安東尼耳邊。

法蘭克說完自己要說的話之後，直起身子，拍拍他的肩膀。那個人僵住了。

✦

法蘭克的車上積了薄薄一層雪。他轉動鑰匙發動引擎熱車，一面打電話給艾瑪。

「嗨，你在哪裡？」她接起電話說。

「買東西。替今晚準備一點火雞肉片。」

「火雞肉片？你在開玩笑嗎？」

「我沒辦法在接下來幾個小時內烤好一隻火雞，艾瑪。」

「老天爺，就買一隻火雞啊，法蘭克。你不能第一次正式約會就讓雅米拉吃火雞三明治吧。」

「這又不是約會。只是在我家跟妳和班恩一起吃晚餐而已。」

「我們自認是你們的監護人。」

「我們才是你們的吧？」

「就去買一隻該死的火雞就好，法蘭克。我七點會過去。我來烤。我們可以……我不知道……買點玉米片當前菜什麼的。你為什麼要吃火雞？只是因為這星期是耶誕節？沒人喜歡火雞的。」

法蘭克吃吃笑起來。

「我煮了一鍋咖哩，妳這個傻丫頭。待會見。」

他露齒一笑。

隔壁的伊凡娜當天早上替他煮好了咖哩，並且告訴他晚上如何加熱。

「我警告你，不要扔到微波爐裡去，法蘭克，」她說，站在玄關把咖哩交給他。「夢娜知道你要帶女朋友到家裡來嗎？我看見她在那邊微笑呢。」

法蘭克轉頭看著牆上的照片。

「她不是我女朋友。但是夢娜知道我有女性的同伴。我們談過了。」

「好男人。我希望你別介意，但我也跟她談過。」

「是嗎？妳知道夢娜已經死了吧，伊凡娜？」

「是啦，她托夢給我。我們不需要牆上的照片也能溝通。反正她說她在天堂也有朋友，妳能不能把那該天殺的神壇給撤了，因為那讓她很尷尬。」

法蘭克揚起一邊眉毛。

「謝謝妳的咖哩，伊凡娜。」

「喔——還有一件事。」

法蘭克嘆了一口氣。省一點叫外賣的錢要付出的代價可真不少。

「我在報上看到凋零谷地那兩個人，艾德跟艾米莉雅．米勒。報上說他們父親的謀殺案已經定了開庭日期了。法蘭克，告訴我們，他們是不是也幹掉了你的被害人？那個鄰居？」

「伊凡娜，妳知道我不能——」

「喔，少來了。你已經退休了，不是嗎？你跟那個女孩子是朋友，那件案子的負責人。你一定什麼都知道。」

法蘭克沒有上鉤，伊凡娜亮出最後的王牌。

「我做檸檬蛋白酥給你當甜點。那可是萬無一失的泡妞神器。對我都有效。還是我自己做的呢。」

「伊凡娜，妳應該去賣車的。好吧，這不是我跟妳說的，而且妳最好不要告訴任何人。」

伊凡娜用手指在嘴上一劃。拉鍊拉上了。至少在她回隔壁之前。

「是啦，」法蘭克說，「我滿確定是他們殺了奧利芙，但是那件案子沒有足夠的證據。不過我們逮到他們謀害艾德的父親。我們找到艾德的弟弟寫給奧利芙的一封信，所以我們知道她知道米勒家幹了什麼好事——這可能是他們要除掉她的原因。雖然她似乎惹毛了幾乎所有的鄰居。

「總之，保羅．米勒翻出了艾米莉雅的黑歷史，足以讓我們重新開始調查艾德的父親之死，並且拘押了那兩個人。等著瞧他們在法庭上狗咬狗吧。我們這麼說好了，艾德試圖色誘奧利芙，而奧利芙在死前不知怎地設法讓艾米莉雅知道了。艾德一開始跟他老婆同一陣線，但他一發現艾米莉雅在嚷嚷他跟奧利芙的事，就開始反咬她謀殺了他父親。」

「老天爺，簡直像是**朱門恩怨**的劇情！」

「更糟糕。反正我不覺得奧利芙．柯林斯的冤屈能昭雪。除非你能稱之為間接昭雪。」

「老天，真是可怕，」伊凡娜睜大了眼睛。「至少那兩個人曝光了。真是畜生。害死自己的老爹？我總是覺得你應該逮捕凋零谷地裡所有的人。」

「為什麼？」

「讓那個可憐的女人死在屋裡那麼久。什麼鄰居會做出這種事？一群沒心沒肺的傢伙。」

法蘭克微笑。

「他們其實都是正常人。」

伊凡娜不相信他。

那沒關係。批判別人很容易。

法蘭克把車開出監獄停車場，他的雨刷清掉已經開始發熱的擋風玻璃上最後一點雪花。

奧利芙

四號

有那一刻，在你死的時候。

你心想，就這樣嗎？只有這樣嗎？

所有的希望，期冀；所有的焦慮和努力。

所有的……生活。

日曆上的快樂時光。生日、耶誕節、新年。喔，可別忘了情人節。卡片商之神最殘酷的笑話。我們都不完整，只有一半。但不管你相不相信，有些人是完整的。

所有的等待。那該天殺的無盡的等待，等一切都落入輝煌的定位，像你在成長時期待全都會發生的那般。

生命。我聽說過有人看到了真相。那些人滿足於當下，在這個廣袤的世間安於微不足道的寂寂無名，能在小事中找尋出神奇之處，像是夏日清晨的微雨，或是冬日晚上的白雪。

我明白。我們都該慶幸自己活著。問題是：對我們很多人而言，生命結果完全不是那麼回事。我說出來了。現在生命已經結束，我可以用哲學的角度來看這一切。非常睿智。而且很奇特地我能接受。

在這裡並不是我的選擇。這個決定是在某個耶誕節晚上，我剛結婚的爸媽決定要壓壞他們新家的床墊彈簧時做的。

我沒要求要出生，但我卻應該要盡量運用生命，把點連在一起，並且演出一場猴戲。

上學、工作、性行為、婚姻、子女、貪婪、慈善、憤怒、認命、死亡。

一個滿是期待的倉鼠輪。

我始終沒有成功過。

我從來都沒有幸福過，不是我應有的那種幸福。

然而，無論我們的生命多麼庸俗平凡，到頭來幾乎所有人都死命抓住生命。真是廉價的反諷。

我們畏懼死亡。我們害怕未知。

但是，相信我跟你說的話，死亡到來時，真的是種解脫。一個好笑的瞬間，你會想：哈囉，我一直認識你，我們會見面的。而現在你來了。

就像是造訪紐約。在電視跟圖片上看過那麼多次的天際線，簡直會以為自己去過了。

死亡就像那樣。十分熟悉。

當死亡毫無預警、突如其來地來臨時，至少我是這麼覺得的。

在這發生之前我甚至不知道自己有多擔心。然後發生的時候，我幾乎稱得上心滿意足。我不用再擔心了。我什麼都不用再擔心了。即便這來得不是時候。即便我還不到該死的時候。

一切都結束了，而真正的趣事才開始。

我常常懷疑，在我惹毛了谷地這麼多人之後，會有誰有膽子殺了我。

沒有人。

連愛莉森·達利那一發子彈，跟她留下的小紙條——喔，我知道是她。我告訴她我可以跟她先生聯絡，她先是面色慘白，然後說如果他出現，她會朝他的腦袋開一槍。

繼續這樣干涉別人的生活，妳的腦袋也會吃上一顆。

她的字條甚至沒有修飾。我是說，真的，一等震驚消退，我只想笑。

然而在我對抗過的谷地所有居民中，我知道我贏不了達利家。

警方調查誰試圖謀殺我的時候，我不想讓他們知道我威脅過愛莉森·達利。當我在店裡告訴愛莉森時，她臉上赤裸裸的恐懼足以讓我明白我大大錯估了情勢。

所以我燒掉紙條，把子彈埋了起來。

問題是，她完全不明白那一天到頭來有多重要，我確定她一定因為那張字條的下落而惴惴不安。我想知道當我那麼久沒有出現時，她是不是以為我真的嚇到逃跑了。

但是並沒有。我有我的計畫。愛莉森・達利的威脅並不在計畫之內。莉莉・瑟蘭凱禁止我跟小狼見面讓我崩潰。

好吧，老實說那並不是唯一的原因。

我已經考慮一段時間了。

發生了那麼多糟糕的事情。我盡了一切努力讓大家喜歡我。當個好鄰居。我不管做什麼都是錯的。

我很孤單。我很哀傷。我猜我很抑鬱。我得做點什麼。

不，不是自殺。

我沒蠢到那個地步。

我已經不再在乎我鄰居喜不喜歡我。當好人並沒有任何鳥用。

我要懲罰他們。

我的計畫是讓事情看起來像是他們有人要傷害我。但不只是傷害我——而是他們試圖謀殺我。

啊，真是諷刺！警方會調查他們所有人。

我所有高高在上，萬分完美的鄰居的私生活都會遭到審視，誰對我說了什麼，誰跟我吵過架，誰因為什麼威脅過我。

他們齷齪的小秘密全部會被公開。

我都計畫好了，但我不知道什麼時候要執行。

然後隆二號來找我。

起先我以為一切都會好轉。我如釋重負想哭出來。直到他拍照的那一刻。

他讓我無地自容。他毀了我。我要他道歉。我要他求我原諒，並且告訴我他也原諒了我。

然後我想——潛在的好處——要是我差點死了呢……他就不能繼續生我的氣了，對吧？他一定會覺得內疚吧？差點死掉能抹消一切，不是嗎？

我決定第二天就開始行動。

艾德過來堅定了我的決心。知道米勒家人當天晚上要出門旅行，給了我進一步的動力。他們夫妻二人是我最希望背負罪惡感，並且讓警方調查的人。將謀殺偽裝成自殺——那正是他們的手法，不是嗎？

我知道這一切讓我聽起來像個神經病。甚至絕望。

但從我的角度來看，我看不出解決之道。我被困在那個地方，必須和那些人生活在一起——置身於威脅、恐懼和孤寂之中——我不知道要如何繼續下去。我不想搬家。在他們任何人出現之前，這裡就是我的家。他們毀了我的家園。他們讓我憎恨這個我曾經愛過的地方。

必須出一件大事。

艾德一走，我就把通風口貼起來。我戴著手套，即便如此我還是謹慎地擦拭了膠帶。殺人犯就會這麼做。我在小說裡看得夠多了。

那天下午，我把熱水器擦乾淨。

然後我確保煤氣管漏氣。

稍後我坐下喝茶，打開電視，手機放在身旁。我把百葉簾拉起來，我通常不會這麼做，但我只是想把世界暫時隔絕在外。這也是倒打了自己一耙的舉動；這天就諸事不宜。

一氧化碳開始讓我流眼淚，我開始覺得反胃，就打算報警。我都研究過了——在城裡，不在我家裡的電腦上。我知道在致命之前我可以承受多少一氧化碳。

急難救助人員會趕來，我可能會倒在花園裡，被救護車送走。最有可能趕來的應該是愛莉森。熱水器跟通風口動的手腳會被發現，每個人都會嚇到。

警方會開始調查。

當我的鄰居們成為調查的焦點，接受偵訊並且質問彼此的時候，我會舒舒服服地躺在床上，吃葡萄看肥皂劇。

只不過我不知道自己有心臟病。

一開始我並沒發覺有什麼不對——我的意思是那種不對。我開始胸口痛，眼睛泛出淚水。這些都是在意料之內的症狀。但接著我發現自己動彈不得。我想我最好立刻報警。

我才剛說了我的地址以及我覺得事情很不對勁，就感受到一陣前所未有的痛苦。我抓住手機和椅子扶手，身體痙攣。我的心臟像是要在胸口爆炸了。

而莉莉．梅像個沒用的惡毒娃娃一樣在窗邊盯著我看。在那一刻我多麼希望自己曾經善待她。即使一次也行，對她比對小狼要好。那麼她或許會跑回去找她爸媽或是尖叫或是做點什麼，而不是看了我一下，然後溜回家心想：她活該。

我完全不知道自己要死了。

我怎麼會知道？

一切都是徒勞。我失敗了。徹底失敗。我希望挑起對立的人，我希望他們受苦的人，反而團結在一起，更加堅強。

我想要讓他們愛我的人，終於發現他們確實是喜歡我的，但那已經不重要了。

他們埋葬我的時候，谷地所有人都到場，除了米勒一家。隆沒有跟鄰居們站在一起，但他帶了一朵玫瑰。他等每個人都離開，才把花扔在我的棺材上，眼中有淚。

小狼跑回來，他們倆一起站了一會兒。

「你也想念她嗎？」小狼問。

隆遲疑了一下。

「奇怪的是，我還真懷念她，小伙子。我不希望任何人傷害她，不能像那樣。雖然我沒有告訴過她。你算是她的朋友，對不對？」

「她是我最好的朋友。」小狼說。

隆把手放在小狼肩膀上。

他們一起走開了。

謝辭

又是一個從我腦袋裡跑出來變成一本書的故事，一本很棒的新書！要是沒有某些非常特別的人出色的建議和指導，這一切都不會發生的。

我的經紀人尼可拉．巴爾、編輯史帝夫．拜爾文斯。老闆瑞秋．尼利（我們都聽命行事，瑞秋！）；還有愛爾蘭Quercus and Hachette出版社的出色成員。

我最早的讀者們，閱讀我糟糕的初稿，告訴我哪裡出色，哪裡——這我們就不用深究了。特別是這次我要感謝珍．高更。謝謝妳，珍，為我花了這麼多時間，在各方面支持我。

知道寫作已經佔據了我生活的家人和朋友們，阿喬小隊，我愛你們大家。威利，我想念你，你是最好的繼父。

閱讀我最近幾本書的部落客和評論家們真的很支持我，為我的故事吶喊助威。非常感謝你們。

克里斯．韋特克。會有那一天的。謝謝你閱讀。現在看在上帝的份上，來個人讓我們出名發財吧。

馬丁和我四個（還在增加）的小蘿蔔頭們。我在這輩子最糟糕的天氣中寫這篇謝辭。我們被大雪困在家裡，但我還會想去哪裡跟誰在一起呢？哪也不去，只跟你們。

還有我的讀者們。我四歲半的時候，讀了第一本伊妮德．布萊頓。我的心被文字攫獲了。這是一場畢生之旅。如果我能給任何人講個好聽的故事當禮物，一份當我晚上拿著一本書縮在椅子上時仍舊珍惜的禮物，那我就成功了。感謝你們給了我機會。

Storytella 180

六個致命死因
Dirty Little Secrets

六個致命死因/喬.斯潘作 ; 丁世佳譯. -- 初版. -- 臺北市 : 春天出版國際文化有限公司, 2023.12
面； 公分. -- (Storytella ; 180)
譯自 : Dirty Little Secrets
ISBN 978-957-741-778-7(平裝)

873.57 112017705

ISBN 978-957-741-778-7
Printed in Taiwan

作 者 喬．斯潘
譯 者 丁世佳
總編輯 莊宜勳
主 編 鍾靈

出版者 春天出版國際文化有限公司
地 址 台北市大安區忠孝東路四段303號4樓之1
電 話 02-7733-4070
傳 眞 02-7733-4069
E－mail bookspring@bookspring.com.tw
網 址 http://www.bookspring.com.tw
部落格 http://blog.pixnet.net/bookspring
郵政帳號 19705538
戶 名 春天出版國際文化有限公司
法律顧問 蕭顯忠律師事務所
出版日期 二〇二三年十二月初版

定 價 460元

總經銷 楨德圖書事業有限公司
地 址 新北市新店區中興路二段196號8樓
電 話 02-8919-3186
傳 眞 02-8914-5524
香港總代理 一代匯集
地 址 九龍旺角塘尾道64號 龍駒企業大廈10 B&D室
電 話 852-2783-8102
傳 眞 852-2396-0050